Thomas B. Morgenstern

Das Buch

Im alten Fort Grauerort wird eine grauenvolle Entdeckung gemacht: Bei Renovierungsarbeiten wird hinter einer Mauer das Skelett einer jungen Frau gefunden. Sie wurde bei lebendigem Leib in den alten Katakomben eingemauert und ist qualvoll gestorben.

Der Stader Hauptkommissar Paul Schlegel und sein Team ermitteln in dem alten Mordfall. Zeitgleich haben sie es mit einem weiteren Mord zu tun. Ein Friseur aus der Stader Altstadt wird erschlagen aufgefunden. Auf den ersten Blick gibt es keinen Zusammenhang zwischen den beiden Fällen...

Im Laufe der Ermittlungen zeigt sich immer deutlicher, dass die beiden Fälle doch etwas miteinander zu tun haben. Die Ermittler stoßen dabei auf eine Gruppe von Neonazis, deren führende Köpfe als vermeintlich unbescholtene Bürger für eine rechtsnationale Wählergruppe für den Stader Stadtrat kandidieren...

Der Autor

Thomas B. Morgenstern, Jahrgang 1952, bewirtschaftete lange einen biologisch-dynamischen Bauernhof in der Elbmarsch bei Stade. Der Diplom-Biologe, der auch einige Semester Germanistik und Theaterwissenschaften studiert hat, ist seit Jahren als Schriftsteller tätig. Im MCE-Verlag debütierte Morgenstern im Herbst 2005 mit seinem Krimi *Der Milchkontrolleur*, der zu einem Überraschungserfolg wurde. Für dieses Buch wurde er 2007 mit dem Osteland-Kulturpreis ausgezeichnet. In dem vorliegenden sechsten Kriminalroman von Morgenstern ermittelt der Stader Kripobeamte Paul Schlegel im Milieu der Neonazi-Szene.

Thomas B. Morgenstern

Grauerort

Kriminalroman

Die Handlung und sämtliche Personen des Romans
sind frei erfunden. Jede Ähnlichkeit mit einer lebenden
oder verstorbenen Person ist nur zufällig.

Impressum:

© 2021 MCE Verlagsgesellschaft mbH & Co. KG
(Medien Contor Elbe)
Sietwender Straße 73, D-21706 Drochtersen, Tel. 04143/435
Internet: www.mce-verlag.de, Mail: info@mce-verlag.de
1. Auflage September 2021
Alle Rechte sind dem Verlag vorbehalten!
Umschlaggestaltung und Satz: digiscreen, Herwig Baak, Stade
Druck: Clausen und Bosse, Leck
ISBN: 978-3-938097-54-0

Kapitel 1

Zugegeben: Nicht jeder versteht, warum ich Hortensien verabscheue. Eigentlich meinte ich, Hortensien zu hassen, aber nach einem Gespräch mit meiner Tochter Hannah war mir klar, dass das so nicht stimmen kann. Ich habe das Gefühl Hass einfach nicht in meinem Repertoire. Das bedeutet nicht, dass ich gefühlsarm bin, aber ich kann mich einfach nicht in solche Auswüchse des Gefühlslebens hineinsteigern. Marianne hatte mir das oft vorgeworfen, sie meinte dann, ich sei so steif, als ob ich einen Stock verschluckt hätte. Sie wollte damit nicht meine Beweglichkeit kritisieren, sondern meine „innere Haltung", wie sie es ausdrückte. Ich habe mich dann immer gefragt, wie sie mich denn gerne hätte? Sollte ich bei jeder Gelegenheit ausrasten oder mit aller Welt per Du sein? Beides liegt mir nicht. Für einen Polizisten ist das sicher keine schlechte Voraussetzung. Selbst gegenüber Marianne empfand ich keinen Hass, obwohl sie mich eiskalt mit mehreren Liebhabern betrogen hatte.

Hortensien sind es auch gar nicht wert, gehasst zu werden, sie sind einfach zu nichtssagend, ihr Rosa ist zum Beispiel kein richtiges Rosa, sondern einfach nur der geschmacklose Versuch, eine Farbe darzustellen. Das Blau ist kraftlos. Und dann blüht die Pflanze auch noch, als ob sie sich sicher sei, die Schönste zu sein. Kitsch in Pflanzenform.

Als Kind bin ich mit meiner Großmutter oft auf den Friedhof gegangen. Auf dem Dorf wurden die Gräber so gepflegt und betreut wie die heimischen Gärten. Es wurden kein Unkraut und kein Wildwuchs gestattet, und so musste ich häufig bei der Grabpflege helfen. Ich stiefelte dann als sechsjähriger Junge mit halbvollen Gießkannen an den Gräbern der Honoratioren des Dorfes vorbei –

mein Großvater gehörte nach Einschätzung seiner Witwe natürlich auch dazu –, und auf jedem Grab, wirklich auf jedem, stand ein riesiger Hortensienbusch. In allen erdenklichen roten, rosa und blauen Schattierungen. Ich fand sie schon damals scheußlich. Friedhöfe und Hortensien, das gehörte in meiner Kindheit so fest zusammen, dass ich anfangs sogar dachte, wenn ich irgendwo in einem Garten einen blühenden Strauch sah, jemand läge darunter begraben. Meine Großmutter flüsterte mir ein, die Blumen würden anzeigen, wer unter ihnen langsam vermodert. Gut, das hat meine Oma so nicht formuliert, aber gemeint. Blau für Männer, rot für Frauen. Natürlich sollte das ein Witz sein, sie liebte makabre Scherze. Aber wie das bei Kindern so ist: Ich habe es sofort geglaubt, ich konnte ja noch nicht lesen und den Blödsinn auf seinen Wahrheitsgehalt überprüfen; ein Blick auf die Grabsteine hätte genügt. Es hat sich eingeprägt und als ich später als Schüler das erste Mal mit Lackmuspapier zu tun hatte, erinnerte mich das Farbspiel des Reagenzpapiers sofort an die alte Geschichte, auch wenn der Vergleich schräg war. Ich dachte im ersten Moment: Hatte sie doch recht, die Oma. Die Farbe zeigt an, was sich dahinter oder besser darunter verbirgt.

Und nun das: Ich saß in der dritten Reihe bei brütender Hitze auf einem wackeligen Plastikstuhl, die Bühne eingerahmt von kraftlos blauen und kitschig rosafarbenen Hortensien, man sah kaum das Bühnenbild. Neben mir saß Mechthild und flüsterte mir ins Ohr: „Paul, sieh nur, diese Hortensien! Wunderschön, nicht wahr?"

Es wurde die Zauberflöte gegeben, eine der wenigen Opern, mit denen ich etwas anfangen kann. Man merkt der Musik bei jeder Note an, dass Mozart ein Mensch mit Humor war. Die Oper klingt, als hätte er sich und die Welt nicht immer ernst genommen. Sehr sympathisch. Leider sahen das die Akteure auf der Bühne nicht annähernd so gelassen. Man konnte an diesem Abend den Unterschied spüren zwischen den Musikern, denen der Spaß an der Musik wichtig war und denen, die ihren Job so machten wie andere, die täglich emotionslos ins Büro stiefeln. Vor allem die Tenöre waren unterirdisch schlecht.

Wenn man durch die Fußgängerzonen von Hamburg oder München läuft, kann es passieren, dass man plötzlich fassungslos vor einem Sänger steht, der mit einer Inbrunst, die nicht gespielt ist, eine Arie von Verdi oder ein Lied von Schubert singt, so gut, dass man nicht mehr weiterlaufen möchte, sondern ihm stundenlang zuhören könnte. Meist stellt sich heraus, dass es arbeitslose Opernsänger aus Weißrussland oder der Ukraine sind, die hier mit ihrer Straßenmusik mehr verdienen, als wenn sie in ihrer Heimat auf der Bühne stünden. Und alle, die ich dort je gehört hatte, waren besser als die, die jetzt vor mir auf der Bühne standen. Ein Freund von mir, Cellist in einem großen Orchester, erklärte mir einmal, ihm sei ein engagierter Rockmusiker, der beim Singen nicht jeden Ton trifft, aber mit Begeisterung dabei ist, viel lieber als gut ausgebildete Opernsänger, mit denen er manchmal arbeitet. Die träfen zwar jeden Ton, seien aber zuweilen beim Singen mit den Gedanken ganz woanders.

Das Wetter der letzten Wochen war ein vorweggenommener Hochsommer. Nach zwei verregneten Jahren freute man sich, dass die Sonne nicht vergessen hatte, wozu sie eigentlich da war. Allerdings hätte ich ihr mehr Feingefühl gewünscht. Mild im Mai und stark im Hochsommer. Dieses Jahr schien sie sich im Kalender vertan zu haben. Es war Mai und mancherorts war seit mehreren Wochen kein Regen gefallen.

Für ein OpenAir-Konzert auf großer Bühne in Grauerort war das Wetter allerdings ideal. Der Innenhof der alten Festung war voll mit Menschen. Irgendeine Tourneebühne aus dem Baltikum gastierte für zwei Aufführungen in dem Stader Fort. Die Namen der Sängerinnen und Sänger hatte ich noch nie gehört. Mechthild, die große Opernfreundin („Außer Fidelio!") auch nicht. Das hätte kein Mangel sein müssen, an kleinen Bühnen fangen oft große Karrieren an, hier aber, dachte ich am Ende des ersten Aktes, war es eher umgekehrt: Hier war die kleine Bühne schon größer als die Sänger. Gespannt wartete ich auf die Arie der Königin der Nacht und beschloss vorsorglich, nachsichtig zu sein. An dieser Aufgabe waren schon ganz Große gescheitert.

Mechthild hatte einige Überredungskunst benötigt, mich zu dem Opernabend zu verleiten. Ich wollte nicht noch einmal in diesen dumpfen Bau zurückkehren, der trotz aller Versuche der Veranstalter nichts von dem ausstrahlte, was in den Veranstaltungsprospekten so wortreich angekündigt wurde. Es sei ein architektonisches Juwel – für mich ein hingeklotzter Backsteinbau ohne jegliche Atmosphäre –, ein Zeugnis der Militärbaukunst – wieso eigentlich Kunst? – und so weiter. Viel angestrengtes Geschwafel, so wie man es benutzt, wenn man dem Publikum etwas verkaufen will: Hier war es die „unvergleichliche Atmosphäre".

Ich hatte genug von diesem Ort, seit wir vor kurzem von einer völlig verschreckten Mädchenstimme, die am Telefon vor lauter Schluchzen kaum ein verständliches Wort herausbekommen hatte, zu einem versteckt liegenden Seitenbau der Festung gerufen worden waren. Eine internationale Jugendbautruppe sollte ein paar Wände von alter Farbe befreien, man wollte die alten Ziegelsteine wieder sichtbar machen, um in diesem Trakt eine Kunstausstellung zu organisieren. Die jungen Leute, alle zwischen 20 und 25 – darunter Franzosen, Rumänen, Dänen und ein paar Deutsche – waren bei ihrer Arbeit auf eine Öffnung gestoßen, die schlecht zugemauert war. Benutzt hatte man einfache Ziegelsteine. Es war nachlässig gemauert worden. Als sie ein bisschen fester klopften, brach die Mauer zusammen und daraufhin auch einige der Teilnehmer.

Sie fanden, als sie mit dem schwachen Licht ihrer Smartphone-Taschenlampen in die Öffnung leuchteten, schmutzige, halb vermoderte Turnschuhe und als sie mit einem Stöckchen darin stießen, fielen aus den Schuhen ein paar Knochen. Sie waren auf ein Skelett gestoßen.

„Du hörst ja gar nicht zu", raunte Mechthild und stieß mich an. Es stimmte. Das grausige Bild, das sich mir damals bot, die schluchzenden Jugendlichen, das Skelett, die Eisenkette, mit der das Opfer wohl an die Wand gefesselt worden war – all dies war mir wochenlang nicht aus dem Kopf gegangen und war jetzt wieder sehr gegenwärtig.

Ich bin kein Klassikexperte, mir ist es egal, aus welcher Epoche die Musik, die mir gefällt, stammt. Ich kann Beethoven genauso mitgrölen wie die Stones oder Vivaldi. Musik ist kein Heiligtum für mich, sondern soll mir gefallen oder meine Stimmung aufnehmen. Mozart fand ich schon immer gut, die Zauberflöte besonders, auf den Text habe ich sowieso nie geachtet. Also gab ich mir einen Ruck und lauschte wieder der Musik. Bei der Ouvertüre war ich noch sehr angetan gewesen, ich hatte mich nur gewundert, warum sie so schnell gespielt worden war. Als ich die dunklen Regenwolken bemerkt hatte, war mir klar gewesen, warum das Orchester ein bisschen durch die Partitur hechelte. Dabei hatten die Musiker wenig zu befürchten. Die Bühne war genauso überdacht wie der Platz des Orchesters. Nun war nur noch wenig von meiner anfänglichen Begeisterung für die musikalische Darbietung übriggeblieben.

Die Spurensicherung war schnell fertig geworden an diesem heißen Tag im Mai, viel zu sichern gab es nicht mehr. Die Kleidung des Opfers war fast vollständig verschwunden, ich hatte zuerst sogar den Verdacht, es könnte gänzlich unbekleidet gewesen sein, aber dann wurden ein paar blaue Fetzen alten Jeansstoffs gefunden. Dazu die Schuhe und eben die völlig blanken Knochen. Die Schuhe waren ziemlich klein, ich schätzte sie auf Größe 37 oder 38. Eine Frau, dachte ich spontan, und der DNA-Test bestätigte meine Vermutung. Im Büro holte ich alle ungeklärten Vermisstenfälle der letzten Jahre hervor. Fräulein Susi hatte sehr schnell alle Akten aus dem Archiv geholt, die meisten waren noch nicht digitalisiert und rochen ähnlich muffig wie die Gänge in Grauerort. Die jüngeren legte ich bei Seite und begann die Akten der älteren Anzeigen zu studieren. Es dauerte nicht lange, bis ich die Fälle eingrenzen konnte. Der Treffer war eine Anzeige, die vor einundzwanzig Jahren erstattet worden war. Die Eltern eines jungen Mädchens, sie war 18, als sie verschwand, hatten sich an die Polizei gewandt, weil ihre Tochter nicht nach Hause gekommen war. Es dauerte damals eine ganze Zeit, bis die Polizei aktiv geworden war. Man vermutete damals, das Mädchen sei abgehauen. Erst als die Eltern immer wieder nachfragten, setzte sich der Polizeiapparat langsam in Gang, zum Ende hin sogar mit einer großen Suchaktion im Moor und an der Elbe. Das Mädchen wurde nicht gefunden. Nun wusste ich, warum.

Ich habe in meinem Berufsleben einige Morde aufgeklärt. Bei den meisten war es mir sehr schnell gelungen, bei manchen hatte es Jahre gedauert. Und es gab Fälle, bei denen wir nichts erreicht hatten. Dieser hier war so bizarr, dass ich einen Moment brauchte, mich zu sammeln und einen klaren Gedanken zu fassen. Nach einundzwanzig Jahren taucht das Skelett eines verschwundenen Mädchens angekettet hinter einer schlecht aufgemauerten Wand auf. Aus dem irgendwann in den Archiven verschwundenen Vermisstenfall war ein grausamer Mordfall geworden. Nicht jedes gefundene Skelett lässt sofort den Schluss zu, dass es sich um ein Tötungsdelikt handelt. Manchmal war es ein Unfall oder ein Selbstmord an einer Stelle, wo ein paar Jahre keine Menschenseele hingekommen war, hier aber waren die Indizien eindeutig: Das Mädchen war angekettet, eine Mauer war errichtet worden. Als ich mir das klarmachte, wurde mir übel. Man kettet keine Leiche an, die junge Frau musste also lebendig gewesen sein, als ihre Peiniger das Schloss in der Kette einschnappen ließen. Und sie musste elend verhungern und verdursten. Erstickt war sie wahrscheinlich nicht, im Mauerwerk waren genügend Öffnungen. Die nutzten sicher auch die Ratten, die ihr in den letzten Stunden wahrscheinlich Gesellschaft leisteten.

„Hier", sagte Mechthild, „nimm das." Sie drückte mir ein kleines Paket in die Hand. Ich schreckte aus meinen Gedanken auf und, als ich die ersten Tropfen auf meinem Kopf spürte, merkte ich, dass es angefangen hatte zu regnen. Oben auf der Bühne lieferten sich Tamino und Papageno ihr Gesangsduell, unten packten die Zuschauer die raschelnden Regenumhänge aus und veranstalteten einen Lärm, so laut, dass man die Sänger kaum noch hörte.

Was für eine Scheiße, dachte ich, ich hätte nicht mitkommen sollen.

Die Sänger waren tourneeerfahren, das merkte man, sie spulten unbeirrt ihr Programm ab und überlegten wahrscheinlich beim Singen, ob sie nach der Vorstellung noch ein Bier trinken oder eine Pizza essen sollten. Oder beides. Das Wetter wurde immer schlechter, die Sänger auch. Als nach quälend langen Umbaupausen Pamina vor Monostatos geführt wurde, konnte ich kaum auf meinem Stuhl sitzen bleiben.

Der Sänger des Monostatos hatte keinen schlechten Bass. Er sang, unterbrochen von Pamina:

Du feines Täubchen, nur herein...Verloren ist Dein Leben...He, Sklaven, legt ihr Fesseln an, mein Hass soll Dich verderben.

Selbst wenn die Mailänder Scala ein Gastspiel in Grauerort gegeben hätte, nichts hätte meinen Kopf frei von den Bildern gemacht, die mir den ganzen Abend durch den Kopf gingen. Das Leben des Mädchens war verloren gewesen, man hatte ihr Fesseln angelegt, vielleicht war es Hass, der den oder die Täter dazu gebracht hatten, so zu handeln. Ich stand auf und quetschte mich durch die Reihe. Mechthild sah mir verwundert hinterher, blieb aber sitzen.

„Gudrun", sagte ich in der Pause zu Mechthild, die mich verwundert und fragend ansah.

„So hieß das Mädchen. Gudrun Schlichting. Sie war 18, als man sie umbrachte. Hier in Grauerort." Mechthild schwieg, was hätte sie auch sagen sollen. Sie wirkte erleichtert, als die Glocke zur zweiten Hälfte der Aufführung rief.

„Gefällt's Dir?", fragte sie gespannt, als wir wieder auf den Stühlen, die mittlerweile nassgeregnet waren, saßen.

Ich zuckte mit den Schultern.

„Mmm", murmelte ich, „besonders die Hortensien."

Ich nahm mir vor, die Musik zu genießen. Das Orchester war wirklich nicht schlecht, viel besser als die Sänger. Opern bestechen selten durch ihre Libretti, bei der Zauberflöte ist es nicht anders, es ist ein wild zusammengerührtes Gemisch aus einem romantisierenden Orientbild und den Ideen der Freimaurer. Gespannt wartete ich auf den Auftritt und den Gesang der Königin der Nacht. Jede Sängerin hat höchsten Respekt vor dem, was diese Arie ihrer Stimme abverlangt. Walburga Letkundaja, die vor mir auf der Bühne stand, muss diesen Respekt auch gehabt haben, da sie sicher wusste, dass sie diese Höhen niemals erreichen würde. Sie versuchte es trotzdem.

Als mein Telefon brummte (ich hatte nicht vergessen, es auf lautlos zu stellen), scheiterte sie gerade am Hohen C. Ich sah verstohlen auf des Display: Dirk Hildebrand.

Ich wusste, dass er niemals anrufen würde, wenn es nicht wichtig war. Trotzdem ließ ich ihn zappeln, ich wollte es der Sängerin nicht antun, mitten in ihren Anstrengungen, Mozart nicht ganz zu verhunzen, aufzustehen und zu gehen.

Als sie endlich fertig war, und es den üblichen Szenenapplaus gab, stand ich auf, schlich mich wieder durch die Stuhlreihe und rief ihn zurück.

„Herr Schlegel", sagte Hildebrand. „Wir haben einen Toten".

Gott sei Dank, dachte ich.

Kapitel 2

Später hörte ich, der Regen sei der heftigste der letzten Jahre gewesen. Angeblich kam so viel Wasser vom Himmel wie normalerweise in einem halben Monat. Für die Strecke von Grauerort in die Stader Innenstadt benötigte ich die doppelte Zeit wie gewöhnlich. Ich konnte nur sehr langsam fahren, es schüttete so, dass die Scheibenwischer auf der höchsten Stufe es kaum schafften, die Wassermassen beiseite zu schaufeln.

Mechthild wollte nicht mitkommen, sie saß weiter im Regen auf ihrem nassen Plastikstuhl und lauschte den falschen Tönen.

Ich stellte den Wagen am Zollamt ab und rannte an der alten Wassermühle vorbei in die kleinen Gassen, die so schmal sind, dass kaum zwei Autos aneinander vorbeifahren können. Ich wohne in diesem sehr alten Teil der Stadt. In der Bungenstraße hatte ich mir nach der Trennung von Marianne eine kleine Wohnung gemietet.

Ich drückte mich an den Hauswänden entlang, versuchte nicht in Pfützen zu treten und, als ich am Einsatzwagen der Polizei angekommen war, hörte es schlagartig auf zu regnen. Trotzdem war ich fast vollständig durchnässt.

Dirk Hildebrand erwartete mich schon.

„Kein schöner Anblick", sagte er nervös. Ich schwieg und folgte ihm durch die geöffnete Tür eines kleinen Friseursalons.

Ich kannte den Toten, der blutüberströmt auf dem Boden zwischen den Stühlen lag. Wenn ich mit dem Fahrrad in die Polizeiinspektion fahre, so wie ich es meistens tue, komme ich immer an diesem Friseursalon vorbei. Hans-Herbert Funck, den alle im Viertel Herbi

15

nannten, war dann meistens damit beschäftigt, in seinem Salon etwas vorzubereiten oder Ordnung zu schaffen oder er stand vor der Tür und rauchte. Er war einer dieser Fixpunkte, die es in eng begrenzten Vierteln früher zuhauf gab. Der Bäcker, der schon vor ein paar Jahren aufgehört hatte, der Schlachter – ebenfalls verschwunden –, die Kneipe, der Friseur. Die Kneipe war mittlerweile keine mehr, sie war ein Restaurant mit kleiner, exklusiver Karte und noch kleineren Portionen. Das Essen sehr geschmackvoll gewürzt und die Preise gepfeffert. So war von allen nur noch Herbi übriggeblieben, der sich allem Modernen widersetzte. Man konnte bei ihm keinen Termin abmachen. Wer die Haare geschnitten haben wollte, der hatte zu warten. Er arbeitete alleine, und so konnte es dauern. Die Wartenden stammten alle aus dem Viertel, Fremde verirrten sich zum Haareschneiden so gut wie nie in diese Straße. So kam es, dass sich praktisch alle kannten, manche schon aus der Grundschulzeit, und sie hatten immer etwas zu bereden. Friseure gehören zu den am besten informierten Bewohnern einer Stadt oder eines Viertels, nirgendwo wird so hemmungslos getratscht wie im Friseursalon, egal ob es sich um einen Damen- oder einen Herrenfriseur handelte. Die Themen unterscheiden sich, das Niveau ist das gleiche.

Herren-Salon Funck stand in schwungvollen Lettern über dem Schaufenster, wenn man genau hinsah, konnte man erkennen, dass früher ein paar mehr Buchstaben an der Wand befestigt waren, aber das „Damen- und" war schon lange abgebaut worden. Hans-Herbert Funck hatte irgendwann eingesehen, dass er kein guter Damenfriseur war, die Umsätze waren nie hoch und die frisierten Damen häufig unzufrieden. So beschränkte er sich auf das Haareschneiden bei den Herren und hatte lange Jahre sein Auskommen. Erst als immer mehr türkische Friseure ebenfalls Herrensalons aufmachten, wurde es finanziell ungemütlicher. Die Konkurrenten waren schnell, modern und gut. Da wurde nicht mit Service gegeizt, es gab Tee oder Kaffee, wenn man trotz Termin doch mal ein paar Minuten warten musste, und auch modisch waren sie ihm weit voraus. Ich hätte mich nicht gewundert, wenn er eines Tages die Tür zum letzten Mal abgeschlossen und ein Nagelstudio oder etwas Ähnliches den Laden gemietet hätte.

Der Täter hatte von der Einrichtung nicht viel übriggelassen. Alle Spiegel waren zerschlagen, die Waschbecken zertrümmert und das Kunstleder der Sessel aufgeschlitzt. Das Opfer musste schwer gelitten haben, sein Gesicht war so entstellt, dass man ihn kaum erkennen konnte.

„Wo ist eigentlich Herr Hildebrand?", fragte ich den Fotografen.

„Ich glaube, er ist sofort gegangen, als Sie angekommen waren", erwiderte er und arbeitete weiter. Er hatte viel zu tun, in dem völlig verwüsteten Salon musste er jedes Detail festhalten. Ich stieg vorsichtig über die Trümmer der Waschbecken, die zum Teil noch an der Wand hingen, größtenteils aber auf dem Boden lagen.

„Was ist hinter der Tür?", fragte ich in die Runde.

„Da geht's in die Wohnung", sagte Dirk Hildebrand.

„Ich dachte, Sie sind weg?", fragte ich verwundert.

„Ich war nur kurz an der frischen Luft", erwiderte er, und ich bemerkte, wie nervös er immer noch war.

„Das geht einem immer nahe", versuchte ich ihn zu beruhigen.

Er nickte: „Er hatte mich gestern angerufen", sagte er tonlos.

„Das Opfer? Der Friseur?", fragte ich verblüfft.

„Er wollte eine Aussage machen, es sei sehr wichtig, hatte er am Telefon gesagt." Hildebrand wurde immer aufgewühlter.

„Und? Was hat er gesagt?"

„Nichts. Ich habe gesagt, er solle am Montag zu uns kommen, ich hätte jetzt keine Zeit! Er wollte aber unbedingt sofort kommen und wurde immer drängender. Schließlich habe ich zugestimmt."

Er schwieg, ich merkte, dass er nicht weiterreden konnte.

„Ist er gekommen?"

Hildebrand nickte: „Ich war nicht da. Da gab es doch diesen Einsatz am Freitagnachmittag, als am Hafen die Wasserleiche angeschwemmt wurde. Da musste ich hin und habe ihn verpasst. Er wollte mit niemand anderem reden und ist gegangen".

„Machen Sie sich Vorwürfe deshalb? Das ist doch Blödsinn, Herr Hildebrand."

„Ich zähle nur eins und eins zusammen: Ein aufgeregter Zeuge, oder was auch immer er war oder sein wollte, will eine wichtige Aussage bei der Polizei machen. Und am nächsten Tag wird er umgebracht. Das hier war kein Junkie, der die Tageskasse haben wollte und ein bisschen aus der Fassung geraten war, als sie ihm nicht gleich ausgehändigt wurde. Das alles hier riecht förmlich nach Absicht. Man soll die Brutalität sehen, mit der er umgebracht wurde. Gehen Sie mal in die Wohnung."

Hildebrand hatte Recht. Das war kein Zufallsmord, hier war ein Zeichen gesetzt worden.

„Er könnte noch leben. Da bin ich mir sicher", rief er mir hinterher, als ich in die Wohnung eintrat.

Das gleiche Bild: Alles, was man zerfetzen, zerschlagen und zertrümmern konnte, lag zerstört in der Wohnung. Selbst der Kühlschrank war demoliert, der Inhalt lag auf dem Boden. Bei den Schränken und Kommoden waren alle Schubladen aufgerissen worden und der Inhalt durchwühlt.

„Vielleicht hat man etwas gesucht?", fragte ich Dirk Hildebrand, der hinter mir stand.

„Oder man hat die Suche vorgetäuscht, um die Polizei auf eine falsche Fährte zu führen. Was soll man bei so einer Type schon finden?"

„Jetzt reißen Sie sich bitte zusammen!", sagte ich scharf.

Ich versuchte aus den Trümmern etwas über Hans-Hebert Funck heraus zu lesen. Wer war er, wie hat er gelebt, wen hat er geliebt? Die Wohnung war so verwüstet, dass man kein Muster erkennen konnte. Bei jungen Menschen muss man nur einen Blick in ihr Jugendzimmer werfen und man kann erkennen, ob da ein Fan von Justin Bieber oder von Metallica gelebt hat. Man konnte sich dann einigermaßen sicher sein, dass der- oder diejenige als Bieber-Fan nicht allzu viel mit den örtliche Rockergangs zu tun hatte. Solche anfänglichen Einschätzungen bergen natürlich auch Gefahren, falsche Rückschlüsse sind schnell gezogen, trotzdem waren es oft die ersten Anhaltspunkte, mit denen man weitere Ermittlungen anstoßen konnte.

Warum wurde die Wohnung so verwüstet?, überlegte ich. Wenn ich hier Täter gewesen wäre, hätte ich Feuer gelegt, das wäre erheblich einfacher gewesen.

Ich trat ins Schlafzimmer. Auch hier das gleiche Bild. Er lebte alleine, das wusste ich, trotzdem stand hier ein riesiges Doppelbett, die Bettdecke lag auf dem Boden, die Matratzen aufgeschlitzt als hätte jemand nach etwas gesucht. Geld wird es nicht gewesen sein, dachte ich.

Natürlich kann ein Friseur ein paar Haarschnitte pro Tag nicht über die Kasse laufen lassen, ein bisschen Schwarzgeld kassieren. Aber bedeutend wäre so etwas nicht, bei den mageren Umsätzen eines kleinen Herrensalons. Ich begann zu rechnen: Wenn er 15 Kunden pro Tag hatte und jeder Schnitt kostete 20 Euro, machte das 300 Euro Umsatz. In fünf Tagen machte das 1500, pro Monat 6000. Gar nicht so schlecht, dachte ich. Kein Personal, wenig Miete und kaum weitere Kosten. Die paar Scheren und Kämme kosteten sicher nicht die Welt. Wenn er zum Beispiel ein Drittel schwarz kassiert hatte ….

Also doch Schwarzgeld? Zumindest war es eine Möglichkeit.

Ich blätterte mich durch die Bücher, die überall herumlagen. Er musste viel gelesen haben, den Büchern konnte man ansehen, dass sie vor seinem Tod und der Zerstörungsaktion nicht nur im Regal gestanden hatten.

Ein paar kitschige Romane, ein paar Bildbände und, zu meiner Verwunderung, viel politische Literatur. Obwohl, Literatur war es eigentlich nicht. Es waren die üblichen Verschwörungstheorien, die in rechten Kreisen gerne gelesen wurden. Er schien dazu gehört zu haben, zu den rechten Kreisen, selbst „Mein Kampf" fand sich zwischen den Büchern. Aber nicht die neue, wissenschaftlich kommentierte Ausgabe, er hatte eine Originalausgabe aus den dreißiger Jahren.

Und an den Wänden hingen vermutlich Landkarten. „Das Deutsche Reich in den Grenzen von 1937" lag mit zersplitterter Glasscheibe auf dem Boden, dazu eine Karte Deutschlands auf dem Höhepunkt der Naziherrschaft mit Österreich, Böhmen, dem Elsass und ein paar weiteren Randgebieten, die sich das „Tausendjährige Reich" einverleibt hatte. Auch sie lag heruntergerissen in zersplittertem Rahmen auf dem Boden. Ein Poster mit „Nordischen Runen" hing noch zur Hälfte an der Wand.

„Was sollen wir mit dem Schund machen?", fragte Dirk Hildebrand.

Ich zuckte mit den Schultern: „Am einfachsten wäre eine große Tonne Altpapier, aber das dürfen wir natürlich nicht. Weiß man schon, ob er Angehörige hatte?"

„Am Montag will ich Suse darauf ansetzen. Hier scheint er alleine gelebt zu haben. Ich denke, er war schwul."

„Woraus schließen Sie das denn?", fragte ich scharf.

„Er hatte so einen kleinen, widerlichen, kläffenden Köter."

„Schwule haben widerliche Köter? Was ist das denn für ein Klischee, Herr Hildebrandt?", sagte ich, erstaunt über die Äußerung, aber Hildebrandt ging nicht darauf ein: „Ich habe mir vor ein paar Jahren mal die Haare bei ihm schneiden lassen, es war reiner Zufall, dass ich in seinen Salon gegangen bin. Ich musste eine halbe Stunde warten und dabei ist mir das aufgefallen. Wie er sich bewegt hat, wie er mit seinen Kunden umgegangen ist und wie er mich angefasst hat. Deshalb habe ich vorhin von so einer Type geredet. Er war wirklich so. Er hatte die wenigen Haare mit ganz viel Gel nach hinten geklebt und war zutiefst unsympathisch."

„Hat er sich an Sie erinnert?", fragte ich nach. „Er wollte schließlich gestern nur mit Ihnen reden."

„Ich habe damals kein unnötiges Wort mit ihm gewechselt. Er hat gefragt: Wie soll es denn sein? Und ich habe geantwortet: Nicht zu kurz und nicht zu lang. Das wars. Ich kann mir nicht vorstellen, dass er wusste, dass ich bei der Kripo bin."

„Aber vielleicht einer der Kunden."

„Könnte sein, weiß ich aber nicht."

„Schwuler Nazi, um es auf den Punkt zu bringen. Gibt es diese Kombination oft?"

„Ich glaube, öfter als man denkt."

„Was ist eigentlich", ich wollte ein anderes Thema anschneiden, „mit den persönlichen Unterlagen? Personalausweis, Pass, Urkunden?"

„Ich frage mal die Spurensicherung, ob die so etwas gefunden haben."

Hildebrand ging zurück in den Salon, ich sah mich weiter in der Wohnung um. Dass der Tote homosexuell gewesen sein sollte, konnte man nicht erkennen, in seiner Wohnung gab es keinen Hinweis darauf. Bis ich im Bad sah, was auf dem Spiegel stand. Ich vermutete, es war Lippenstift, womit „Schule Sau" darauf geschmiert war. Das fehlende „w" war in der Aufregung wohl vergessen worden.

Mich überkamen Zweifel. Mir war irgendwie alles zu eindeutig. Ein homosexueller Mann wird erschlagen, die Wohnung wie im Rausch zerlegt und auf den Spiegel das vermeintliche Motiv geschrieben. Es sah aus wie eine Spur, der wir folgen sollten. Und auf der wir uns vermutlich irgendwo verirren.

„Hier", sagte Hildebrand und gab mir den Personalausweis des Toten.

„Makaber", murmelte ich und, als er fragend die Augenbrauen hob, sagte ich: „Er hatte heute Geburtstag. Den fünfzigsten."

„Jetzt verstehe ich die Sektflaschen und die drei Kisten Bier", rief Kommissar Hildebrand. „Vielleicht ist die Geburtstagsfeier aus dem Ruder gelaufen?"

„Habt Ihr sonst noch etwas gefunden?"

„Offizielle Papiere, meinen Sie?"

Ich nickte: „Kontoauszüge, Mietverträge, Steuerbescheide, ich will alles auf dem Schreibtisch haben."

„Wir haben", sagte Hildebrand, „keinerlei Bargeld gefunden. Eigentlich hat doch jeder ein bisschen was davon im Portemonnaie. Er hat, so steht es an der Tür, sonnabends bis dreizehn Uhr geöffnet. Die Kasse ist aufgebrochen, das Geld ist weg. Vielleicht war es doch nur ein normaler Überfall von ein paar Junkies, und er hat sich gewehrt?"

Ich schüttelte den Kopf: „Die wollen Geld und hauen ab. Solche Täter verwüsten nicht gezielt eine ganze Wohnung. Außerdem ist es ihnen egal, ob jemand schwul ist oder nicht, die wollen Geld für den nächsten Schuss."

Hildebrand nickte zustimmend: „Mir kommt das alles wie eine Inszenierung vor. Um von etwas abzulenken. Man erschlägt doch keinen fünfzigjährigen Friseur, nur weil er schwul ist. Oder rechts. Oder beides. Ich denke, wir sollen das glauben."

Kapitel 3

Ein paar Tage nach dem Fund des toten Mädchens saßen die Eltern vor meinem Schreibtisch.

„Ich habe in den ganzen Jahren immer gehofft, sie würde noch leben", schluchzte die Frau. Sie umklammerte die Hand ihres Mannes, und ich wusste nicht, wie ich reagieren sollte. Ich hätte ihr gerne die Details des Todes ihrer Tochter erspart, aber mir war klar, dass sie sowieso schon alles wusste. Es war uns natürlich nicht gelungen, eine kleine, unbedeutende Pressemeldung zu lancieren. „Weibliche Leiche gefunden, Identität unklar." Meldungen dieser Art gehen normalerweise in der täglichen Nachrichtenflut unter, kein Boulevardzeitungsredakteur in Hamburg oder Berlin interessiert sich dafür. Der Fund des Mädchens war aber so spektakulär, und die jungen Leute, die sie gefunden hatte, so redselig, dass schon einen Tag später die Zeitungen mit dicken Schlagzeilen auf den Titelseiten erschienen: „Mädchen einbetoniert. Sie war angekettet!" oder: „Der Mörder mit der Maurerkelle" und ähnlich literarisch und journalistisch bemerkenswerten Formulierungen.

Die Eltern wussten also, was ihrer Tochter widerfahren war, und ich konnte verstehen, dass sie in ein tiefes Loch gefallen waren. Ich versuchte, sachlich und neutral zu bleiben, hätte ich mehr Empathie gezeigt, als unbedingt notwendig, hätten wir alle drei heulend in meinem Büro gesessen. Auch mich bewegte der Fall anders als alle anderen Morde, die ich bisher aufzuklären hatte. Ich stellte mir meine eigene Tochter in dem Alter vor, in dem das Mädchen ermordet wurde. Sie war voller Elan, wollte alle Herausforderungen des Lebens annehmen, stritt sich mit allen, liebte alle, genoss Erfolge und verkraftete Niederlagen. Wahrscheinlich war es bei der Toten nicht anders gewesen. Ich musste herausbekommen, welches Leben sie geführt hatte.

„Erzählen Sie von Ihrer Tochter", sagte ich Frau Schlichting.

„Was wollen Sie wissen?", schluchzte sie.

„Alles", nahm mir ihr Mann das Wort aus dem Mund. „Die Polizei muss alles wissen. Sonst kriegen sie die Kerle nie."

„Die Kerle?", fragte ich. „Wie kommen Sie darauf, dass es mehrere waren?"

Er zuckte mit den Schultern: „Im Gegensatz zu manchen Beamten habe ich schon mal eine Mauer hochgezogen. Dazu brauchen Sie Steine, Zement, Sand und das Werkzeug. Das müssen mehrere gewesen sein."

Den Seitenhieb gegen mich überhörte ich und meinte: „Das ist nicht von der Hand zu weisen. Danke für den Hinweis". Ich blätterte in den Akten: „Sie sind Obstbauer?"

„Mittlerweile in der sechsten Generation." Sein Stolz war unüberhörbar. Ich tat ihm den Gefallen und vertiefte das Thema: „Im Alten Land? Da gibt es große Obsthöfe." Er nickte, holte Luft, aber bevor er über die Situation des Obstbaus im Alten Land referieren konnte, kam ich zum eigentlichen Thema zurück.

„Ihre Tochter…" wollte ich den Faden aufnehmen.

„Meine Tochter", sagte er sehr bestimmt und betonte das erste Wort, „hatte eine glückliche Kindheit. Sie war den ganzen Tag draußen, spielte mit den Nachbarskindern und, wenn mal keiner da war, mit den Katzen oder dem Hund. Sie ging in Stade aufs Gymnasium und war eine gute Schülerin, keine Überfliegerin, aber das Lernen machte ihr Spaß. Bis zur neunten Klasse ging alles gut, dann starb Marie, meine erste Frau."

Ich sah erstaunt auf: „Ihre erste Frau? Sind Sie nicht ihre Mutter?", fragte ich Frau Schlichting, die sich stumm die Rede ihres Mannes angehört hatte.

„Nein", sie schüttelte den Kopf. „ich habe Paul zwei Jahre nach dem Tod von Marie geheiratet. Mein erster Mann ist kurz vor Marie gestorben. Wir kennen uns schon lange, waren Nachbarn, und die Familien waren befreundet. Die Männer waren Kollegen, wir hatten auch einen Obsthof".

„Ich habe dann den Obsthof von Karl übernommen", ergänzte er und wieder war er kaum zu bremsen. „Das lag ja auf der Hand. Unser Hof ist jetzt einer der größten im Alten Land".

„Haben Sie auch gemeinsame Kinder?", wollte ich wissen.

„Nein", sagte sie leise und fing wieder an zu schluchzen. „Wir haben keine Kinder mehr bekommen. Ich hatte Ralf mit meinem ersten Mann."

„Er ist gestorben", erläuterte Paul Schlichting. „Er starb zwei Jahre nach Gudruns Verschwinden. Er mochte sie sehr gerne."

„Sie sagten, bis zur neunten Klasse ging es gut", sagte ich. „Und dann?"

„Gudrun hing sehr an ihrer Mutter. Meine Frau hatte einen Autounfall, sie war sofort tot. Wissen Sie", sagte er und vermittelte das Gefühl, er würde sein Herz ausschütten, „wenn jemand stirbt, der vorher krank war, kann man sich innerlich darauf vorbereiten, man legt sich vielleicht eine Strategie zurecht, wie man mit der Trauer umgeht, wie es sein wird, wenn sie nicht mehr da ist. Viel schlimmer ist ein Unfall... Da steht plötzlich ein Polizist mit einem Pastor vor der Tür, und Sie wissen, es ist etwas Furchtbares geschehen. Im Kopf rasen die Gedanken:

Wer? Was ist passiert? Und, wenn sie es dann wissen, nehmen sie nichts mehr wahr. Das hilflose Stammeln des Polizisten, den sie schon aus der Schulzeit kennen, das Geschwätz des Pastors. Das alles ist furchtbar und kaum auszuhalten. Was einen aber fast umbringt, ist, wenn das Kind verschwindet, man in seinem Innersten weiß, dass man es nie wiedersehen wird. Und es kommt niemand – kein Polizist, kein Pfarrer."

Er seufzte tief und kämpfte mit den Tränen. Ich schwieg eine Weile respektvoll und fragte dann: „Hatte Ihre Tochter Probleme in der Schule? Wurde sie gemobbt, hatte sie Feinde?"

Der Mann schüttelte den Kopf: „Das Übliche, nichts Besonderes. Heute verliebt, morgen verfeindet. Und umgekehrt. Als ihre Mutter verunglückt war, hat sie sich zurückgezogen und irgendwann die falschen Entscheidungen getroffen."

Ich sah ihn fragend an: „Falsche Entscheidungen?"

„Falsche Freunde. Zuerst hat sie ein bisschen rumprobiert, Alkohol, Zigaretten, dann wurde gekifft. Ich habe das alles natürlich nicht mitbekommen, sonst wäre ich eingeschritten. Mit siebzehn war sie schwanger, das Kind ist aber nicht zur Welt gekommen, sie hatte eine Fehlgeburt. Es wäre stark behindert gewesen, sagten die Ärzte später. Vermutlich im Rausch gezeugt, ich weiß es nicht." Er seufzte tief.

Ich hörte eine solche Lebensgeschichte nicht zum ersten Mal. Man merkte an seinen Ausführungen, dass er sich selbst Vorwürfe machte, dass das Mädchen ihm entglitten war.

„Und Sie?", wandte ich mich an seine Frau, „wie war das Verhältnis zu Ihnen?"

„Gar nicht", sagte sie und fing wieder an zu weinen.

„Sie hat mich vom ersten Tag an abgelehnt, mir vorgeworfen, ihr den Vater gestohlen zu haben. Ich kam einfach nicht an sie ran, sie ließ keine Nähe zu. Wir lebten
nebeneinander her. Dabei kannte ich sie, seit sie in den
Windeln lag. Ich wollte sie wie mein eigenes Kind lieben,
ich hatte mir schon immer eine Tochter gewünscht und
keine bekommen. Aber es ging nicht."

„Erzählen Sie mir bitte genau, was Gudrun an dem Tag
gemacht hatte, als sie verschwand."

„Das muss doch in Ihren Akten stehen, das haben wir
doch alles schon erzählt."

„Trotzdem", beharrte ich. „Versuchen Sie sich zu erinnern, möglichst an alle Details."

Paul Schlichting nickte. Er überlegte eine Weile, dann
begann er zu erzählen.

„Gudrun war in der zwölften Klasse. Sie hatte sich in
der Schule wieder gefangen, gutes Mittelmaß, ihre Ver-
setzung war nicht gefährdet. Frau Seemann, ihre damalige Klassenlehrerin meinte, sie würde sicher das Abitur
schaffen, sie müsse sich in den naturwissenschaftlichen
Fächern ein bisschen mehr anstrengen, dann klappe das
schon. Und sie müsse mehr schlafen, sagte sie noch, sie
sei oft sehr müde. Sie hatte recht, Gudrun war kaum
einen Abend zu Hause. Ich hätte nichts dagegen gehabt,
wenn sie einen festen Freund gehabt und ab und zu bei
ihm übernachtet hätte. Sie hatte niemanden Festes, sie
zog mit ihrer Clique rum, feierten mal in einer Kneipe,
mal bei jemandem zuhause. Sie war 18 und sie ließ sich
von mir natürlich nichts mehr sagen. Als sie verschwand,
habe ich sie am Freitagnachmittag das letzte Mal gesehen.
Es war der 23. April, zwei Tage nach meinem Geburtstag.
Sie kam von der Schule nach Hause und war anders als
sonst."

„Anders als sonst?", fragte ich nach.

„Ja, irgendwie aufgeregt, nein, besser: aufgewühlt. Sie wollte nicht mit mir reden, ging in ihr Zimmer, wollte auch nichts essen und ist gegen vier Uhr aufgebrochen. Das war das letzte Mal, dass ich sie gesehen habe. Sie kam nie wieder. Als sie abends nicht nach Hause kam, dachte ich, sie übernachtet sicher bei einer Freundin. Das hat sie ab und zu gemacht. Am Sonnabend dachte ich noch das gleiche. Aber als sie am Montag immer noch nicht aufgetaucht war, bin ich zur Polizei und habe sie als vermisst gemeldet."

„Ich war damals noch nicht hier", sagte ich, „was haben meine Kollegen gemacht?"

„Nichts. Sie meinten, die käme bald wieder, Achtzehnjährige hätten halt ihren eigenen Kopf, ich solle mir keine Sorgen machen. So haben sie es formuliert, aber gemeint haben sie: Stell dich nicht so an", sagte er verbittert.

„Wer waren ihre Freunde? Können Sie sich an sie erinnern?"

„Die meisten Mitglieder der Clique kamen aus der Schule, aus ihrer Klasse. Dann gab es da ein paar junge Männer, die etwas älter waren als sie, ich schätzte sie auf Mitte zwanzig oder vielleicht war der eine oder andere schon Dreißig. Schwere Motorräder, Lederklamotten und dicke Hose. Trotzdem waren es nette Jungs. Gudrun war das einzige Mädchen dort, aber sie fühlte sich akzeptiert. Sie wollte auch den Führerschein für die schweren Maschinen machen, aber sie hatte dazu Gott sei Dank kein Geld, und ich habe es ihr dafür nicht gegeben, ich finde bis heute, dass Motorradfahren Selbstmord auf Raten ist."

„Kannten Sie die Leute mit Namen? Wissen Sie, wer das war? Und was aus ihnen geworden ist?"

„Die meisten tauchten nie bei uns auf. Gudrun erzählte, wenn sie dann überhaupt mal was erzählte, nicht viel. Sie nannte ein paar Namen, aber daraus kann man keine Rückschlüsse ziehen. Charly, Fuzzi, Big Man und solche Spitznamen waren das."

„Wenn wir einen davon identifizieren können, würde uns das sehr weiterhelfen, meistens bekommt man die Namen der anderen relativ schnell heraus."

Schlichting überlegte.

Seine Frau sprang ein: „Hieß nicht einer Harli oder so?"

Er schüttelte den Kopf: „Das verwechselst Du. Jemand fuhr eine Harley, eine Harley Davidsen, das ist eine Motorradmarke."

Ich wurde hellhörig: „Eine Harley? Damals gab es in Stade nicht sehr viele davon. Wenn die Maschine hier zugelassen war, bekommen wir den Halter heraus."

Ich stand auf: „Danke für Ihre Mithilfe", sagte ich, „Sie haben uns sehr geholfen. Wann ist eigentlich die Beerdigung?"

„Wir wollten noch etwas warten, bis sich die Aufregung in der Presse gelegt hat. Gudrun hat es nicht verdient, als Schlagzeile in einem Boulevardblatt aufzutauchen."

„Eine Frage noch", ich merkte, dass die Kraft der beiden erschöpft war. „War Ihr Sohn älter oder jünger als Gudrun?"

„Er war drei Jahre älter", sagte die Frau leise.

„Hieß er auch Schlichting? Hatten Sie ihn adoptiert?", fragte ich den Vater, als sie schon aufstanden.

„Ich hätte das gerne gemacht, aber er wollte nicht, er war ja schon praktisch erwachsen. Er wollte weiter Cohrs heißen."

„Woran ist er eigentlich gestorben?"

„Es war ein Unfall", sagte der Mann knapp. Sie standen in der Tür und verabschiedeten sich.

Ich blieb wie betäubt sitzen. Viele Todesfälle in der Familie, dachte ich. Zwei Ehepartner und zwei Kinder. Mir war schleierhaft, wie man so etwas aushalten konnte. Dazu sah ich die Turnschuhe vor mir, aus denen ein paar Knochen herausragten. Nichts symbolisierte die Unmenschlichkeit der Täter mehr als dieses Bild.

Als das Verbrechen geschah und die Suchaktionen durchgeführt worden waren, lebte ich nicht in Stade, ich hatte mich nach dem Abitur in München immatrikuliert, Germanistik wollte ich studieren, Lehrer werden. Mein Deutschlehrer am Athenäum, einem traditionsreichen Gymnasium in Stade, hatte auf mich eingeredet und mich schließlich überzeugt, dass ich ein guter Lehrer werden würde. Deutsch in der Oberstufe, hatte er gemeint, das wäre meine Welt, das würde zu mir passen. Zum Grundschullehrer würde ich mich nicht eignen, mit Heranwachsenden, die kluge Fragen stellen können, hätte ich meine Freude und die mit mir. Dachte er, aber es dauerte nicht lange, bis ich merkte, dass ich nie ein guter Lehrer werden würde. Ich wusste, dass ich diejenigen immer ein bisschen bevorzugen würde, die mir sympathisch wären. Ein absolutes Ausschlusskriterium für einen Lehrer, fand ich. Vor allem, weil mir das in der Schule selbst passiert war. In der Oberstufe wechselte erst der Englisch-, dann der Französischlehrer, und mit ihnen meine Noten. Plötzlich war ich gut in Französisch und schlecht in Englisch, obwohl meine Leistungen die gleichen geblieben waren. Die Sympathie bei dem einen und die Antipathie bei dem anderen machten die paar Punkte aus, die über eine gute oder eine schlechte Note entscheiden.

Ich wechselte und schrieb mich in Jura ein. Die nächste Fehlentscheidung. Meine Kommilitonen diskutierten in der Mensa schon die Einrichtung ihrer zukünftigen Kanzleien, da war noch nicht die erste Klausur geschrieben.

Es klopfte, Ich wusste, wer es war. Susanne Siegel klopfte immer gleich, damit ich wusste, dass sie es war. Zweimal kurz, kleine Pause, dann noch einmal. Ich meldete mich nie, sie wusste, dass sie auch ohne Klopfen hätte eintreten können. Aber sie bestand aus Höflichkeit auf dieser Geste.

Als sie mein Gesicht sah, wusste sie sofort Bescheid: „Geht es wieder?", fragte sie und ich nickte.

„Die beiden sind wirklich schwer geprüft", meinte ich mitfühlend.

„Wie man es sieht", sagte sie achselzuckend.

„Wie meinen Sie das? Beide haben ihren Ehepartner verloren und jeder sein einziges Kind. Der eine stirbt bei einem Unfall, die andere wird brutal ermordet. Da hätte ich von Ihnen etwas mehr Empathie erwartet", sagte ich.

Susanne Siegel sah mich ernst an: „Natürlich kann ich ihren Kummer verstehen, aber vor allem er war früher bekannt dafür, dass er über kein Milligramm Empathie verfügt, wenn das die richtige Maßeinheit dafür ist."

„Sie kennen die Familie?" Die Frage war eigentlich überflüssig. Susanne Siegel kannte eigentlich jeden zwischen Buxtehude, Stade und der Ostemündung. Irgendwo in dieser weitläufigen Gegend lebte immer eine Cousine der Mutter, ein Neffe der Großtante oder die Schwägerin der besten Freundin ihrer Mutter. Und sie kannte alle Verwandtschaftsverhältnisse zwei Generationen zurück.

Sie nickte erwartungsgemäß: „Liebe vergeiht, Hektar besteiht. Alter Spruch, aber hier trifft er den Kern. Paul

Schlichting hatte nicht sie, sondern den Cohrsschen Obsthof im Sinn, als sie geheiratet haben. Seine neue Frau war
sozusagen in dem Paket enthalten, mehr oder weniger ein
Kollateralschaden, den er hinnehmen musste."

„Hartes Urteil", meinte ich trocken.

„Die Familien kommen aus Bassenfleth, so wie meine Mutter. Er, der feine Herr Schlichting hatte schon
immer gute Kontakte in die rechte Szene und hat schon
immer alle wie ein Stück Dreck behandelt, allen voran
seine erste Frau. Viele munkelten damals, ihr Unfall sei
gar keiner gewesen. Wieso fährt man kurz vor Assel auf
gerader Strecke an den größten Baum, den es auf der
ganzen Strecke gibt und war nicht angeschnallt? Und zu
seinem Stiefsohn war er genauso. Jetzt hat er den größten
Obsthof weit und breit und schikaniert auch noch seine
Saisonarbeiter. Aber er sitzt natürlich auch in allen Gre-
mien, egal, ob beim Beratungsring für Obstbauern, der
Obstbauversuchsanstalt in Estebrügge, dem Entwässe-
rungsverband oder wo auch immer. An Paul Schlichting
kommt keiner vorbei, der im Alten Land mit Obstbau zu
tun hat. Früher saß er auch mal für eine Wählergemeinschaft im Kreistag."

„Wissen Sie etwas über den Tod seines Stiefsohnes?"

„Ich glaube, er ist mit einem Motorrad verunglückt,
soviel ich weiß, passierte es auf dem Weg zur Arbeit."

„Können Sie mal nachsehen, ob zu diesem Ralf Cohrs
irgendetwas zu finden ist?", bat ich sie.

Sie erledigte diesen Auftrag wie immer schnell und
präzise. Am nächsten Tag hatte ich das Ergebnis auf dem
Schreibtisch oder besser als Datei auf dem Rechner. So
altmodisch Susanne Siegel sich kleidete – sie trug immer
beigefarbene Röcke und dazu gemusterte Blusen, die oft
mit einer Schleife ihren gewaltigen Busen verzierten – so

aufgeschlossen war sie gegenüber der EDV. Ihre Schuhe erinnerten an die Modelle, die in Sanitätshäusern in den Schaufenstern stehen und ihre Frisuren erinnerten mich an die modischen Exzesse der frühen Sechziger. Ich hatte gehofft, ihre Liebe zu Dirk Hildebrand würde sich in ihrem Äußeren widerspiegeln, schließlich machten die beiden immer noch den Eindruck fröhlicher Verliebtheit, wenn sie sich alleine wähnten. Aber nichts dergleichen war geschehen. Ich hoffte nun als modischen Wendepunkt auf die Hochzeit, die sicher irgendwann stattfinden würde, hatte aber nicht mehr viel Hoffnung. Unter den Kollegen wurde regelmäßig über sie gespottet, manche meinten, sie sei testamentarisch dazu verpflichtet worden, die Kleider der verstorbenen Großmütter aufzutragen, andernfalls wäre sie enterbt worden.

Ich las die Unterlagen über Ralf Cohrs und staunte.

Kapitel 4

Beethoven. Ich höre meistens Beethoven, wenn ich Lust auf Musik habe. Meine Liebe zu ihm dauert schon lange, auch andere klassische Komponisten höre ich gerne, Beethoven überragt für mich aber alle anderen. Mozart ausgenommen, das muss ich zugeben. Bin ich gut gelaunt, höre ich eine der schnellen Symphonien, mal die dritte, mal die fünfte. Die Rockmusik der Klassik. Ich verstehe nicht, weshalb es heutzutage immer noch Musikfreunde gibt, die meinen, mit Abendkleid und Frack in ein Beethovenkonzert gehen zu müssen. Aber vielleicht ist das in zweihundert Jahren bei einem Konzert, bei dem die Musik der Stones oder von Jimi Hendrix gespielt wird, genauso.

Dass man es auch anders machen kann, habe ich einmal vor vielen Jahren in München erlebt, als ich bei meiner damaligen Flamme Ines wohnte, die Romanistik studierte und gerne jeden Abend in Kneipen herumhing. Sie lotste mich in ein von außen völlig unscheinbares Lokal, mit einem schmucklosen Schild über der Tür. „Fasanenhof" stand auf milchigem Glas, schlecht von hinten beleuchtet, daneben das Logo irgendeiner Brauerei, von der ich noch nie gehört hatte. Niemals hätte ich freiwillig einen Fuß hineingesetzt, von außen sah die Kneipe aus, als ob darin verschwitzte Schichtarbeiter der nahegelegenen Bremsenfabrik ihren Monatslohn in Alkohol umwandelten. Ines ging voraus und als sie die Tür aufmachte, glaubte ich meinen Augen und Ohren nicht zu trauen. Es war voll und es war laut. Mir fielen kurz die Bilder von überfüllten japanischen U-Bahnen ein, es war kaum möglich einzutreten. Glücklicherweise gingen die Türen der Kneipe nach außen auf, niemand hätte sonst das Lokal jemals wieder verlassen können. Die Enge und die schiere Menge der Gäste waren schon beeindruckend, überwältigend aber war die Musik. Sie schallte in Überlautstärke direkt von der Decke. Ich erkannte sie sofort: Beethoven 3. Sinfonie. Im Film Clockwork Orange diente die überlaute Musik der Folter, hier hob sie mich zehn Zentimeter vom Boden und ließ mich schweben.

Mit Ines sprach ich den ganzen Abend kein Wort, ich hatte sie kurz nach dem Eintritt aus den Augen verloren, sie war in der Masse auch kaum zu finden. Ich trank mein Bier und hörte der Musik zu, die wirklich durch Mark und Bein ging. Die Musik löste den Rausch bei mir aus, nicht der Alkohol. Um Mitternacht war Schluss, länger durfte die Kneipe nicht öffnen, und ich frage mich bis heute, wie die Menschen, die in dem Mietshaus gewohnt haben, das jeden Abend ausgehalten haben. Nach der dritten Sinfonie kam noch die Siebte und dann, wie jeden Abend, die Neunte. Bis zum Schluss, dann machte die Kneipe zu. So präzise wie ein Uhrwerk.

„Geht das jeden Abend so?", fragte ich Ines auf dem Heimweg. Wir wohnten in Haidhausen, damals ein heruntergekommener Stadtteil, aus dem jeder wegzog, der es sich leisten konnte. Wohnungen für Studenten gab es billig und reichlich. Ines wollte unbedingt zu Fuß nach Hause laufen. Uns tat der nächtliche Spaziergang gut, den Verkehr empfanden wir als wohltuend leise.

„Manchmal spielen sie den ganzen Abend Tschaikowski. Aber als letztes immer die Neunte."

Als wir endlich im Bett lagen, der Heimweg dauerte über eine Stunde, spürte ich immer noch die Vibrationen der Musik in mir. Ines ging es genauso. Sie machte dann einen Vorschlag, wie wir sie loswerden könnten, und ich war sofort einverstanden. Es hatte tatsächlich geholfen.

Seit diesem Abend höre ich Beethoven mit einem anderen Gefühl. Eben nicht ehrfurchtsvoll als Klassiker, sondern als Rockmusik, die eben ein paar Jahre älter ist als die von Hendrix oder den Doors. Wenn es mir gut geht, gröle ich sogar mit.

Nun saß ich in meiner kleinen Wohnung in der Bungenstraße und genoss den zweiten Satz der fünften Symphonie und freute mich auf das Wochenende. Es gelingt mir meistens nicht, die Probleme aus dem Beruf, die vielen Fragen, die Kriminalfälle aufwerfen, einfach im Büro zu lassen und sie am Montag wieder neu anzugehen. Jakob, mein kleiner Enkel, der in den Kindergarten geht und gerne abends vor dem Schlafengehen seinen Großvater anruft, hilft mir manchmal dabei, ohne es zu wissen. Seine Probleme sind für ihn viel bedeutender als die meinigen für mich. Heute ergriff ich die Initiative, rief Hannah an und fragte sie, ob sie am nächsten Tag nicht zu Besuch kommen wollten. Ich war sehr enttäuscht, als sie mir erzählte, dass sie über das Wochenende eine Freundin in Hamburg besuchen wollte und das schon lange abgemacht gewesen sei.

Obwohl der Fund der Mädchenleiche einige Wochen her war, verfolgte mich das Bild der Schuhe hinter der Mauer immer wieder. Manchmal wachte ich nachts auf und musste mich schütteln, um von dem Bild weg zu kommen. Ich stand dann oft auf, machte das Licht an und verbrachte ein paar Minuten mit Annemarie, dessen undurchdringlicher Blick mich dann manchmal auf andere Gedanken brachte.

Wir waren bisher keinen Schritt vorangekommen, ich muss auch zugeben, dass viele neue Straftaten, die aktuell waren und die ich mit aufklären konnte, meinen Elan in diesem Fall etwas beeinträchtigt hatten. Und dann war auch noch der Mord an dem Friseur dazu gekommen. Es gab eine winzige Übereinstimmung bei beiden Fällen, aber sie war so vage, dass ich keinen Zusammenhang erkennen konnte.

Die Akte über Ralf Cohrs, die mir Susanne Siegel so schnell auf den Rechner geschickt hatte, war umfangreicher, als ich es nach dem Gespräch mit seiner Mutter und dem Stiefvater erwartet hatte. Schon als Jugendlicher war er öfter mit der Polizei aneinandergeraten. Widerstand gegen Beamte, Beleidigung und ähnliches brachten ihm als Siebzehnjährigem ein paar Wochen Arrest und einige Sozialstunden ein. Als Heranwachsender kamen Fahren ohne Führerschein – man hatte ihm seinen schnell wieder abgenommen –, ein paar Schlägereien und schließlich eine Bewährungsstrafe hinzu. Außerdem hatte er seinen Motorradhelm mit Runen so beklebt, dass es aussah, als wäre darauf ein Hakenkreuz. Er hatte Kontakt zur rechtsradikalen Szene in Stade und Buxtehude. Das war der Punkt, an dem ich stutzig geworden war. Sowohl der tote Friseur als auch Gudrun Schlichtings vor über zwanzig Jahren verunglückter Stiefbruder waren in der rechten Szene aktiv gewesen. Und laut Susanne Siegel auch ihr Vater. Ich beschloss, mich in das Thema einzuarbeiten. Aber wirklich erst am Montag. Ich goss mir ein Glas Soave ein, prostete Annemarie, der natürlich abstinent lebte, zu, schob eine ruhige Blues-CD in den Player und träumte vor mich hin.

*

Gespräche mit Staatsanwalt Allmers liefen immer gleich ab. Nie rief er an, um zu einer erfolgreichen Ermittlung zu gratulieren. Erfolge bei der Überführung eines Mörders oder einer Mörderin gehörten ihm, das galt als unge-schriebenes Gesetz und jeder ärgerte sich darüber. Er rief aber gerne an, um die Ermittlungen entweder zu kritisieren oder zu fordern, dass endlich Erfolge vorzuweisen seien. Wahlweise die Presse, die öffentliche Meinung oder die Politik erwarteten angeblich vom ihm Berichtenswertes.

Ich wusste also, was mich erwartete. Meistens ließ ich die Kritik an mir abperlen, in einem Punkt habe ich ihm vor ein paar Jahren allerdings klargemacht, dass er eine Grenze überschritten hatte. In jedem Fernsehkrimi reden sich die Leute auf eine Art an, die mich ärgert. Nie sprechen sich gleichberechtigt arbeitende Kollegen dort mit „Herr X" oder „Frau Y" an, so wie das auch in der Polizei üblich ist. Das breitbeinige „Meyer, das wussten Sie doch!" war früher in amerikanischen Filmen üblich, mittlerweile auch im langweiligsten „Tatort". Staatsanwalt Allmers wollte diese Unsitte auch bei uns einführen und begann, mich plötzlich „Schlegel!" zu nennen, mit Ausrufezeichen, im Befehlston. Ich habe mich sehr beherrschen müssen und beim nächsten Mal mit „Natürlich, Allmers!" geantwortet. Er war perplex und kurz davor, vor Wut zu platzen. Dann merkte er plötzlich, warum ich so gekontert hatte. Die Sache war erledigt. Nie wieder nahm er es sich heraus, auf ein „Herr" oder „Frau" zu verzichten.

Ich war am Montag früh noch keine zehn Minuten im Büro, als er mich anrief. Wahrscheinlich hat er mich gesehen, als ich mein Rad abschloss, überlegte ich, als ich seine Stimme hörte.

„Herr Schlegel", begann er also erwartungsgemäß seinen Anruf – ich merkte wie jedes Mal, dass es ihn ungeheuer ärgerte, sich an diese Formalie halten zu müssen –,

„das ist der zweite Leichenfund innerhalb kurzer Zeit. Ich erwarte, dass sie alle Kräfte bündeln, um das aufzuklären. Wie weit sind Sie überhaupt mit dem Mädel aus Grauerort? Ich habe keinerlei Bericht von Ihnen, wie ist denn der Stand?"

„Danke für den Anruf, Herr Allmers", entgegnete ich ihm ausgesucht höflich. Einem Fremden wäre die gegenseitige Abneigung nicht sofort aufgefallen. „In der Sache Grauerort checken wir immer noch das Umfeld des Mädchens. Das ist nicht einfach, das ist schließlich über zwanzig Jahre her."

„Deshalb können Sie sich aber nicht zwanzig Jahre Zeit lassen", raunzte er ins Telefon. „Das muss ein bisschen zügiger gehen, so schwer kann das doch wohl nicht sein. Die hat hier in Stade gewohnt und ist hier zur Schule gegangen, da muss es doch noch tausend Leute geben, die sie gekannt haben!"

Ich wollte gerade etwas erwidern, als er weiter schimpfte: „Und dieser schwule Friseur, da ist doch klar, in welcher Ecke Sie suchen müssen. Es gibt hier in Stade oder vielleicht noch in Buxtehude nicht so viele Stricher, die dafür in Frage kommen. Der hat sich einen eingeladen und der wollte nicht so wie er, und Zack! Das wars. So einfach. Oder glauben Sie an eine große Weltverschwörung, die was gegen schlechte Friseure hat?" Er begann sich zu amüsieren und ich wusste, jetzt wird es unerträglich. „Mord aus ästhetischen Gründen!" Er lachte immer lauter. Seine Begeisterung über den Witz nahm kein Ende. Ich legte auf.

Mir gingen meine Überlegungen von Freitagabend noch einmal durch den Kopf. Ich hatte es tatsächlich geschafft, das ganze Wochenende abzuschalten, Musik zu hören und kaum an die beiden Fälle zu denken, und bei den wenigen Malen, wo es mir nicht gelungen war, wunderte ich mich immer wieder, dass ich die beiden so weit auseinanderliegenden Fälle immer wieder gemeinsam durchdachte.

Das Leben ist allerdings eine chaotische Ansammlung von Zufällen, es folgt keinem Plan, so wie manche Psychologen oder Psychotherapeuten das suggerieren. So wie das Wetter... Das verstehen die Meteorologen so wenig wie die Psychologen die Seele. Deshalb war ich mir nicht sicher, ob ich mich dabei nicht auf eine völlig falsche Fährte begeben würde.

Doch dann beschloss ich, meinem Bauchgefühl zu folgen, und rief Fräulein Susi in mein Büro. So wurde sie natürlich von niemandem genannt, ich glaube, sie wusste gar nichts von ihrem Spitznamen. Die genaue Entstehungsgeschichte kenne ich auch nicht, es wird aber erzählt, sie habe sich selbst einmal so genannt. Beim Bewerbungsgespräch soll sie sich als „Fräulein Susi Siegel" vorgestellt haben, es war wohl die Aufregung. Der Versprecher machte die Runde und blieb hängen.

„Moin", sagte sie. „Guten Morgen!" kam ihr sehr selten über die Lippen, ein Moin dafür fast immer. Ein wunderbares Wort, kann man doch durch die Betonung sowohl herzliche Zuneigung als auch schroffe Ablehnung ausdrücken. Heute war es eher berufliches Interesse.

„Moin", erwiderte ich, „ich brauche von Ihnen alles über die rechte Szene, die hier aktiv ist. Wer mit wem, seit wann, Namen, Adressen, Strafverfahren, einfach alles."

Sie nickte: „Das geht lange zurück", sagte sie, „das wird ganz schön viel. Ich würde vorschlagen, den Mord an Friedel Hannemann noch mit einzubeziehen."

Ich sah sie erstaunt an: „Friedel Hannemann?", fragte ich, „das war wohl vor meiner Zeit, oder?"

Sie nickte: „Das ist mehr als über zwanzig Jahre her, da waren wir beide noch nicht hier. Warten Sie", sie überlegte, „ich war fünfzehn. Also sind es genau einundzwanzig Jahre. Friedel Hannemann war Lokomotivführer, ich glaube, er war schon pensioniert. Er war an einer Bushaltestelle mit ein paar Neonazis in Streit geraten. Sie wollten mit Dosenbier auf Hitlers Geburtstag anstoßen. Zeugen sagten aus, es wären drei Männer in Lederklamotten gewesen. Sie hatten ihn so verprügelt, dass er schon tot war, als der Krankenwagen kam. Es dauerte Monate, bis man einen von ihnen geschnappt hatte, und der hat eisern über seine Komplizen geschwiegen. Die größte Schande: Er hat nur ein paar Jahre wegen Körperverletzung mit Todesfolge bekommen. Ihm wurde zugutegehalten, dass er besoffen war. Das muss man sich mal vorstellen! Da säuft einer erst ein paar Dosen Bier, dann haut er jemanden tot. Und die Justiz meint, er habe sich nicht mehr richtig im Griff gehabt, weil er zu viele Promille intus hatte. Außerdem sei auch nicht auszuschließen gewesen, dass er provoziert worden sei. Nach dieser Logik darf man Nazis nicht als Nazis bezeichnen, vor allem nicht, wenn sie besoffen sind. Schließlich kommt dann ja ihr seelisches Gleichgewicht durcheinander, sie fühlen sich provoziert und müssen einen totschlagen, die zarten Seelen!"

„Sie erinnern sich sehr genau", unterbrach ich ihren wütenden Wortschwall, „hat das einen bestimmten Grund?"

„Das hat damals die Stadt aufgewühlt. Erst das Verbrechen und dann die unsägliche Gerichtsverhandlung. Ich wurde gerade erwachsen. Das war das erste Mal, dass ich an einer öffentlichen Diskussion Interesse hatte. Ich war sogar einmal im Gericht und habe mich da sehr gewundert, wie freundlich der Angeklagte behandelt wurde. Ganz im Gegensatz zu den wenigen Zeugen. Die hat der Verteidiger ungestraft als Lügner bezeichnet. Und niemand hat ihn in die Schranken gewiesen. Vor allem nicht der Richter. Damals habe ich beschlossen, zur Polizei zu gehen."

„Dann hat das alles ja noch zu einem erfreulichen Ergebnis geführt", sagte ich und lächelte sie an.

Susanne Siegel wurde rot. „Danke", sagte sie und schwebte aus dem Zimmer.

Sie war kaum draußen, als ich hinter ihr her brüllte: „Kommen Sie zurück, schnell!"

Sie stürzte in mein Büro und sah mich erstaunt an: „Ja?"

„Sie sagten doch gerade, es sei einundzwanzig Jahre her. Der Mord! An dem Lokomotivführer."

Sie nickte und plötzlich wusste sie, weshalb ich so aufgeregt war: „Wie das Mädchen. Auch vor einundzwanzig Jahren. Ich vergleiche sofort die Daten."

„Das brauchen Sie nicht: Wenn die Nazis sich nicht im Datum geirrt haben, geschah der Mord am 20. April. Führers Geburtstag hieß das im Dritten Reich. Und das Mädchen ist am 23. April verschwunden!"

Kapitel 5

Stade war in den frühen sechziger Jahren des letzten Jahrhunderts ein spießiges, verschlafenes Provinzstädtchen, in dem sich eigentlich nur stockkonservative Beamtenseelen wohlfühlen konnten. Sie war Garnisonsstadt und Sitz eines Regierungspräsidiums. Die Soldaten hatten zu einer bestimmten Zeit in der Kaserne zu sein, die Beamten hatten ihre Ruhe. Die Atmosphäre in der Stadt war nicht nur für mich niederdrückend, auch die meisten meiner Mitschüler, die wie ich kurz vor dem Abitur standen, wollten so schnell wie möglich weg. Uns war allen klar: entweder man geht oder man wird Beamter.

Oldenburg oder Konstanz, Städte mit damals ähnlich aufregender Bevölkerungsstruktur hatten schnell begriffen, welche Chancen eine Universität bot. Auch dort gab es in den Jahren, als viele Unis in Deutschland gegründet wurden, zuerst großen Widerstand gegen die langhaarigen Studenten, die dann angeblich die behagliche Ruhe stören würden. Die Weitsicht setzte sich dort aber durch. In Stade wurden die freundlichen Anfragen der Landesregierung, ob man sich die Stadt als Standort für eine kleine Uni vorstellen könne, entsetzt zurückgewiesen. So beschränkte sich das Kulturleben hier noch lange Jahre auf die Auftritte örtlicher Laienspieltruppen oder das jährliche Konzert der Garnisonskapelle. Erst als die Beamten nicht mehr die gefühlte Mehrheit in der Stadt stellten, Industrie angesiedelt wurde und sich damit die Struktur der Bevölkerung änderte, tat sich auch im Nachtleben der Stadt etwas. Endlich gab es Kultur, etwas, was ich in meiner Jugend vielleicht in Hamburg gesucht hätte, aber sicher nicht in Stade. Nach dem Abitur und dem Zivildienst hatte ich dennoch nur einen Wunsch:

möglichst weit weg. Schon Hamburg oder Kiel waren mir wie den meisten meiner Schulfreunde viel zu nah, um dort zu studieren. Mich zog es nach München, eher aus Zufall, es hätte auch Frankfurt oder Köln sein können. München hatte den Vorteil, dass es weit weg von Stade war. Zumindest von den großen Unis hatte sie die weiteste Entfernung. Ich wollte in eine große Stadt und staunte, was sich mir bot.

Die spießigen Beamten starben aber nicht aus, Staatsanwalt Allmers erinnerte mich bei jeder Begegnung oder jedem Anruf unerbittlich daran. Damit konnte ich umgehen, ihr Einfluss in der Stadt war mittlerweile erträglich. Unerträglich für mich war etwas anderes, etwas, was mir zurzeit täglich begegnete. Die Kommunalwahl stand in einigen Wochen an, und die Stadt war vollgepflastert mit Wahlplakaten einer obskuren Wählervereinigung namens „BfS – Bürger für Stade". Ihr Werbebudget schien keine Obergrenze zu kennen, überall starrten die ernst blickenden Kandidaten auf die Passanten. Kandidatinnen für die Plätze im Stadtrat gab es kaum, man konnte sie an einer Hand abzählen. Ich kannte so gut wie niemanden, nur bei zwei oder drei Bildern bildete ich mir ein, die Gesichter irgendwo schon einmal gesehen zu haben. Bei einem aber war ich mir ganz sicher. Es war Paul Schlichting, der Vater des getöteten Mädchens. Die Parole unter seinem Gesicht war nicht überraschend: „Recht und Ordnung! Kriminelle Asylbewerber raus!"

Mir fielen die Daten der kleinkriminellen Karriere seines Stiefsohnes ein und die Runen auf dessen Helm. Der Apfel fällt nicht weit vom Stamm, dachte ich, als ich direkt vor meiner Haustür auf sein Gesicht sehen musste. Ich musste mich beherrschen, das Plakat nicht herunterzureißen. Die ekelhaften Parolen, die die Stadt verunstalteten, verursachten einen immerwährenden Brechreiz bei mir. Wer bezahlt das alles, fragte ich mich, die BfS waren vor dem Beginn des Wahlkampfes noch nirgendwo aufgetaucht, sie waren urplötzlich präsent, mit einer Selbstverständlichkeit, als ob sie schon immer dagewesen wären. Ich befürchtete, diese Leute wollten die Stadt wieder dahinführen, wo sie vor fünfzig Jahren auch nicht war.

Dirk Hildebrandt hatte mich, kurz bevor ich mein Büro verlassen hatte, angerufen. Er hatte sich noch einmal im Friseursalon des Mordopfers umgesehen und „keinen Stein auf dem anderen gelassen", wie er sich ausdrückte. Viel Neues hatte er nicht gefunden, meinte er, allerdings hatte er ein Notizbuch entdeckt, mit interessantem Inhalt, vermutete er. Wir vereinbarten, uns am nächsten Tag gemeinsam darüber zu beugen.

Es war ein unscheinbares, mit dicker, schwarzer Pappe gebundenes DIN A 5 Büchlein, in dem der Tote ohne scheinbares Konzept Eintragungen gemacht hatte. Er hatte eine gestochen scharfe Schrift, sehr schön und gut lesbar. Ich hätte sie eher einer pensionierten Lehrerin zugeordnet als ihm, aber war natürlich froh, dass wir keine Stunden dauernden Entzifferungskünste benötigten. Auf den ersten Seiten standen Notizen, die den Salon betrafen. Er hatte notiert, welches Shampoo ausgegangen war, welche Gele, Farben und Parfüms geordert werden mussten. Ich staunte, wie viele Kosmetika in einem Herrensalon benötigt wurden. Ein paar Seiten weiter waren wohl die Schwarzgelder notiert. Natürlich war das unvorsichtig, allerdings war eine Steuerprüfung oder gar eine Fahndung in einem derart winzigen Betrieb sehr unwahrscheinlich. Meine ersten Überlegungen über die Höhe seiner unversteuerten Einnahmen erwiesen sich als viel zu hoch. Es waren nur ein paar hundert Euro pro Monat, in manchen viel weniger. Im August hatte er keine Einnahmen notiert, da hatte er wohl den Salon geschlossen.

„Wegen der paar Kröten hat sich der Aufwand sicher nicht gelohnt", meinte Kommissar Hildebrandt.

„Welcher Aufwand?", fragte ich.

„Den ganzen Laden zu verwüsten. Oder der Täter war so wütend, dass er nur ein paar hundert Euro abgegriffen hat und deshalb ausgerastet ist!"

„Das scheint mir genauso unwahrscheinlich wie die These der Staatsanwaltschaft, ein wütend gewordener Stricher hätte das alles veranstaltet."

Hildebrandt stimmte mir zu und blätterte weiter. Die letzten Seiten des Büchleins waren zusammengeklebt.

„Igitt", meinte er angewidert. „Das ist Blut. Ich hole mal Handschuhe".

Es war tatsächlich getrocknetes Blut. Ich konnte die Reaktion von Dirk Hildebrandt verstehen. Er hatte sich weiße Einmalhandschuhe übergestreift, als er wiederkam und versuchte, die zusammenklebenden Blätter voneinander zu lösen. Mit Hilfe eines schmalen Brieföffners gelang es ihm schließlich. Es war das Telefonverzeichnis von Herbi, dem toten Friseur. Bei einigen Nummern standen die Namen, wie es in Adressbüchern üblich ist. Vor der ersten Nummer stand Dr. Adami.

„Das ist der Tierarzt, hier um die Ecke", erklärte Dirk Hildebrandt, „der hat eine Kleintierpraxis. Meine Schwester geht mit ihrem Hund da auch hin".

„Hatte er noch einen Hund? Sie erwähnten doch einmal, er habe einen gehalten?"

„Wenn der Köter immer noch da gewesen wäre, wäre das vielleicht anders ausgegangen. Der hätte sicher sofort zugebissen!"

„Also nicht", meinte ich. „Wir werden alle Nummern überprüfen. Bei einigen steht kein Name davor, ich frage mich, wie er sich da zurechtgefunden hatte. Man schreibt doch nicht einfach Nummern auf ohne den dazu gehörigen Namen?"

Hildebrandt zuckte mit den Schultern: „Vielleicht hatte er sich Eselsbrücken ausgedacht. Das mache ich bei meinen PIN-Nummern der Bankkarten ja auch. Ich hatte mal eine, da habe ich mir das grafisch gemerkt. Erste Reihe Mitte, dann zweite Reihe von rechts. Oder 0911. Das war besonders leicht."

Ich sah ihn fragend an.

„Nine eleven", erläuterte er.

Ich war nicht überzeugt, aber ließ ihn reden.

Hildebrand blätterte sich durch die zusammengeklebten Seiten, löste sie vorsichtig voneinander. Ich war davon überzeugt, dass es das Blut des Toten war, sicherheitshalber wollte ich es aber von der Spurensicherung untersuchen lassen. Vielleicht konnten wir hier eine Spur aufnehmen. Dirk Hildebrandt schüttelte allerdings den Kopf, als ich ihm von meinem Vorhaben erzählte.

„Wir haben bisher bei allen Blutspuren die gleiche DNA isoliert, da habe ich nicht viel Hoffnung."

Wir teilten uns die Arbeit: Er drehte vorsichtig Blatt für Blatt um und diktierte mir die Namen, falls welche vorhanden waren und die Telefonnummern.

Es waren viel weniger Nummern ohne Namen, als wir zu Beginn dachten. Genau gesagt, es waren vier.

Ich notierte sie auf einem gesonderten Blatt und schrieb fleißig die von Dirk Hildebrandt diktierten Namen und Telefonnummern mit. Insgesamt waren es dreißig; als ich sie im Telefonbuch nachschlug, stellte sich heraus, dass einige wohl nicht mehr existierten.

Hildebrandt klappte das Büchlein nach einiger Zeit zu, meinte „Fertig" und schob es in den Plastikbeutel, mit dem er es schon ins Büro transportiert hatte. „Ab in die Spurensicherung", sagte er.

„Und nun?"

„Wir telefonieren die Nummern ab, mal sehen, wer sich meldet", sagte ich. Hildebrandt nickte, schrieb sich ein paar Nummern auf und ging in sein Büro.

Ich begann mit den Festnetznummern. „A. Schuback" war die Erste. Es klingelte lange, bis endlich jemand abhob und sich mit sehr alter Stimme meldete: „Hier Albert Schuback, wer dort?"

„Mein Name ist Schlegel, ich bin Hauptkommissar bei der Stader Polizei. Haben Sie etwas Zeit?"

Schweigen.

„Hallo, sind Sie noch dran?"

Er hustete.

„Sie kannten doch Hans-Herbert Funck?"

„Wie bitte? Sie müssen etwas lauter reden!"

„Funck!", brüllte ich ins Telefon.

„Herbi, bist Du es?", fragte er erfreut.

„Nein! Ich bin Paul Schlegel, von der Polizei!" Susanne Siegel öffnete die Tür und sah mich irritiert an; sie hatte mich noch nie am Telefon brüllen gehört. Ich versuchte ihr erst pantomimisch klar zu machen, weshalb ich so laut wurde, dann dachte ich: Hört er ja sowieso nicht und sagte in normaler Lautstärke: „Der ist schwerhörig!"

„Meinen Sie mich?", kam es böse aus dem Hörer. „Ich bin nicht schwerhörig, sie nuscheln bloß so!"

„Nein", log ich, „ich meinte nicht Sie. Kannten Sie Hans-Herbert Funck?"

„Natürlich, wir kegeln einmal im Monat zusammen.

Warum rufen Sie überhaupt an? Sind Sie wirklich von der Polizei?"

„Herr Funck ist tot, man konnte das in der Zeitung lesen".

„Die habe ich abbestellt. Da stehen sowieso nur Lügen drin! Wie ist er denn gestorben?"

„Er wurde ermordet."

Albert Schuback legte wortlos auf.

Slapstick, dachte ich, das könnte man so in eine Slapsticknummer auf die Bühne bringen. Aber warum hat er wortlos aufgelegt?

Ich verließ mein Büro und wollte zu meinem Kollegen. Dirk Hildebrandt machte, vor allem auf manche Tatbeteiligten und auch neue Kollegen einen eher etwas, nun ja, dumpfen Eindruck. Er verstand es meisterhaft, einen Gesichtsausdruck zu haben, der dem Gegenüber den Eindruck vermittelte, er sei dem Bullen haushoch überlegen. Zu Beginn unserer Zusammenarbeit war mir das ein paar Mal auch so gegangen. Ich glaubte tatsächlich, er habe dies oder jenes nicht mitbekommen, was aber doch wichtig war! Er stapfte mit unbeteiligtem Gesicht zwischen Opfern, Tätern oder wem auch immer hindurch und ließ alle im Glauben, ihn in der Tasche zu haben. Wenn er dann die Beteiligten zu Verhören ins Büro bat, staunten die meisten nicht schlecht. Er hatte ein fotografisches Gedächtnis. Man benutzt diese Floskel gerne, wenn sich jemand an Dinge erinnern kann, die eine Weile zurückliegen. Er hatte diese Fähigkeit tatsächlich: Er konnte aus dem Stand, ohne Notizen, jede Situation und jede Örtlichkeit so präzise rekapitulieren, dass man weder nachfragen noch nachmessen musste.

So war es für mich nicht verwunderlich, dass er und Susanne Siegel nicht lange brauchten, um sich näher zu kommen. Sie war ähnlich strukturiert. So hatten sich zwei Seelen gefunden, die wie ein Scharnier zueinander passten.

Ich klopfte und drückte sofort die Klinke herunter. „Moment", bat eine Stimme, und ich hörte ein gewisses Flehen. Nur drei Sekunden später riss Fräulein Susi – Hildebrandt nannte sie konsequent „Suse" – die Tür auf und flitzte an mir vorbei. Trotzdem sah ich die Unordnung ihrer Bluse und ihren hochroten Kopf. Ich zuckte mit den Schultern und trat ein. Dirk Hildebrandt stand verlegen hinter seinem Schreibtisch und versuchte einen letzten Zipfel seines Hemdes ungesehen in die Hose zu stopfen.

Ich ließ mir nichts anmerken. Da lieben sich zwei, dachte ich nur und freute mich für sie.

„Wie weit sind Sie gekommen?", fragte ich möglichst unbeteiligt.

„Drei Nummern habe ich erreicht. Eine Physiotherapiepraxis, das örtliche Fitnessstudio und ein alter Bekannter aus Köln, der schon seit zehn Jahren nichts von ihm gehört hat. Und Sie?"

Ich erzählte von dem Anruf und meinte: „Ich denke, ich klappere die lieber ab."

„Suse hat die Adressen schon rausgesucht. Ich kopiere Ihnen die Liste, ich schlage vor, wir teilen uns auf."

Er nahm die Liste und ging aus seinem Büro. Natürlich ging er nicht direkt in den Kopierraum, sondern machte noch einen kleinen Abstecher zu seiner Freundin.

Kapitel 6

Den Besuch bei Albert Schuback hatte ich auf meiner Liste ganz ans Ende gesetzt. Viel erwartete ich mir nicht von einem weiteren Gespräch mit ihm, deshalb begann ich mit den Befragungen bei Karl Freytag. Ich kannte ihn nicht persönlich, meine Tochter Hannah hatte jedoch vor zwei Jahren eine sehr unangenehme Begegnung mit ihm gehabt. Karl „Charly" Freytag war der Inhaber einer Reparaturwerkstatt. Er war Kfz-Meister und hatte am Ende der Harburger Straße auf einem kleinen Grundstück eine ziemlich marode Halle stehen, in der eine Hebebühne und eine Grube untergebracht waren. Er war beliebt bei den Fahrern kleiner, alter Autos, die dringend zum TÜV mussten und deren Reparaturen in den Vertragswerkstätten für die Prüfung so teuer gewesen wären, dass die Besitzer vor der Frage standen, ob sie mit ihrem Vehikel nicht lieber gleich eine letzte Fahrt unternehmen sollten. Bevor diese auf dem Schrottplatz landeten, fuhren viele noch bei Charly Freytag vorbei und, wie durch ein Wunder, prangte nach ein paar Tagen eine neue, blaue, gelbe oder grüne Plakette auf dem hinteren Nummernschild.

Eine dieser Kundinnen war vor ein paar Wochen Hannah. Sie hatte einen alten Polo und stand vor dem Problem, dass die TÜV-Prüfung fällig war. Marianne, ihre Mutter, meine Exfrau, riet zu einem Besuch bei Charly. Hannah schilderte mir den Dialog mit ihm ein paar Tage später.

„Ich fuhr mit meinem Auto auf den Hof", erzählte sie. „Als ich ausgestiegen war, drehte sich niemand nach mir um, fragte nach meinen Wünschen oder was ich sonst wolle. Nichts. Keine Reaktion, niemand schien mich überhaupt zu bemerken. Ich ging dann in das Büro, aber das war leer. Die Werkstatt stand voller alter Autos, auch zwei Polos standen dort und ich dachte, dann werden sie sich ja wohl auch mit meinem auskennen. Die Mechaniker schraubten wortlos herum, es dauerte eine gefühlte halbe Stunde, bis sich jemand herabließ, mich wahrzunehmen."

„Und?", fragte einer. Sonst nichts.

„Ich muss zum TÜV".

Hannah erzählte weiter: „Er musterte mich unverschämt von oben bis unten, als ob er mich mit den Augen ausziehen würde: ‚Du nicht', sagte er, ‚höchstens Dein Auto', und lachte. Die Gesellen lachten mit.

‚Können Sie da was machen?', fragte ich und versuchte mein Genervtsein zu unterdrücken.

‚Bei Deinem Auto vielleicht. Bei Dir sicher. Es kommt auf den Zustand an.'

Nach dieser Unverschämtheit hätte ich eigentlich gehen müssen, aber ich brauchte Hilfe für mein Auto.

‚Können Sie mal nachgucken?'

‚Bei dir gerne.'

Ich riss mich zusammen, ignorierte ihn einfach und fragte: ‚Soll ich das Auto dalassen?'

Er nickte. Mittlerweile glaubte ich zu wissen, dass er der Chef war. Zwischendurch war ein Geselle mit einer Frage zu ihm gekommen und hatte sich Rat geholt.

‚Ja. Stell ihn da hinter den Golf. Den Schlüssel bringst Du mir ins Büro.'

Ich fuhr mein Auto neben den Golf, stieg aus, schloss ab und ging ins Büro.

‚Setz Dich', sagte er mit einem plötzlich viel freundlicheren Ton. Er musterte mich eine Weile wortlos, und ich fand ihn immer ekliger.

‚Billig wird das nicht', meinte er dann.

‚Ich dachte, Sie müssten erst mal nachsehen.'

‚Das sehe ich so. Erfahrung. Das hab ich im Urin!'

Ich schluckte und dachte, ich höre nicht recht.

‚Du hast ja sicher nicht viel Geld', sagte er und kramte wie beiläufig in irgendwelchen Papieren. ‚Ich kann's Dir ein bisschen billiger machen.'

‚Ja?', sagte ich überrascht.

‚Du bist doch ein properes Mädel', meinte er. ‚Wohnst Du alleine?'

Ich schwieg entsetzt und bevor ich aufstehen konnte, meinte er: ‚Ich könnte Dich ja mal zum Kaffeetrinken besuchen. Dann setzen wir uns aufs Sofa und machen es uns gemütlich. Du musst nur sagen, wann.'

‚Geben Sie mir den Schlüssel', sagte ich und musste die Tränen der Wut unterdrücken. Ich wollte auf keinen Fall entrüstet losheulen, das hätte ihm nur gefallen.

‚Jetzt hab Dich doch nicht so', er ließ nicht locker und hielt meinen Schlüssel in der Hand. ‚Du hast dabei auch deinen Spaß, das kann ich Dir garantieren.'

‚Geben Sie mir den Schlüssel', schrie ich ihn an.

Er warf mir genervt den Schlüssel zu und zuckte mit den Schultern: ‚Verpiss Dich, Du prüde Schlampe. Komm bloß nicht wieder.'

Als ich vom Hof fuhr, stellte er sich breitbeinig hin und tat so, als ob er sich einen runterholen würde. Die Gesellen lachten schallend."

Als Hannah fertig war, konnte ich kaum glauben, was sie mir gerade erzählt hatte.

„Hast Du ihn angezeigt?", fragte ich.

„Das müsstest Du doch am besten wissen. Da würde Aussage gegen Aussage stehen, da hätte ich keine Chance gehabt."

Ich nickte.

„Ich habe das Mama erzählt."

Ich sah sie fragend an: „Und?"

„Na ja. Sie war natürlich genauso empört wie Du. Aber sie wusste sofort, was zu tun war."

„Ich habe einen Verdacht, aber erzähle mal".

„Mama hatte mich ja zu der Autowerkstätte hingeschickt. Hat da auch schon mal etwas reparieren lassen und war sehr zufrieden gewesen. Charly Freytag wusste nämlich, wer sie ist."

„Und, wer ist sie?"

„Eine Bekannte seiner Frau. Mama kennt die Frau von Charly Freytag. Schon ewig, meinte Mama, sie wusste gar nicht mehr, woher."

Ich grinste: „Ich ahne, was kommt...!"

„Genau! Mama sagte: Auf geht's! Wir sind sofort zu ihm hingefahren. Sie mit ihrem Auto, ich mit dem Polo. Wir fuhren wie die Rächerinnen auf den Hof, stellten die Autos mitten in die Einfahrt und sind ins Büro. Charly Freytag saß hinter seinem Schreibtisch und, als er mich sah und dann Mama erkannte, wurde er sehr höflich, geradezu freundlich. Mama ließ ihn nicht ausreden, sondern unterbrach ihn."

„Das kann sie sehr gut", bemerkte ich spöttisch.

„Richtig! Sie sagte: Ich habe mir überlegt, Ihre Frau mal zum Kaffeetrinken zu besuchen. Dann setzen wir uns aufs Sofa und machen es uns gemütlich."

„Nicht schlecht. Und seine Reaktion?"

„Er hat gewinselt wie ein Pinscher und Mama angefleht. Sie hat dann die Bedingungen diktiert. Mein Polo wurde kostenlos repariert und mir vor die Haustür gefahren. Mit neuem TÜV."

„Das hat ja etwas von Erpressung, würde ich sagen.

Oder was meint die Rechtsanwaltsgehilfin?"

Sie zuckte mit den Schultern: „Eher Auge um Auge oder Zahn um Zahn. Solchen Typen kann man anders nicht beikommen".

*

Charly Freytags Autowerkstatt war gut ausgelastet, das konnte man sehen, wenn man auf den Hof fuhr. Er handelte auch mit Gebrauchtwagen und mit Motorrädern. Als ich langsam auf sein Büro zuging, kam er heraus und fragte: „Solls ein Neuer sein?"

Ich schüttelte den Kopf: „Nein", und zeigt ihm meinen Polizeiausweis. „Kann ich Sie kurz sprechen?"

„Schon wieder?", fluchte er. „Seit wann interessiert sich die Polizei für meine Steuerprobleme?"

„Da kann ich Sie beruhigen", meinte ich, „die interessieren mich überhaupt nicht. Ich komme wegen etwas anderem. Können wir in Ihr Büro gehen?"

Er nickte, und ich merkte ihm die Erleichterung an. Seinen Ärger wegen der Steuer merkte ich mir aber.

„Sie kannten Hans-Herbert Funck? Den Friseur?"

„Ja, natürlich. Traurig, was mit dem passiert ist. Ich konnte es kaum glauben!"

„Waren Sie befreundet?"

„Das kann man wohl sagen. Wir kannten uns aus der Volksschule, wie das damals noch hieß. Seitdem haben wir viel zusammen gemacht. Er war begeisterter Motorradfahrer, ich auch. So sind wir viel rumgefahren. In den letzten Jahren ist das etwas abgeflaut, aber, wenn wir uns mal gesehen haben, war es wie immer."

„Wann haben Sie ihn denn das letzte Mal gesehen?"

„Das ist noch gar nicht lange her. Warten Sie... drei

Wochen, vielleicht vier. Ja, stimmt. Meine Frau sagte, ich müsse mal wieder zu Herbie, das sei schon ewig her. Haare schneiden, wissen Sie."

„War er da wie immer?"

Charly Freytag nickte: „Mir ist nichts aufgefallen."

„Sie wussten, dass er homosexuell war?"

„So ein Quatsch!", ereiferte sich Freytag. „Das sind alles nur blöde Gerüchte. Er war Junggeselle, deshalb muss man nicht automatisch schwul sein!"

Vom Hof drang Motorlärm in den kleinen Raum, Charly Freytag stand auf, öffnete die Tür und brüllte etwas über den Hof, was ich nicht verstehen konnte. Der Lärm verebbte.

„Die Jungs sind manchmal etwas übermütig", meinte er.

Ich stand auf und sah aus dem Fenster. Auf dem Hof standen vier schwere Motorräder. Fünf Männer standen um die Maschinen herum und erst, als sie ihre Helme abgelegt und die schweren, mit vielen Abzeichen bestickten Lederjacken geöffnet hatten, sah ich, dass eine der Biker eine Frau war. Sie hatte ihre langen Haare unter dem Helm versteckt gehabt, und das erste, was mir an ihr auffiel, war, dass sie sie blond gefärbt hatte. Die Tätowierungen an den Oberarmen der jungen Männer glichen sich. Die Bizepse hatten den Umfang von Baumstämmen, die Nacken waren kahlrasiert und quollen aus den Anzügen. Alle hatten kein einziges Haar mehr auf dem Kopf, die Schädel glänzten wie poliert. Ich schätzte sie auf Mitte zwanzig, höchstens Anfang dreißig.

„Kennen Sie die?", fragte ich.

„Der Mittlere ist mein Sohn, die anderen seine Kumpel. Begeisterte Harleyfahrer, so wie ich früher. Die sind wenigstens noch authentisch, nicht so wie die anderen jungen Leute heute. Das Mädel ist die Braut meines Sohnes. Michi, ne ganz Tolle."

Ich stutzte und fragte: „In solchen Cliquen gibt es doch immer Spitznamen, oder? Als ich jung war, sind wir mit der Kreidler Florett rumgegurkt, und da gab es so etwas auch".

„Es sind eigentlich immer die gleichen Namen. Einer heißt immer Fuzzi, das war schon bei uns so".

Bei mir klingelten alle Alarmglocken: „Gab es auch einen, der Big Man hieß, das kommt auch öfter vor?"

„Genau, wie bei uns. Charly, Fuzzi, Big Man. Erstaunlich, dass die jungen Leute genauso wenig Fantasie haben wie wir!" Er lachte und hielt mir die Tür auf.

„Florian, komm mal her. Der Kommissar war mal begeisterter Kreidler Florett-Fahrer".

Florian Freytag lachte pflichtschuldig, er hielt das für keinen guten Witz. Er war der kleinste der vier jungen Männer, seine Muskeln allerdings waren keinen Zentimeter weniger beeindruckend als die seiner Freunde.

„Was will der hier?", fragte er seinen Vater.

„Ach, es ist wegen dem armen Herbi", erklärte Charly Freytag. „Wann ich ihn das letzte Mal gesehen habe und so."

„Was geht das die Bullen an?" Der Ton wurde aggressiver.

„Das muss er fragen", beruhigte sein Vater, „ich kannte ihn seit meiner Kindheit." Er wandte sich an mich: „Wie kommen Sie überhaupt auf mich?"

„Sie stehen in seinem Telefonbuch".

„Scheiße!", sagte Florian und ich verstand erst sehr viel später, warum er das gesagt hatte.

„Feine Maschinen!", meinte ich und lief einmal um die abgestellten Motorräder. Sie waren so groß und wahrscheinlich so schwer, dass man sie sicherlich nur mit solchen muskulösen Oberarmen halten konnte, wollte man aufsteigen. Ich wäre sofort umgekippt. Die Maschinen waren im Gegensatz zu ihren Fahrern an keiner Stelle verziert. Sie glänzten und waren poliert, als ob sie geradewegs aus der Fabrikation auf diesen Hof gekommen wären. Als ich zu meinem Auto ging, hatten sich die fünf so hingestellt, dass ich zwangsläufig durch ein Spalier gehen musste. Es war bedrohlich und sollte so auch wirken. Auf den Lederjacken waren viele Aufnäher befestigt, in der Eile konnte ich kaum welche entziffern, was mir aber auffiel, waren die vielen Runenzeichen. Ich kenne mich in Motorradgangs nicht sonderlich gut aus, es gibt im Landkreis einige, die meisten sind aber friedliche Grüppchen, die nur dann mit der Polizei Schwierigkeiten bekommen, wenn sie auf frisch geteerten Straßen Wettbewerbe austragen, wer den makellosesten Kreis in die Asphaltdecke fräsen kann. Bei denen ging es durch alle Altersstufen und Gehaltsklassen. Vom Lehrling, der alles Geld in die erste Maschine steckt, bis zum Bankangestellten, der in seiner Freizeit hofft, born to be wild zu sein.

Die hier schienen mir nicht so harmlos. Ich versuchte mir die Zulassungsnummern zu merken, scheiterte aber schon beim dritten Schild. Dirk Hildebrandt hätte da keine Schwierigkeiten gehabt, dachte ich wehmütig und studierte, als ich endlich im Wagen saß, die Lederkutten. Das Wappen, das auf allen prangte, war kreisrund, in der Mitte war ein stilisierter Adlerkopf, der nach rechts sah. Darüber in gebrochener Schrift „MC FGB". Und darunter, ich wollte es kaum glauben, ebenfalls in gebrochener Schrift: „NATIONAL UND SOZIAL".

Feine Herrschaften, dachte ich. Da muss ich mal

Susanne Siegel drauf ansetzen, sie sollte mir ja alles über die Naziszene in der Stadt berichten.

Ich ließ den Motor an, wendete und fuhr auf die Straße. Ich war noch keine fünfzig Meter gefahren, hörte ich die Maschinen aufheulen und sich hinter mir einordnen. Eine nach der anderen überholte mich, drosselte das Tempo, wenn die Maschine auf der Höhe der Fahrertür war, und der Fahrer sah zu mir herüber. Die Visiere der Helme waren heruntergeklappt, ich konnte niemanden erkennen und starrte erschrocken auf die schwarzglänzenden Gläser. Jeder zeigte mir langsam und sehr bedrohlich den Mittelfinger der rechten Hand, bevor sie aufjaulend davonbrausten.

Ich habe selten Angst, aber diesmal spürte ich, wie dieses Gefühl sich in mir ausbreitete.

Erst als ich in der Polizeiinspektion auf dem Parkplatz angekommen war, fühlte ich mich wieder etwas wohler.

Lass dich nicht verrückt machen, dachte ich.

*

Susanne Siegel starrte so intensiv auf ihren Rechner, dass sie nicht bemerkte, als ich eintrat. Ich räusperte mich und sie schreckte hoch.

„Ich habe Sie gar nicht kommen hören“, entschuldigte sie sich.

„Haben Sie das Dossier über die rechte Szene schon fertig?“, fragte ich, ohne auf ihre Entschuldigung einzugehen.

„Ich bin noch dabei“, sagte sie, „ich schätze morgen oder übermorgen habe ich alle Daten.“

„Kennen Sie eine Motorradgruppe MC FGB?“

„Natürlich, die gibt es seit ein paar Jahren. Bisher sind sie nicht sonderlich aufgefallen, also keine Drogen oder

Prostitution. Ich glaube, es liegen höchstens ein paar Geschwindigkeitsübertretungen vor. Machen einen auf brav."

„Was bedeutet diese Abkürzung MC FGB?"

„Das werden Sie kaum glauben. MC steht natürlich für Motorrad Club. F für Freiheit. G für Gleichheit und B für Brüderlichkeit."

Mich schüttelte es: Freiheit, Gleichheit, Brüderlichkeit. Liberte, Egalite, Fraternite war die Losung der Französischen Revolution, die für das genaue Gegenteil dessen steht, was diese Männer wollen. Bei den Revolutionären sollte das die Losung für alle, für die ganze Menschheit sein. Und hier soll sie nur für die gelten, die diese Lederkutten tragen!

„Ekelhaft", konnte ich nur sagen.

Susanne Siegel nickte: „Das muss man sich erst mal trauen."

„Wissen Sie, was noch auf den Kutten steht? National und sozial."

„Raffiniert. Jeder weiß, was gemeint ist, aber so formuliert, dass es nicht strafbar ist."

„Wissen Sie, wie viele junge Frauen bei denen mitmachen?"

„Gar nicht so wenige. Einige fahren selbst schwere Maschinen, andere sind die typische Rockerbraut, die sitzen hinten und dürfen das Maul nicht aufmachen."

„Ich glaube, eine von denen habe ich heute kennengelernt. Michi mit den blond gefärbten Haaren, die Braut eines Gangmitglieds. Charly Freytag findet übrigens, sein Sohn und seine Gang seien wenigstens noch authentisch, so hat er sich ausgedrückt."

„Authentisch, hat er sie genannt?", fragte sie, und ich merkte, wie sie sich aufregte. „Das wird oft verwechselt mit rüpelhaftem Egoismus. Man ist doch nicht nur deshalb authentisch, weil man sich hinstellt wie ein Schimpansenmännchen und sich dauernd mit dicken Muckis auf die Brust schlägt! So wie diese Typen. Authentisch ist doch nicht, wer sich gegen alle stellt und seine Selbstsucht pflegt, sondern wer moralisch integer bleibt."

„Jetzt berufen Sie sich auf Kant, ohne es zu merken."

„Natürlich merke ich das. Der kategorische Imperativ. Handle stets so..." Sie sah mich böse an. Sie hatte das Gefühl, ich würde sie unterschätzen. Nichts lag mir ferner.

Susanne Siegel ging zur Tür. Dort drehte sie sich noch einmal um und sagte: „Das Mädchen ist selbst schuld, wenn sie sich mit solchen Typen einlässt. Ich kann mal versuchen, rauszubekommen, wer das ist. Soll ich?"

„Tun Sie sich keinen Zwang an", meinte ich und war mir sicher, dass sie erfolgreich sein und ich bald alle Daten über die junge Frau auf dem Tisch haben würde. Ob sie mir jemals nutzen würden, wagte ich da noch zu bezweifeln. Aber ich sollte mich täuschen.

Kapitel 7

Der Anruf von Hannah kam überraschend. Seit meinem Versuch, sie über das Wochenende einzuladen, hatten wir nichts voneinander gehört. Umso mehr freute ich mich, als sie sich für den Abend samt Enkel selbst einlud.

„Ab wann bist du zu Hause?", fragte sie. „Jakob möchte noch ein bisschen mit Dir spielen."

„Wenn keine Leiche dazwischenkommt", erwiderte ich, „kannst Du ab halb sechs kommen."

Ich sah auf die Uhr. Es war halb drei. Viel zu Essen hatte ich nicht zu Hause, aber das störte Hannah nicht besonders. Mit guten italienischen Nudeln, Pesto und einem Glas Rotwein war sie genauso zufrieden wie ich. Und der Enkel hatte für mich absolut ungewöhnliche Essensvorlieben. Hätte ich als Kind das essen müssen, was er mit Vergnügen verspeist, wäre ich verhungert. Als knapp Vierjähriger für stinkenden Gorgonzola zu schwärmen, finde ich jedenfalls erwähnenswert, aber auch Spezialitäten wie Käse mit Bockshornklee oder Pesto standen ganz oben auf seinem Speiseplan.

Ich beschloss, nicht mehr einzukaufen und nahm mir stattdessen das Vernehmungsprotokoll der Eltern des getöteten Mädchens noch einmal vor.

Die Mutter hatte von Männern gesprochen, die sie nur unter den Spitznamen Charly, Fuzzi und Big Man gekannt hatte. Und Charly Freytag erwähnte die gleichen Namen. Die Gang um Gudrun Schlichting und ihren Stiefbruder fuhr gerne Harley-Davidson.

Manchmal hat man Glück, dachte ich und bat Dirk Hildebrandt in mein Büro.

„Ich glaube", sagte ich, „es gibt einen Zusammenhang zwischen dem Tod des Mädchens und der Ermordung des Friseurs. Ich weiß zwar noch nicht welchen, aber hier vertraue ich auf mein Bauchgefühl."

Hildebrandt stimmte mir zu. „Ich frage mich dauernd, was mir der tote Friseur sagen wollte. Das ist doch ein komischer Zufall, oder?"

„Haben Sie ein paar Gespräche führen können?", fragte ich ihn.

„Ich bin durch ganz Stade und das halbe Alte Land gefahren, angetroffen habe ich nur die Physiotherapeutin, die ihn vor ein paar Jahren mal behandelt hatte, als er Probleme an der Schulter hatte. Das hätte ihn damals fast die Existenz gekostet. Wenn ein Friseur seine Schulter nicht bewegen kann, ist er arbeitsunfähig. Sie hat das wieder hingekriegt und nie wieder etwas von ihm gehört."

„Wissen Sie, was er an der Schulter hatte? Wir sollten jedes Detail prüfen. Art der Verletzung, Schwere, wer hat ihn überwiesen, ist er operiert worden, einfach alles."

Hildebrandt nickte: „Ich rufe sie noch mal an."

Susanne Siegel klopfte, trat ein und tat so, als ob Kommissar Hildebrandt nicht da sei.

„Ich habe noch etwas Interessantes wegen der MC FGB herausgefunden", meinte sie. „Die haben ungefähr zehn Mitglieder und haben sich in Hollern eine alte Gastwirtschaft gekauft, die sie als Clublokal ausbauen wollen. Ob sie dafür eine Baugenehmigung bekommen, ist noch unsicher."

„Ich habe davon gelesen", erinnerte ich mich. „Die Synfonie. Die Kneipe mit dem falsch geschriebenen Namen. Noch nicht mal das können die Nazis richtig!"

„Stimmt aber so nicht", korrigierte sie mich. „Die Kneipe hatte den Namen schon, als sie verkauft wurde."

„Schade", sagte ich spöttisch, „dann muss ich ja bei denen Abbitte leisten!"

„Sieht so aus", lachte sie und verließ den Raum.

„Frau Siegel!", rief ich hinter ihr her. Sie steckte den Kopf zur Tür herein: „Ja?"

„Wer hat den Schuppen denn gekauft, können Sie das herausfinden?"

„Schon passiert", erwiderte sie, und ich fragte mich, wieso ich die Frage überhaupt gestellt hatte. Natürlich würde sie sich niemals mit der einfachen Aussage eines Kaufs zufriedengeben. Sie hatte ihre Mittel und Wege, auch weitergehende Informationen in kürzester Zeit zu besorgen.

„Gekauft wurde das Lokal zum 1. Februar diesen Jahres. Kaufpreis 80.000 Euro, Käufer ein gewisser Karl Josef Freytag aus Stade."

Ich staunte. „Charly!" sagte ich. „Kein Wunder."

Hildebrandt sah mich fragend an: „Kein Wunder?"

„Karl Josef Freytag", begann ich zu erläutern, „genannt Charly, hatte Panik, als ich heute bei ihm auftauchte, um ihm ein paar Fragen zu stellen. Er dachte, ich käme wegen seiner „Steuersache", wie er sich ausdrückte. Außerdem ist er der Vater eines der MC FGB-Mitglieder und jetzt auch der Hausbesitzer. Vielleicht hat er das ja von seinem Schwarzgeld oder der nicht abgeführten Mehrwertsteuer bezahlt. Mal sehen. Herr Hildebrandt, Sie setzen sich jetzt mal auf die Spur, vielleicht kriegen Sie das ja raus. Ich muss jetzt nach Hause. Nudeln kochen."

Hildebrandt nickte. „Eine Frage habe ich noch: Was heißt MC FG?"

„MC FGB!", korrigierte ich ihn. „Das erklärt Ihnen Frau Siegel, guten Tag."

Ich stieg in meinen Wagen und schon nach ein paar Minuten, als ich an der Ampel vor der Hansebrücke stand, beschlich mich ein ungutes Gefühl. Erst glaubte ich, mich verhört zu haben, dann wurde das Geräusch aber stärker. Motorräder. Plötzlich stand direkt neben mir an der Fahrertür ein schweres Motorrad. Ich konnte den Fahrer nicht erkennen, nicht nur, weil er in schwarzer Lederkleidung auf dem Sattel saß, er war auch so nahe an die Tür gefahren, dass ich noch nicht einmal den Kopf zum Fenster hätte hinausstrecken können.

Hinter mir stand eine zweite schwere Maschine und als ich mich im Wagen umdrehte, wusste ich, dass ich beide heute schon einmal gesehen hatte. Der Fahrer fuhr von hinten provozierend immer näher an meinen Wagen heran. Als er die Stoßstange berührte, und ich merkte, wie er versuchte, den Wagen nach vorne zu schieben, sprang die Ampel auf Grün. Ich würgte aus Aufregung den Motor ab. Beide Harleys gaben Gas, ich merkte wie der Fahrer neben mir der Fahrertür einen kräftigen Tritt versetzte und dann losfuhr. Beide streckten mir den Mittelfinger entgegen, und ich las auf ihren Lederjacken MC FGB National und sozial. Hinter mir hupte es; ich hatte Schwierigkeiten meinen Wagen wieder zu starten. Als ich endlich losfahren konnte, war die Ampel längst auf Rot gesprungen, ich stand mitten in der Kreuzung und umklammerte aus einer Mischung aus Wut und Angst das Lenkrad. Wieder hupte es von allen Seiten. Ich fuhr langsam los und wusste, dass alle anderen in ihren Autos über diesen Idioten fluchten, der wie ein Anfänger über die Kreuzung schlich.

Hatte ich tatsächlich Angst? Wovor denn, fragte ich mich und beantwortete mir selbst die Frage. Vor gar nichts, beruhigte ich mich. Man muss vor gar nichts Angst haben, bloß weil ein paar Nazis einem den Mittelfinger entgegenstrecken. Und eine kräftige Beule ins Auto treten.

Das Nudelwasser blubberte schon vor sich hin, als es endlich an der Tür klingelte. Ich drückte auf den Öffner und freute mich, als ich die helle Stimme von Jakob hörte.

„Wo ist das Kamel?", fragte er mich als erstes, ich hatte ihm noch nicht einmal die Jacke ausziehen können.

„Jetzt komm doch erst einmal rein", sagte ich, weil ich nicht wusste, was er meinte. Er schälte sich aus der Jacke und lief ins Wohnzimmer. Vor meinem Terrarium blieb er stehen.

„Das Kamel", sagte er, „das Kamel."

Er meinte das Chamäleon.

Annemarie, so hieß es, saß unbeweglich auf seinem Ast und nur die hin- und herwandernden Augen bewiesen, dass es überhaupt lebte. Jakob amüsierte sich königlich, wenn das Tier plötzlich ein Auge bewegte und interessiert im Zimmer umherblickte, während das andere ihn fixierte. Dass Annemarie ein „er" war, war mir lange nicht klar gewesen, ich hatte das Terrarium samt lebendem Inhalt von einem inhaftierten Drogenjunkie übernommen. Erst Hannah hatte sich irgendwann schlau gemacht und das Geschlecht des Tieres bestimmen können. An einem Auswuchs an den Hinterbeinen. Ich wollte Annemarie nicht umtaufen in Annemario oder irgendeinen anderen Quatsch. Er hieß Annemarie als ich ihn übernahm und dabei ist es geblieben.

„Holst Du ihn mal heraus, Opa?", fragte Jakob, aber ich hatte keine Lust und meinte: „Jetzt gibt's erst mal Nudeln. Nachher darfst Du ihn gerne füttern".

Einfaches Essen ist manchmal unschlagbar gut. Nudeln, Pesto, Rotwein. Mehr brauche ich nicht, wenn es mal schnell gehen soll. Normalerweise habe ich immer den Kühlschrank voll mit gutem Käse, Oliven oder anderen leckeren Sachen. Wenn ich aber mal keine Zeit zum Einkaufen hatte, oder es schlicht vergaß, dann gab es Nudeln. Die hatte ich immer im Haus, Parmesan oder Pesto auch, Rotwein sowieso.

Jakob stimmte mir wohl zu, so viele Nudeln verdrückte er in kurzer Zeit. Hannah stand ihm kaum nach. Als wir fertig waren, hatte Jakob das Kamel vergessen und spielte mit den Sachen, die ich immer für ihn bereithielt: kleine Spielautos, Trecker und Bauklötze. Für letztere ist er bald zu groß, dachte ich, als ich ihm zusah. Da werde ich in Bälde investieren müssen.

Hannah bot an, den Abwasch zu machen, aber ich hielt sie zurück. Lieber wollte ich mit ihr noch ein wenig am Tisch sitzen und reden. Alleine leben machte mir weniger aus, als ich befürchtet hatte. Nachdem ich aus Mariannes und meinem Haus ausgezogen und die Scheidung beschlossen war, hatte ich nur ein paar Wochen Einsamkeitsgefühle, wenn ich abends alleine in der Wohnung saß. Das Gefühl hatte sich schnell verflüchtigt. Einsam fühle ich mich nur beim Essen. Alleine am Tisch zu sitzen und das Essen in sich hineinschaufeln, habe ich immer gehasst. Ich kann dann der Versuchung nicht widerstehen, dabei die Zeitung zu lesen oder in meinem Smartphone nach irgendwelchen breaking news zu suchen. Dabei verliert man wiederum die Konzentration auf das gute Essen und genießt es nicht. Umso mehr freue ich mich über Gäste bei Tisch. Vor allem über solche, die gutes Essen zu schätzen wissen. Mechthild gehörte leider nicht dazu. Ihr war es mehr oder weniger egal, was ich auf den Tisch brachte. Und wenn wir mal bei ihr aßen, war es mir immer klar, dass die Kaufentscheidung für jede Zutat von ihrer Berufstätigkeit geprägt war. Sie war leidenschaftliche Verbraucherschützerin, leitete sogar das

Büro in Stade und fand bei allem, was sie erwarb, dass es zu teuer sei.

Hannah hat ein feineres Gespür für meine Stimmungen als ich für ihre. Wir plauderten über irgendwelche belanglose Sachen, als sie abrupt das Thema wechselte.

„Wie einsam bist Du eigentlich?", fragte sie provokativ.

„Findest Du, dass ich so einen Eindruck mache?", fragte ich erstaunt zurück.

„Ich befürchte, Du bist beziehungsunfähig", fuhr sie fort. „Das ist mir schon aufgefallen, als wir noch allen die glückliche Familie vorgegaukelt haben, jetzt mit Mechthild scheinst Du das lückenlos fortzusetzen."

Ich musste schlucken. Mehr als „Meinst Du?", brachte ich nicht heraus.

Hannah redete sich in Rage: „Manchmal denke ich, die einzig stabile Beziehung, die Du je hattest, ist die zu Annemarie. Er reagiert nicht auf Deine Macken und selbst, wenn Du ihn mal vergisst, ist er Dir nicht böse".

Natürlich darf man keinen ernsthaften Vergleich anstellen zwischen dem Verhältnis eines Menschen zu einem Chamäleon und dem zu einer... Hier stockte meine Überlegung. Was war Mechthild für mich eigentlich, fragte ich mich. Geliebte? Partnerin? Oder, wie es heute oft spöttisch heißt, Lebensabschnittspartnerin? Die ersten beiden Begriffe schloss ich spontan aus. Ich liebte sie nicht, eine Partnerin war sie auch nicht, dafür lagen unsere Lebenswelten zu weit auseinander. Und beim letzten, beim Spottbegriff steckte ja auch das Wort Partnerin darin.

„Vielleicht liegt es daran", versuchte ich zu erklären „dass er mir zuhört und versteht, dass er nicht bei jeder Kleinigkeit eingeschnappt sein muss. So wie Deine Mutter."

„Und wie Mechthild?", fragte sie nach.

Ich nickte: „Vielleicht gerate ich einfach immer an die Frauen, gegen die ich keine Chance habe."

Hannah lachte spöttisch: „Selbst schuld, da kann ich Dich nicht bedauern. Das musst Du schon selbst in den Griff kriegen."

Ich nahm die Rotweinflasche und wollte ihr nachschenken, aber sie hielt ihre Hand auf das Glas: „Ich kann nicht lange bleiben", sagte sie, „Jakob schläft uns sonst auf dem Teppich ein".

„Hast Du diese ekelhaften BfS-Plakate gesehen?", fragte ich sie unvermittelt.

„Ja", sagte sie. „Die sind alle zum Kotzen."

„Du erinnerst Dich doch vielleicht an das tote Mädchen aus Grauerort?", fragte ich sie.

Sie nickte: „Ja, was ist mit ihr?"

„Ihr Vater kandidiert auch für diese verkappten Nazis."

„Was ich Dich schon immer fragen wollte", Hannah stand auf und sah nach Jakob. Als sie ihn spielen sah, kam sie an den Esstisch zurück und fuhr fort: „Wie konnte es passieren, dass man in so einem Bauwerk jemanden unbemerkt einmauert? Dauernd schwirren da Leute rum, das muss doch jemand aufgefallen sein?"

„Früher, also ganz früher sozusagen, war tatsächlich viel los in Grauerort. Das ist ja eine militärische Festung, die in den sechziger Jahren des neunzehnten Jahrhunderts gebaut wurde. Man konnte von dort die Elbe überwachen und Hamburg vor einem eventuellen Überfall durch Schiffe verteidigen. Sie wurde nie gebraucht. Nach dem 2. Weltkrieg war darin eine Fabrik untergebracht, die Munition zerstörte. Ein Treppenwitz der Weltgeschichte: Munition wurde in einer Festung zerstört, aus der nie ein Schuss abgegeben worden war. Als das auslief, ist die Festung verfallen, war eingezäunt, aber nicht bewacht. Durch den maroden Zaun konnte man unbemerkt eindringen. Da wurden wilde Feten gefeiert, ab und zu musste die Polizei anrücken, aber sonst war sie einsam und verwildert. Daher war es möglich, das Mädchen dahin zu verschleppen und sie einzumauern. Vor allem, weil sie noch gelebt hat. Eine Tote bis in die letzte Kasematte zu tragen wäre wahrscheinlich viel schwieriger gewesen".

„Widerlich!", Hannah schüttelte sich. „Man darf sich das gar nicht vorstellen!"

„Erst vor ein paar Jahren hat man begonnen, das alte Fort zu renovieren. Deshalb war ja auch die Jugendbautruppe dort, die sie gefunden hat."

„Meinst Du, dass das Nazis waren, die sie umgebracht haben?"

„Ich weiß noch gar nichts", sagte ich bedauernd, „aber ich vermute einiges."

Ich ließ sie zappeln. Hanna hatte vor ein paar Monaten ihre Abschlussprüfung zur Rechtsanwaltsgehilfin bestanden und arbeitete in der Kanzlei, die sie ausgebildet hatte. Ihr Chef galt als der größte Choleriker aller Stader Anwälte, einige Kollegen wollten nichts mehr mit ihm zu tun haben. Nebenbei saß er im Stader Stadtrat und traktierte die anderen Räte mit Eingaben, Anträgen und wütenden Zwischenrufen. Das Erstaunliche war, dass er oft Recht hatte, juristisch war an seinen Wortmeldungen meistens nichts auszusetzen. Was den anderen den Nerv raubte, war seine herablassende Art. Und wenn er sich dann einmal täuschte, gab es einige, die aus Rache mehr Salz in seine Wunden streuten als eigentlich notwendig war. Er war ziemlich unerträglich, ließ sich von seinen Mitarbeiterinnen siezen, hatte aber keine Skrupel, sie selbst zu duzen.

Hannah kam erstaunlicherweise gut mit ihm klar, sie bezog seine Wutausbrüche nicht auf sich und ließ sich in seinem Büro erst wieder blicken, wenn er sich beruhigt hatte. Sie schätzte die Vielfalt der Fälle, die die Kanzlei bearbeitete. Von einfachen Nachbarschaftsstreitereien wie nicht ordnungsgemäß abgesägte Äste bis zu Strafverfahren der heftigen Kategorie konnte man dort alles über die Abgründe der Menschen erfahren. Sie wollte nicht auf einen besser bezahlten Job in einer Wirtschaftskanzlei wechseln, so wie es andere aus ihrem Jahrgang gemacht hatten. Das sei ihr zu langweilig, hatte sie mir einmal gesagt, da drehe sich alles immer nur ums Geld.

Im Grunde arbeitete sie im gleichen Metier wie ich. Bei mir wie bei ihr ging es um Täter und Opfer. Nur, dass sie beide Seiten erlebt. Mit den Opfern hat man als Polizist nur am Rande zu tun, während der Entdeckung und Aufklärung einer Tat. Meistens sind es die Zeugen, die man befragt, um möglichst schnell zu einem Ergebnis zu kommen. Eine Kanzlei vertritt manchmal den Täter und manchmal als Vertreter einer Nebenklage auch das Opfer. Das war es, was sie so interessant an ihrer Arbeit fand. Und sie war neugierig und versuchte immer, mir Dinge zu entlocken, die ich eigentlich nicht hätte preisgeben dürfen. Manchmal gelang es ihr sogar. Aber sie hatte mich noch nie enttäuscht: Sie konnte schweigen.

„Und?", fragte sie wissbegierig. „Was vermutest Du?"

„Willst Du nicht doch noch einen Rotwein?", fragte ich und wollte sie noch ein bisschen zappeln lassen.

Sie schenkte sich das Glas voll, wir prosteten uns zu und, als sie mich anstrahlte, durchfuhr mich so etwas wie ein Glücksgefühl. Sie war vor ein paar Jahren kurz davor gewesen, den Halt im Leben zu verlieren, hatte die Schule abgebrochen, war durch Europa herumgestreunt und schwanger mit Jakob wieder vor meiner Tür aufgetaucht, nachdem ich fast ein Jahr lang so gut wie nichts von ihr gehört hatte. Heute glaube ich, dass sie die Scheidung ihrer Eltern nicht verarbeiten konnte und deshalb so reagiert hatte.

„Der tote Friseur war in seiner Jugend Motorradfahrer. Das tote Mädchen war Rockerbraut, um es mal so vereinfachend zu sagen. Beide hatten Kontakte in die rechte Szene. Ich vermute, dass sich beide kannten, ich denke sogar, dass beide in der gleichen Motorradgang waren."

„Beweise, Euer Ehren?", fragte sie nur.

„Noch wenige, aber ich arbeite daran. Ich bin über Namen gestolpert, die sowohl die Stiefmutter genannt hat, als auch Charly Freytag." „Freytag, dieses miese Arschloch", eiferte sie sich. „Was hat der denn damit zu tun?"

Ich wollte gerade in die Details gehen, als sie einen Finger auf die Lippen legte: „Psst."

Sie stand auf, sah nach Jakob und kam lächelnd zurück: „Er liegt auf dem Teppich und ist eingeschlafen".

„Wollt ihr hier schlafen?", fragte ich, „das könnt ihr gerne, ein Bett für Gäste ist immer bereit."

Sie schüttelte den Kopf: „Morgen früh wird das zu hektisch. Jakob will garantiert nicht weg von hier, Du musst zur Arbeit, ich muss zur Arbeit und ihn vorher zum Kindergarten bringen." „Soll ich Euch heimbringen?", bot ich an.

„Ich rufe Florin an", sagte sie und schüttelte den Kopf, „er kann uns abholen."

Ich hob fragend die Augenbrauen: „Florin?"

„Begleitung", sagte sie nur und lachte, „erinnerst Du Dich?"

Ich musste auch lachen und nickte. Eine Nachbarin im Uppsalaweg in Stade umschrieb so die Tatsache, dass sie nach längerer Zeit mal wieder mit einem Mann liiert war. „Ich habe Begleitung", ließ sie vornehm verlauten, als es für alle offensichtlich war. Niemand hätte gegen eine Bezeichnung wie „Lebensgefährte" oder „Freund" oder ähnliches Einwände erhoben, sie war fast fünfzig, geschieden und niemandem Rechenschaft über ihr Gefühlsleben schuldig. Es war in unserer Familie zu einem geflügelten Wort geworden, wenn bei Bekannten Beziehungen entstanden. „Er hat Begleitung." Oder: „Hat sie Begleitung?" Jedes Mal mit ironischem Unterton und der Garantie von zustimmendem Gelächter.

„Kenne ich ihn?", fragte ich vorsichtig. Natürlich war ich neugierig, wollte aber nicht so wirken. In meinem Hinterkopf begann es zu rumoren: „Begleitung". Das wars, das war die richtige Bezeichnung für das Verhältnis zwischen mir und Mechthild.

Sie schüttelte den Kopf: „Ich glaube nicht, ich kenne ihn noch nicht so lange. Du wirst ihn nachher ja sehen, ich muss ihn nicht verstecken."

Sie öffnete ihr Smartphone, ich hörte höflich weg; nach ein paar Minuten verkündete sie: „Er ist in zehn Minuten da."

Kapitel 8

Es läutete Sturm. Dann machte er eine kleine Pause und läutete wieder ausdauernd.

Verwundert sah ich Hannah an, die ebenso erstaunt war. Jakob war aufgewacht, sie hatte ihn schon angezogen und, als ihre Begleitung endlich aufhörte, die Klingel zu malträtieren, verabschiedete sie sich von mir im Treppenhaus.

Wieder drückte er die Klingel, als ob es kein Morgen gäbe.

„Mach mal auf", forderte Hannah mich auf, sie war sichtlich genervt und ich merkte, wie peinlich ihr das Verhalten ihres Freundes war.

Ich drückte wunschgemäß auf den Türöffner. Als die Haustür geöffnet wurde, hörte das Klingeln auf. Wir hörten ein dumpfes Geräusch, ich glaubte, jemanden fallen zu hören. Dann drang ein gellendes „Hilfe!!!" zu uns hinauf. Ich rannte los, nahm zwei Stufen auf einmal und, als ich nach wenigen Sekunden unten angekommen war, lag ein Mann in der halb offenen Tür und wurde von außen mit aller Wucht getreten. Ich riss die Tür auf und sah eine große, dunkel gekleidete Gestalt wegrennen. Hannah kniete schon, hielt dem Mann den Kopf. Ich sah, dass er blutete und leise wimmerte. Trotzdem nahm ich die Verfolgung auf, rannte die schlecht beleuchtete Bungenstraße entlang. Als gegenüber der Musikschule meine kleine Wohnstraße zu Ende war, gab ich auf. Niemand war weit und breit zu sehen. Ich zog mein Smartphone aus der Tasche, drückte den Notruf und beorderte einen Krankenwagen zu meinem Haus.

Florin, zumindest dachte ich, er sei es, hatte sich mittlerweile gegen die Treppe gelehnt, Hannah tupfte ihm vorsichtig das Blut aus dem Gesicht.

„Ich habe einen Krankenwagen…", begann ich, aber der Mann winkte ab.

„Nicht so schlimm", sagte er, und ich überlegte, wo ich den leichten Akzent einzuordnen hatte.

„Natürlich fährst du ins Krankenhaus", bestimmte Hannah. „Ich komme mit!"

„Und Jakob?", fragte er vorsichtig zurück. Ich war berührt über seine fürsorglichen Gedanken.

„Der bleibt bei meinem Vater!", sagte sie, und ich sah mich suchend um. Jakob saß müde und verängstigt auf dem nächsten Treppenabsatz.

Ich nickte.

Hannah ging zu ihrem Kind und nahm ihn in den Arm. Sie redete leise und Jakob schien sich zu beruhigen. Die Aussicht, bei seinem Großvater bleiben zu können, war so verlockend, dass er seine Angst vergessen konnte.

„Können Sie sprechen?", fragte ich Hannahs Freund, Lebensgefährten, Begleitung oder was auch immer, von dem ich nur den Vornamen kannte.

„Schlecht", murmelte er und zu meinem Schrecken kam immer noch Blut aus seinem Mund. Er hatte offensichtlich Zähne verloren, seine Lippen waren mittlerweile dick geschwollen und die Nase war schief.

„Vielleicht geht es auch anders", schlug ich vor. „Nicken geht? Oder Kopfschütteln?"

„Papa!", zischte Hannah, „jetzt lass ihn bitte in Ruhe, er kann sich kaum bewegen."

Sie hatte natürlich Recht.

Ich hörte die Sirene des Krankenwagens in der Ferne langsam näherkommen und überlegte, ob sie mit dem Geheul die gesamte Innenstadt aufwecken würden. Aber dazu kam es nicht, als die Sanitäter in die engen Gassen meines Viertels einbogen, hatten sie ein Einsehen. Sie stellten die Sirene ab und, als sie vor meinem Haus hielten, sogar das Blaulicht.

Ich hielt ihnen die Tür auf und wechselte noch ein paar Worte mit Hannah.

„Er muss um Acht im Kindergarten sein", sagte sie leise.

„Das kriegen wir hin", meinte ich beruhigend, „was meinst Du, Jakob?"

Jakob antwortete nicht. Er war auf ihrem Arm eingeschlafen.

„Wie heißt Dein Freund?", fragte ich noch, als sie mir Jakob schon übergeben hatte und in den Krankenwagen steigen wollte.

„Ionesco. Florin Ionesco. Er kommt aus Rumänien." Sie winkte uns noch kurz zu, der Krankenwagen fuhr langsam an, und Jakob und ich waren alleine.

Erst jetzt sah ich, wie viel Blut Florin Ionesco verloren haben musste, die Eingangstür war verschmiert und die Stufe von der Straße ins Haus ebenso.

Jakob merkte nicht, dass ich ihn auszog und in mein Bett legte. Er schien von der ganzen Aufregung, der Hektik und der Angst seiner Mutter um ihren Freund nicht viel mitbekommen zu haben. Er drehte sich zur Seite, zog ein bisschen die Decke zu sich und schlief einfach weiter.

Ionesco, dachte ich. Ein berühmter Name. Ich kannte den Namen aus einem anderen Zusammenhang. Ich ging in die Küche, stellte das Geschirr in die Spülmaschine und, als ich mit einem letzten Glas Rioja im Wohnzimmer saß, dachte ich an meine Fahrt als Student nach Paris.

Im ersten Semester an der Uni in München, als ich Germanistik als Hauptfach studierte, belegte ich Theaterwissenschaft als Nebenfach. Zum einen war ich damals großer Theaterfan, hatte sogar einschlägige Zeitschriften abonniert, zum anderen hatte ich herausbekommen, dass man als Student der Theaterwissenschaften freien Zutritt zu den Generalproben der Theater bekam. Nicht alle Häuser waren begeistert, in die Oper kam man so gut wie nie hinein, aber die interessierte mich ohnehin nicht. Das Residenztheater oder die Kammerspiele waren da sehr viel aufgeschlossener. Ich ließ mir so gut wie keine Inszenierung entgehen. Ich finde übrigens, dass ich in meinem heutigen Beruf von meiner damaligen Leidenschaft nicht weit entfernt bin. Außer auf der Bühne (und im Film) wird nirgendwo so viel geschauspielert wie bei Verhören oder vor Gericht. Eine gute schauspielerische Leistung wird im Theater mit stehenden Ovationen belohnt, im Film vielleicht mit einem Oscar, vor Gericht, wenn man Glück hat, mit einem Freispruch. Der kann dann für den Betreffenden viel mehr bedeuten als die höchste Auszeichnung.

Der Höhepunkt dieser Zeit war eine Studienfahrt nach Paris gewesen, ein Interview mit Eugene Ionesco in dessen Pariser Wohnung eingeschlossen. Ich war zwanzig und hatte mir die Teilnahme an der Fahrt, die eigentlich den Studenten des Hauptstudiums vorbehalten war, mehr oder weniger erschlichen. Ich wollte unbedingt Ionesco kennenlernen. Nach ein paar interessanten Begegnungen mit der Pariser Theaterszene gingen wir an einem Nachmittag mit klopfendem Herzen zu dem großen und weltberühmten Meister des absurden Theaters. Es war drückend heiß in der kleinen Wohnung, wir hockten auf Stühlen und Fensterbänken, ein paar Kommilitoninnen auf dem Boden, und warteten geduldig auf das Erscheinen unseres Idols.

Ionesco gestaltete seinen Auftritt eines großen Dramatikers würdig, musterte interessiert die in nächster Nähe kauernden Studentinnen, beschränkte sich dann auf ein paar launige Worte der Begrüßung und begann schließlich ungehemmt vom Leder zu ziehen. Er gab den zornigen alten Mann, der keinerlei Verständnis für die liederliche Sittenlosigkeit der heutigen Jugend zeigen konnte. So drückte er es tatsächlich aus. Wir Studenten saßen sprachlos vor ihm und dachten zuerst, Ionesco wolle uns provozieren oder auf den Arm nehmen, und warteten auf die Auflösung der rätselhaften Aussage, aber irgendwann dämmerte es uns, dass er es ernst gemeint hatte. Nahezu jede Antwort auf die vorher genau überlegten Fragen: „Wie kamen Sie auf den Titel der „Kahlen Sängerin?" oder „Wie sehen Sie heute die Stellung des absurden Theaters?" endeten in wüsten Beschimpfungen der hoffnungslos verlotterten und verlorenen Jugend. Nach der Frage nach seiner Einschätzung des „theatre du soleil" von Ariane Mnouchkine stand Ionesco wortlos auf und verließ das Zimmer. Nach einer halben Stunde ratlosen Wartens kam ein junger Mann in den Raum und bat uns, die Wohnung sofort zu verlassen. Monsieur Ionesco hätte nicht die Absicht, sich weiter mit uns zu unterhalten. Erst viel später, als wir schon nach München zurückgekehrt waren, offenbarte uns eine Assistentin an der Uni, eine Französin, die sich mit diesem Thema beschäftigt hatte, dass Ionesco die Regisseurin Mnouchkine als seine Todfeindin ansah und wir ihn mit dieser Frage wohl bis aufs Blut gereizt hatten.

Zur Vorbereitung auf den Besuch hatte ich ein altes Reclamheft aus meiner Schulzeit in den Koffer gelegt. Auf dem von mir bunt bemalten Umschlag waren der Titel nur noch schwer zu entziffern: Die Stühle und Der neue Mieter, zwei Stücke von Ionesco. Ich war 17 oder 18 gewesen, als ich sie begeistert durchgearbeitet hatte. An den Rand hatte ich notiert: *Wieso reden die Schauspieler so oft aneinander vorbei? Nach Ionesco ist eine Verständigung grundsätzlich unmöglich. Worte können keinen Sinn vermitteln, da sie zwangsläufig die Assoziationen des anderen außer Acht lassen.*

Treffer, dachte ich, als ich am Abend im Hotel das Heft noch einmal in die Hand nahm. Ionesco hatte nur das gemacht, was er allen unterstellt: Auch mit ihm war eine Verständigung gänzlich unmöglich, wenn man miteinander sprach, redete man unweigerlich aneinander vorbei.

Noch in der Metro kam es zum Streit mit dem begleitenden Assistenten, der sich den wütenden Fragen der Studenten stellen musste und sich den sorgfältig vorbereiteten Termin mit Ionesco nicht nachträglich kaputtmachen lassen wollte. „Ihr schafft es höchstens bis zum stellvertretenden Inspizienten in Winsen an der Luhe!", hatte er geschrien und sich hinter einer Zeitung verkrochen.

Ich war der Einzige gewesen, der wusste, wo Winsen an der Luhe lag, sogar, dass es dieses Kaff überhaupt gab.

Nicht nur die Schauspieler in den Stücken von Ionesco reden dauernd aneinander vorbei, dachte ich und trank mein Glas aus. Marianne und ich, überlegte ich weiter, hatten das in den letzten Monaten unserer Ehe ebenfalls so perfekt durchgeführt, dass man mit unseren damaligen Dialogen eine Renaissance des absurden Theaters hätte einleiten können. Man hätte eigentlich nur ein Aufnahmegerät mitlaufen lassen müssen. Manchmal hätte man die Dialoge ungekürzt übernehmen können. Und manchmal wäre stundenlang nichts zu hören gewesen.

Ich sah zu Annemarie, der in seinem Terrarium auf das Abendbrot wartete, und lächelte ihm zu.

„Prost Junge", hob ich mein leeres Glas und warf ihm ein paar getrocknete Zikaden hin.

Jakob schlief fest. Ich ging ins Badezimmer. Als ich mich zu ihm legen wollte, hatte er die gesamte Breite des Bettes in Beschlag genommen. Ich beschloss, mich ins Gästebett zu legen.

Es gelang mir nicht einzuschlafen. Über die nette Erinnerung an die Paris-Fahrt – Maria hatte sich damals meiner erbarmt und mir jede Nacht Dinge gezeigt, von denen ich noch nicht einmal wusste, dass es sie gibt. Oder hieß sie eventuell Renate? – hatte ich den Überfall auf Florin Ionesco verdrängt. Nach der Fahrt hatte Maria/Renate leider kein Interesse mehr an mir, was ich sehr bedauerte. Sie wahrscheinlich nicht, sie hatte einen Freund, der sicher nicht begeistert gewesen wäre, wenn ich noch einmal in ihrem Leben aufgetaucht wäre.

Nun kamen die Bilder des Überfalls hoch, und ich fragte mich, warum ich nicht die Spurensicherung angerufen hatte. Immerhin war es möglich, dass das viele Blut nicht nur von ihm stammte, vielleicht hatte der Angreifer auch geblutet, vielleicht waren es sogar mehrere Täter gewesen. Unverzeihlich, schalt ich mich, so ein Anfängerfehler dürfte mir eigentlich nicht passieren.

War es Zufall, dass der Überfall direkt vor meiner Haustür geschah? Wieso war Florin Ionesco das Opfer? Waren es Junkies, die Geld brauchten? Ich nahm mir vor, ihn so schnell wie möglich zu befragen und am nächsten Tag die Kollegen der Spurensicherung zu benachrichtigen.

Die Nacht war unbequem, ich beschloss, als ich mit Rückenschmerzen aufwachte, meinen Gästen bald ein neues Bett zu spendieren. Und eine schönere Bettdecke. Jakob allerdings schien die Nacht in meinem Bett genossen zu haben, ich bekam ihn kaum wach und als ich es endlich geschafft hatte, wollte er nicht in den Kindergarten, sondern in meiner Wohnung bleiben. „Mit Opa spielen."

Der Kindergarten, in den er geht, liegt am anderen Ende von Stade. Ich beschloss, nachdem ich ihn dort abgeliefert hatte, im Krankenhaus Florin Ionesco zu besuchen.

Ich stelle mein Auto selten in der Bungenstraße ab, meistens mache ich mir gar nicht erst die Mühe, in der engen Gasse nach einem Platz zu suchen. Das führt dann manchmal zu der absurden Situation, dass ich, wenn ich den Wagen ein paar Tage nicht benutzt habe – oft fahre ich mit dem Rad zur Arbeit, zu Tatorten fahren meistens die Kollegen –, nicht mehr weiß, wo ich ihn abgestellt hatte. Ich laufe dann mit dem Schlüssel in der Hand durch die angrenzenden Straßen und drücke dauernd auf „öffnen", in der Hoffnung, dass irgendwo Lichter aufblinken.

So auch diesmal. Ich hatte es eilig, Jakob sollte pünktlich abgegeben werden, Hannah legte großen Wert darauf, und ich fand das Auto nicht. Als ich endlich vor ihm stand, traute ich meinen Augen nicht.

Alle vier Reifen waren platt, der Wagen erinnerte mich an eine gestrandete Schildkröte. Mich packte die Wut, wenn Jakob nicht dabei gewesen wäre, hätte ich vermutlich so unbeherrscht reagiert, wie mir Marianne es nach Wutausbrüchen vorgeworfen hatte, und mit einem Fußtritt die Beule in der Fahrertür noch verstärkt.

„Platt", sagte Jakob verwundert.

Ich nickte, sagte nichts, zog mein Smartphone aus der Hosentasche und rief ein Taxi.

„Nur mit Kindersitz!", herrschte mich der Fahrer an, „das hätten Sie anmelden müssen."

„Moment", meinte ich, holte den Kindersitz aus meinem Wagen, baute ihn im Taxi ein und, als wir endlich am Kindergarten angekommen waren, waren wir eine halbe Stunde zu spät. Die Erzieherinnen musterten mich mit einer Mischung aus Unverständnis und Genervtsein, ich gab dem Kleinen einen Kuss und war froh, als ich dem Fahrer das nächste Ziel angeben konnte: „Bitte zum Krankenhaus!"

„Und der Sitz?", fragte er. „Wollen Sie den die ganze Zeit mitschleppen?"

Ich stieg wieder aus, baute den Sitz aus, schlich mich in den Vorraum des Kindergartens und stellte den Sitz vorsichtig, damit es auch wirklich keiner mitbekam, an Jakobs Garderobenplatz ab.

„Zum Krankenhaus", sagte ich zum zweiten Mal.

„Das dachte ich mir", erwiderte der Fahrer trocken und fuhr los.

Als das Smartphone klingelte, sah ich Hannahs Bild.

„Hat alles geklappt?", fragte sie wie beiläufig, aber an ihrer Stimme merkte ich, dass sie aufgeregt und übermüdet war.

„Ja", log ich, „wir waren pünktlich. Wo bist Du jetzt?"

„Immer noch bei Florin", sagte sie und fing an zu weinen. „Es geht ihm nicht gut."

„Ich bin in zehn Minuten bei Dir", erwiderte ich. Sie schluchzte irgendetwas Unverständliches. „Bis gleich."

Kapitel 9

Hannah erwartete mich am Eingang. Sie sah völlig übermüdet aus und warf sich mir so an den Hals, als ob sie sonst auf der Stelle umfallen würde.

Ich strich ihr vorsichtig über den Rücken, schon als Kind hatte sie diese beruhigende Geste geliebt, und auch diesmal verfehlte sie ihre Wirkung nicht.

„Geht's?", fragte ich, als sie aufgehört hatte zu weinen.

„Ja", nickte sie und wischte sich Tränen aus den Augen. „Ich könnte einen Kaffee gebrauchen."

Wir setzten uns in die Cafeteria, ich holte zwei Cappuccino und wartete ein wenig ab, bis sie sich wirklich beruhigt hatte.

„Mit Jakob ging alles klar?", fing sie das Gespräch an.

Ich nickte: „Er wollte zwar nicht in den Kindergarten, ich sollte mit ihm den ganzen Vormittag spielen, aber ich konnte ihn schließlich überzeugen. Dann sind wir auch noch Taxi gefahren, das hat ihm besonders gefallen!"

Sie nickt: „Wart ihr pünktlich?"

„Auf die Sekunde!", log ich wieder und hatte kein schlechtes Gewissen dabei. Die Umstände der Verspätung wollte ich ihr heute ersparen.

„Wie geht es deinem Freund?"

„Er wurde auf der Fahrt sogar kurzzeitig bewusstlos", sagte sie. „Sie haben ihn im Krankenhaus nicht gleich operieren wollen."

Ich riss die Augen auf: „So schlimm?"

„Er ist brutal verprügelt worden. Bruch der Kiefernhöhle, Fissuren am Schädel, Nase kaputt, vier Zähne verloren."

„Ist er noch in der Narkose oder ist er schon aufgewacht?"

„Wehe, Papa!", sagte sie drohend, sie roch sofort Lunte. „Wehe, Du fragst ihn auch nur irgendetwas. Das verbiete ich Dir!"

Sie hatte natürlich recht.

„Erzähle mir von ihm. Woher kennst Du ihn?"

„Er kam in die Kanzlei, wegen einer Kleinigkeit, irgendetwas Arbeitsrechtliches, er kommt ja aus Rumänien."

„Sofia?"

„Papa!", seufzte sie. „Sofia ist die Hauptstadt von Bulgarien!"

„Peinlich", sagte ich nur.

„Sibiu. Er kommt aus Sibiu. Früher hieß die Stadt Hermannstadt, da leben viele deutschstämmige Rumänen."

„Er arbeitet hier, sagtest Du?"

„Im CFK Valley, er ist Ingenieur für Luft-und Raumfahrt."

Das CFK Valley ist der ganze Stolz der Stader Politik. Ein Gelände am Südrand der Stadt hatte sich in den letzten Jahren zu einem Zentrum der Grundlagenforschung für Carbonfaser verstärkten Kunststoff entwickelt. Daneben gab es mittlerweile sogar eine Fachhochschule. So war Stade schließlich doch Uni-Stadt geworden – in bescheidenem Rahmen allerdings. Die vierzig oder sechzig Studenten der FH hätten auch vor vierzig Jahren das damals biedermeierlich beruhigte Stade nicht durcheinandergewirbelt. Nur die Namensgebung war missglückt. Es gab weit und breit kein Valley, kein Tal, man wollte sich plump an den Erfolg des Silicon Valley anhängen. So wie ein popeliger Fußballclub keinen Präsidenten, sondern einen Vorsitzenden braucht, brauchen die, die dort forschen und in den Hallen arbeiten, keinen hochtrabenden Namen, der eigentlich völlig nichtssagend ist, aber weiß Gott was her machen soll.

„Hat er Dir irgendetwas erzählt, als Du mit ihm gefahren bist?"

Sie nickte: „Es waren zwei, hat er gesagt. Du Scheiß-Zigeuner haben sie gerufen, Dir schlagen wir den Schädel ein."

Ich war schockiert. Keine Junkies, die Geld brauchten. Das war eine fremdenfeindliche Tat.

Mir fiel die Spurensicherung ein. Wieder hatte ich vergessen, sie anzurufen.

Nachdem ich das erledigt hatte, bat ich Hannah, nach Hause zu gehen und sich auszuruhen. Ich musste ihr versprechen, mich dann erst mit ihrem Freund in Verbindung zu setzen, wenn er wirklich wieder fit war. „Er hat auch eine Gehirnerschütterung", sagte sie noch, stand auf und ging noch einmal auf die Station, wo ihr Freund lag.

Ich wartete. Nach einer halben Stunde kam sie wieder, sie lächelte und sagte: „Er ist aufgewacht, es geht ihm schon ganz gut. Tschüss Papa, ich laufe jetzt nach Hause, die frische Luft kann ich gut gebrauchen."

„Holst Du Jakob ab?"

Sie nickte: „Ich melde mich."

Scheiß Zigeuner hatten sie ihn genannt. Irgendwie kam es mir vor, als ob hier viele Dinge zusammenhängen würden. Ich konnte es nicht genau benennen, aber irgendetwas hatte sich in der Stadt verändert. Die Menschen? Die Meinung? Die Stimmung? In der Kommunalpolitik wechselten sich die großen Parteien ab. Mal stellte die eine den Bürgermeister, mal die andere die Bürgermeisterin. Normal eben, so wie wir das alle seit Jahrzehnten gewöhnt waren. Wandel ist der Kernpunkt der Demokratie. Nur dass ich, und nicht nur ich, diesmal ein Unbehagen fühlte, wenn ich an die Kommunalwahl dachte. Sie sollte bald stattfinden und alle Parteien und Wählervereinigungen hatten für die letzten Wochen noch eine Schippe draufgelegt.

Den Weg vom Krankenhaus zur Polizeiinspektion in der Teichstraße ging ich zu Fuß. Zwischendurch schickte ich Hannah noch eine Mitteilung und bat sie, den Kindersitz nicht zu vergessen. Es kamen ein paar Fragezeichen zurück, sie war wohl sehr verwundert. Ich hatte keine Lust, ihr alles zu erklären und beließ es dabei. Jakob wird ihr schon alles erzählen, dachte ich.

Vor der Polizeiinspektion war die Plakatdichte der BfS noch einmal gesteigert worden.

Orange auf blauem Grund sprangen jedem die platten Parolen ins Auge: „Kriminelle Ausländer raus!" „Mehr Geld für Rentner, aber keines für Flüchtlinge!" „Lieber billige Mieten als teure Flüchtlinge" und ähnliches. Ich konnte es kaum ertragen. Dazu die Kandidaten, die ihre Gesinnung hinter freundlich-nichtssagenden Gesichtsausdrücken versteckten.

Charly Freytag kandidierte zwar nicht für die BfS zum Stader Stadtrat. Allerdings war er der Kassenwart der Wählervereinigung. Eine Partei konnten sie nicht gründen, dazu sind die bürokratischen Hürden zu hoch, eine Wählervereinigung ins Leben zu rufen, die nur an einer einzigen Wahl teilnehmen will, ist dagegen relativ einfach. Ich hatte mir von Susanne Siegel die Unterlagen heraussuchen lassen und stolperte tatsächlich über einige Namen, die mir in den Ermittlungen zu den beiden Mordfällen schon einmal begegnet waren.

Der Vorsitzende der „Bürger für Stade" war ein Dr. Hans-Peter Kreissig, erster Stellvertreter Fritjof Voigt, zweiter Stellvertreter der ehrenwerte Paul Schlichting, der Vater des ermordeten Mädchens. Die Gelder verwaltete Charly Freytag. Außerdem war noch ein gewisser Eduard Graumann Pressesprecher. Und es tauchte der tote Friseur auf der Liste auf. Er war stellvertretender Kassenwart. Gewesen, musste man jetzt sagen. Eine sympathische Truppe, dachte ich, als es klopfte.

„Sie wollten doch noch ein paar Informationen zu dem Autoschlosser", sagte Susanne Siegel.

„Charly Freytag meinen Sie?", ich sah zu ihr auf. Sie stand an meinem Schreibtisch, und ich musste schlucken. Sie hatte eine neue Frisur, aber ich konnte mich nicht dazu durchringen, sie dafür zu loben. Der Friseur gehört gesteinigt, dachte ich. Susanne Siegel war groß und ziemlich kräftig. Manche Kollegen meinten abschätzig, sie sei fett, aber das stimmte nicht. Sie war sozusagen großformatig, hatte einfach überall viel. Ich fand, das passte zu ihr. Dirk Hildebrandt war völlig verrückt nach ihr. Das war es doch, was zählte, fand ich immer. Aber warum sie in ihrem Outfit konsequent der Ästhetik der ausgehenden 50er Jahre des letzten Jahrhunderts huldigte, blieb mir ein Rätsel. Wenn sie, wie meine Großmutter damals, nur mit Kopftuch das Haus verlassen hätte, wäre ich nicht erstaunt gewesen.

Bisher hatte sie eigentlich gar keine Frisur, jedenfalls keine, die einem irgendwie auffiel. Sie trug ihre Haare irgendwie halblang, und da die ziemlich dünn waren, hinterließen sie beim Betrachter keinerlei Eindruck. Sie hatte eben Haare. Nun stand sie vor mir mit dauergewellten Locken, die wohl nur hielten, weil der Friseur sie mit Unmengen Haarspray in Form geklebt hatte.

Oh je, dachte ich, ließ mir aber nichts anmerken.

„Haben Sie etwas Neues?"

Sie nickte: „Ich habe mal ein bisschen recherchiert und

meine Beziehungen spielen lassen". Wie immer, dachte ich.

„Es läuft derzeit eine Steuerprüfung bei Karl Josef Freytag. Es besteht der Verdacht der Steuerhinterziehung. Zum einen scheint er die Mehrwertsteuer nicht richtig abgeführt und auch sein Einkommen nicht richtig angegeben zu haben".

„Der Klassiker".

„Genau. Das Finanzamt ist stutzig geworden, als er die Grunderwerbssteuer für die Nazikneipe bezahlen sollte. Da gab es wohl zwischen den einzelnen Abteilungen des Finanzamtes eine Kontrollmitteilung und man fand Unstimmigkeiten. Sie hatten ihn wohl schon länger auf dem Kieker, hatten aber keine Handhabe."

Sie strahlte. Was sie mir immer wieder sympathisch machte, war ihre unverhohlene Freude, wenn es die Richtigen getroffen hatte, wenn der Täter überführt worden war. Hatte sie einen kleinen Teil dazu beigetragen, freute sie sich wie ein kleines Mädchen.

„Freuen Sie sich nicht etwas zu früh, Frau Siegel?", versuchte ich ihre Euphorie zu dämpfen.

„Wenn man sich ansieht, was sich in der Stadt zusammenbraut, welche radikalen Ratten da gerade wieder aus ihren Löchern kriechen, kann man sich nicht genug freuen, wenn der Rechtsstaat zeigt, dass es ihn gibt."

„Man sollte denen nicht den Begriff ‚radikal' überlassen", begann ich zu philosophieren.

Sie sah mich fragend an.

„Ich war im ersten oder zweiten Semester", erzählte ich, „als in der Uni eine Studentenvollversammlung stattfand und dort genau über dieses Thema diskutiert wurde. Ich weiß nicht mehr, von welcher studentischen Splittergruppe sie war, aber eine Studentin hatte mich damals überzeugt, dass ‚radikal' kein Schimpfwort sein müsse. ‚Radikal', rief sie in den Saal, ‚kommt von Radix. Das ist Latein und heißt Wurzel. Und das beschreibt das Problem gut. Ich will, wenn ich ein Problem erkannt habe, es beseitigen. Nur deshalb bin ich radikal und nicht, weil ich alles kaputthauen will. Ich will ein Problem bei der Wurzel packen!' Das hat mich damals ziemlich überzeugt, deshalb verwende ich diesen Begriff nicht mehr in Zusammenhang mit solchen Leuten."

„Und?", fragte sie spöttisch. „Sind sie radikal?"

„Meine Frau meinte immer, ich sei spießig. Aber vielleicht schließt sich das nicht gegenseitig aus".

„Ein spießiger Radikaler. Oder ein radikaler Spießer. Interessant. Da muss ich erst mal darüber nachdenken", lachte sie und ging.

Mir fiel mein Auto ein. Alle vier Reifen waren platt, und ich hoffte, dass nur die Ventile aufgedreht waren. In der Werkstatt der Polizeiinspektion arbeitete Friedel Meier, ich glaube, er wurde zwischen Ölfässern und Drehmomentschlüsseln geboren. In meinem ersten Jahr in Stade als Kriminalbeamter fuhr ich einen alten Golf und war mir manchmal nicht mehr sicher, ob die Kupplung noch völlig intakt war.

„Lass mal sehen", sagte er, ließ mich aussteigen, als ich ihm das Problem schilderte, und drückte, ohne dass er sich hinter das Steuer setzte im Stehen mit einem Fuß von außerhalb auf das Kupplungspedal. „Kannste wegschmeißen", sagte er nur und das Urteil über mein Wagen war gefällt. Eine neue Kupplung wäre teurer als der ganze Karren gewesen. Er wohnte seit seiner Kindheit in der Neubourgstraße, nur ein paar Meter vom Standort meines fahruntüchtigen Autos entfernt. Ich rief ihn an und bat ihn, bei der Heimfahrt kurz nach dem Wagen zu sehen.

Kaum hatte ich das Gespräch beendet, kam Dirk Hildebrandt in mein Büro. „Haben Sie Zeit?", fragte er. Der Nachdruck in seiner Stimme ließ keinen Zweifel daran aufkommen, dass Zeit haben musste.

„In Grauerort gibt es Schmierereien", sagte er tonlos, aber ich merkte, wie empört er innerlich war. Gefühl zu zeigen, war nicht die Stärke des Kriminalkommissars, umso denkwürdiger waren die Male, wo es geschah. Ich kannte ihn gut und wusste, dass er gerade einem Vulkan zu ähneln begann, der innerlich grollt und kurz vor der Eruption steht.

„Schmierereien?", fragte ich.

Hildebrandt nickte empört: „Diese Schweine haben die Stelle, wo das Mädchen gefunden wurde mit Hakenkreuzen und allem, was die so können, beschmiert. Kommen Sie mit? Ich will mir das ansehen."

Ich nickte, und als wir ein paar Minuten später im Auto saßen, erzählte er mir, immer noch wütend über das Geschehene, dass der Gastwirt, der das kleine Café in Grauerort bewirtschaftete, das immer nur zu Veranstaltungen öffnete, die Schmierereien entdeckt hatte. Er hatte sofort in der Inspektion angerufen, und Hildebrandt hatte zugesagt, dass er so schnell wie möglich selbst kommen werde. Die Stelle, an der das Mädchen gefunden worden war, wurde wieder zugemauert, die Wand verputzt und gestrichen. Zuvor waren alle Spuren gesichert worden. Wenn man die Stelle nicht genau kannte, war es schwer, den Ort zu finden. Es sollte kein Wallfahrtsort für wen auch immer entstehen.

Das Hakenkreuz war mit brauner Farbe mitten auf die Wand gesprüht worden, daneben eine missglückte Rune und die Abkürzungen 88 und AH, die Kennzeichen der rechten Szene.

Hildebrandt fotografierte alles akribisch. Ich sah ihm schweigend zu und war erleichtert, als wir wieder ins Freie treten konnten. In der alten Festung war es kalt und feucht, selbst, wenn draußen die Sonne brannte. Wie kalt muss es erst gewesen sein, als das arme Mädchen qualvoll krepierte, dachte ich und wie jedes Mal, wenn ich darüber nachdachte, packte mich das Grauen.

„Sie können das übermalen", sagte ich zu dem Wirt. „Nehmen Sie viel Farbe", ergänzte mein Kollege sarkastisch.

Der Wirt nickte: „Das ist zwar nicht meine Aufgabe", meinte er, „aber ich kümmere mich darum."

Auf der Heimfahrt stellten wir uns die Frage, wie der oder die Täter in die alte Festung gekommen waren. Das Gelände war umzäunt, das Tor geschlossen. Im Gegensatz zu den Verhältnissen von vor über zwanzig Jahren war Grauerort vorbildlich gesichert. Allerdings wurde das Fort nachts nicht bewacht und mit einer mittelgroßen Leiter waren die Zäune kein großes Problem. Bei dem Mord an dem Mädchen waren sicher viele Lücken in dem damaligen Zaun und das Tor war mit einem einfachen Vorhängeschloss gesichert gewesen. Da hätten wir uns diese Frage gar nicht stellen müssen, in dem alten Bau wurde damals die eine oder andere wilde Fete gefeiert. Wenn jemand hineinwollte, war das ohne große Probleme möglich gewesen.

„Für mich ist die Stelle, wo das Mädchen eingemauert wurde, kaum zu ertragen", sagte Hildebrandt nach einer Zeit des Schweigens.

Ich sah fragend zu ihm, und er ergänzte: „Ich habe das eine oder andere Mordopfer gesehen. Die wurden erwürgt, vergiftet, erschlagen oder erschossen. Alles furchtbar, viele habe ganz fürchterlich gelitten. Aber das hier brachte mich an meine Grenze. Ich hatte gehofft, die Stelle nie wieder sehen zu müssen. Ich konnte mir so viel bösartige Unerbittlichkeit bisher einfach nicht vorstellen." Er schwieg nachdenklich. Ich wusste nichts zu sagen.

„Was haben die gemacht", fragte er mehr sich selbst als mich, „nachdem der letzte Stein in der Mauer war? Haben die das Mädchen nicht schreien oder wimmern hören?" Er konnte kaum weiterreden. Dann fuhr er fort: „Erst mal ein Bier getrunken? Eine Pizza reingezogen und die junge Frau einfach vergessen?"

Ich hatte mir die gleichen Fragen auch schon einmal gestellt und konnte sie ihm genauso wenig beantworten wie mir. Ich war froh, als Hildebrandt den Wagen auf dem Polizeiparkplatz abstellte. Bevor er sich verabschiedete sagte er mit Nachdruck: „Wir müssen die kriegen! Das müssen wir aufklären. Sonst will ich wirklich kein Polizist mehr sein!".

Ich war noch keine fünf Minuten im Büro, da klingelte mein Smartphone. Mechthild. Das musste irgendwann kommen. Seit über einer Woche hatten wir so gut wie nichts voneinander gehört. Mir hatte das nichts ausgemacht. Eigentlich hatten wir zu Beginn unserer Beziehung genau das vereinbart. Keiner von uns beiden hatte die Absicht, eine Art Ehe miteinander zu führen, mit täglichen Besuchen oder Anrufen. Sie wolle sich nicht noch einmal kontrollieren lassen, hatte sie gemeint und damit bei mir den richtigen Nerv getroffen. Genau das wollte ich auch nicht, mir hatten meine Ehe und ihr unrühmliches Ende gereicht. Die Situation war nun etwas anders: Vielleicht lag es an den Hortensien, meine Sehnsucht nach ihrer Nähe hatte in den letzten Wochen abgenommen. Wir waren nie einem Liebesrausch verfallen, man konnte unser Verhältnis nicht mit dem von Dirk Hildebrandt und Fräulein Susi vergleichen, die jede Minute der Nähe auskosteten. Es war, wenn ich zu mir ehrlich war, langweilig. Wir haben selten gute Gespräche geführt, meist Belanglosigkeiten ausgetauscht, die gemeinsamen Nächte und Leibesübungen (ein Ausdruck von Mechthild, den ich anfangs für Ironie, mittlerweile für ganz passend halte) waren, sagen wir, okay, mehr aber auch nicht. Das Wort „Begleitung" passte als Beschreibung wirklich gut.

Leider ist es aber bei unseren Vorsätzen nicht geblieben. An manchen Tagen rief sie mehrmals an und, wenn ich mich eine Zeitlang nicht gemeldet hatte, war sie sauer. Umgekehrt ging mir das aber auch einige Male so. Mir war das alles ein bisschen zu eng geworden.

In meinem Beruf ist es nicht leicht, eine Beziehung aufrecht zu erhalten. Wenn man sie aber feige beenden will, ist es allerdings auch ziemlich einfach. Irgendeine Leiche, zu der man muss, lässt sich immer auftreiben. Und wenn es die eigene im Keller ist.

Ich wischte über das Gerät und sagte freundlich: „Hallo Mechthild." „Wo bist Du gerade?", fragte sie. Nicht unhöflich aber mit einem leicht genervten Unterton.

„Im Büro", sagte ich.

„Wir müssen uns sehen", sagte sie.

„Heute geht's nicht", sagte ich. „Hannah hat sich für heute Abend angemeldet." Eine glatte Lüge.

„Dann Morgen. Kommst Du zu mir?!" Es war mehr eine Vorladung als eine Frage. Ich sagte widerstrebend zu. Eine weitere Ausrede fiel mir nicht mehr ein.

99

Kapitel 10

Ich hielt das Smartphone in der Hand und war ratlos. Um nicht mehr über mich und Mechthild nachdenken zu müssen, nahm ich mir noch einmal die Akten zum Mord an Hans-Herbert Funck vor.

Es ist immer wieder drollig, wenn die örtlichen Schulen die 12- oder 13-jährigen in die verschiedenen Betriebe schicken, um den Kindern einen ersten Einblick in die Berufswelt zu ermöglichen und dann auch einige bei uns durch die Abteilungen ziehen. In deren Vorstellungen laufen wir den ganzen Tag mit gezogener Knarre rum und jagen Bösewichte. So wie damals Eddie Constantine als Lemmy Caution. Leider kennt heute niemand mehr diese Filmfigur, sie war die ernst gemeinte Vorwegnahme des James Bond, der jeden Bösewicht um- und jede Frau flachlegte. So wie Lemmy Caution. Als ich in München studierte, lief im ARRI-Kino in der Türkenstraße jeden Mittwochabend in der Nachtvorstellung ein alter Eddie-Constantine-Streifen, in dem er den Geheimagenten Lemmy Caution spielte. Hauptmerkmal war neben seiner Coolness sein zerfurchtes Gesicht. Und die sofort gezogene Knarre. Die Titel der Filmchen waren alleine schon ein Besuch wert: „Rote Lippen – Blaue Bohnen" oder „Wer zuerst schießt, hat mehr vom Leben."

Lemmy Caution interessierte uns damals nicht, unser Held war der Schauspieler, eben Eddie Constantine, der so unglaubwürdig agierte, dass wir manchmal lachend vom Kinosessel rollten. Er fuhr einen amerikanischen Cabrio-Schlitten, den er nur mit einem Sprung auf den Fahrersitz bestieg; es war unter seiner Würde, jemals die Fahrertür zu öffnen. Fuhr er eine seiner Puppen, Miezen oder Babys (Namen hatten die jungen , attraktiven

101

Frauen eigentlich nie) herum, öffnete er ihnen natürlich formvollendet die Tür, ihre Hochfrisuren hielten jedem Fahrtwind stand. Die Mittwochabende waren fest in meinem Wochenplan verankert, es war ein Heidenspaß, die völlig irrationale Handlung auf der Leinwand mit lauten Rufen wie : „Schieß doch, Eddie!" oder „Eddie, pass auf, da kommt einer" zu kommentieren, dazu rauchten wir unmäßig, meistens so lange, bis der Vorführer die Filmrolle anhielt und ein Dia projizierte, auf dem „Rauchen verboten!" stand.

Erst wenn die Luft wieder einigermaßen klar war, ging es weiter. Höhepunkte waren die Besuche, bei denen wir Trompeten, Trommeln und andere Musikinstrumente mitbrachten und so lärmten, dass man kein Wort der Schauspieler mehr verstehen konnte. Angeblich soll der tatsächliche Eddie Constantine von diesen Vorführungen gehört haben und sich eines Mittwochabends selbst und sehr erstaunt unter das Publikum gemischt haben. Erkannt hatte ihn keiner, erst als er auf Bitten des Kinobetreibers auf die Bühne ging und um etwas mehr kinematographischen Respekt für seine Filme gebeten haben soll – eventuell ging es auch um das leidige Rauchen –, begriffen die Zuschauer, wer da in der letzten Reihe auch beim lautesten Lärm ruhig geblieben war. Diese Vorstellung hatte ich leider verpasst, vielleicht ist die Anekdote auch erfunden. Wenn ja, dann jedenfalls gut.

Lemmy Caution wurde mit der Zeit immer hüftsteifer und durch James Bond ersetzt. Die Filme waren zwar besser, aber genauso unglaubwürdig. Das Bild des faszinierenden, alles und alle besiegenden Agenten blieb und setzte sich in den Köpfen fest. Ich glaube kaum, dass auch nur eines von den Kindern, die eine Woche in der Polizeiinspektion verbracht hatten, aufgrund dieser Visiten je zur Polizei gegangen ist; zu enttäuschend war die Wirklichkeit. Kein Lemmy und kein James weit und breit. Von innen besehen ist eine Polizeiinspektion eine stinklangweilige Angelegenheit, eine Behörde eben. Aktenstudium bestimmt den Alltag, manchmal tagelang.

Herbi Funck hatte Dirk Hildebrand angerufen und war kurz danach ermordet worden. Mein Bauchgefühl sagte mir, dass es einen Zusammenhang geben musste. Ich überlegte und fand keinen Schlüssel zu dem Rätsel, als es kurz klopfte und Frau Siegel die Tür öffnete.

„Ich habe eine Zusammenstellung zur rechten Szene in der Gegend gemacht", sagte sie und legte mir eine dicke Akte auf den Tisch. „Es ist von den alten Sachen noch nicht alles eingescannt, ich habe Kopien gemacht." Sie zuckte bedauernd mit den Schultern und wollte gehen.

„Gab es in den letzten Jahren eigentlich viele Nazi-Schmierereien", fragte ich. „So wie in Grauerort?"

„Darüber habe ich keine Informationen", sagte sie bedauernd. „Früher wurde das einfach weggewischt. Erst in den letzten Jahren wird das stärker verfolgt. Und man kann sehen, dass es stetig mehr geworden ist. Im Landkreis gibt es ein paar rechte Hotspots. Im Südkreis war die NPD früher stärker. Seit die in der Versenkung verschwunden ist, ist es dort ruhiger geworden. Jetzt nimmt es eher in Stade zu. Im Nordkreis, in Kehdingen ist wenig los."

Ich nickte: „Da ist es einfach dünner besiedelt. Außerdem leben da viele Bauern und die haben wenig Zeit für solchen Blödsinn."

„Es gibt aber ein erstaunliches Phänomen: Es gibt einige Treffpunkte im Norden."

Ich verstand nicht, was sie meinte: „Treffpunkte? Ich dachte, die haben ihre Szenekneipe. Die Synfonie in Wöhrden, oder habe ich da etwas verwechselt?"

Sie schüttelte den Kopf: „Die ist noch gar nicht eröffnet. Es wird wohl woanders gesoffen, dann gibt's meistens eine ordentliche Prügelei. Aber wenn sie pathetisch werden wollen, treffen sie sich am alten Thingplatz in Schinkel oder in Köpckes Tannen."

„Das steht alles hier drin?", fragte ich und zeigte auf den Aktenstapel.

Sie nickte: „Viel Spaß!" und machte die Tür hinter sich zu.

„Halt!", rief ich hinter ihr her, und sie kam sofort zurück. „Noch etwas: Wieso kann Paul Schlichting in Stade zum Stadtrat kandidieren, wenn er in Hollern-Twielenfleth wohnt."

„Das Wohnhaus seines Hofes liegt in Bassenfleth, direkt an der Stadtgrenze auf Stader Gebiet", erklärte sie. „Deshalb ist er offiziell Stader und kann kandidieren. Leider."

„Danke", sagte ich beeindruckt. Sie nickte huldvoll und verschwand.

Sie hatte wirklich eine Fleißarbeit abgeliefert. Zeitlich hatte sie sich auf die letzten 25 Jahre beschränkt. Es gab Anzeigen und Aussagen von Tätern, Opfern und Zeugen, Zeitungsausschnitte, Bilder, Berichte. In der Zeit, als das Mädchen verschwand, hatte es in Stade besonders viele Vorkommnisse gegeben, die man intern den Rechten zugeordnet hatte, aber nicht immer gerichtsfest machen konnte.

Nach ein paar Seiten begriff ich das Muster. Zuerst wurde eine Straftat gemeldet, meist vom Opfer, manchmal riefen Zeugen an. Ermittlungen wurde aufgenommen, aber häufig wurden sie schnell eingestellt. Zeugen meldeten sich nicht mehr oder sagten das Gegenteil von dem aus, was sie zuerst zu Protokoll gegeben hatten. Die

Begründung war eigentlich immer ähnlich: Man habe sich getäuscht, es sei zu dunkel gewesen, die Täter waren unerkannt geblieben. Und so weiter. Bei den Opfern war es ähnlich. Plötzlich konnte sich keiner erinnern, wollte sich keiner erinnern. Wie durch ein Wunder stellten sie plötzlich fest, dass sie nur gestolpert, die Treppe runtergefallen oder gegen eine offene Tür gerannt waren. Ich kannte das, so ähnlich kam es auch bei häuslicher Gewalt immer wieder vor.

Natürlich wusste jeder, dass das gelogen war. Natürlich wusste jeder, dass sie von irgendjemandem verprügelt und dann unter Druck gesetzt worden waren. Aber ohne die Mithilfe der Opfer und Zeugen konnten die Kollegen nur ganz wenige Straftaten aufklären.

Ich sah aus dem Fenster und studierte die Namen der Kandidaten der BfS, die von einer großen Plakatwand direkt gegenüber der Einfahrt der Inspektion leuchteten. Ich hatte einige von denen gerade in den Akten gelesen. Da war zum Beispiel Dr. Hans-Peter Kreissig. Er war Allgemeinmediziner mit einer großen Praxis in einem Außenbezirk. Der Vorsitzende der Wählergemeinschaft. Auf dem Bild ein seriöser Mediziner mit Kinnbart. Auf den Bildern in den Akten, wo er mit Handschellen in den Gerichtssaal geführt worden war, sah er etwas weniger seriös aus. Es war ein Bericht des Tageblattes von vor 23 Jahren über einen Überfall auf einen Obdachlosen, Kreissig war in der Nähe des Tatortes festgenommen worden. Neben ihm auf der Anklagebank erkannte ich noch Charly Freytag und den ermordeten Friseur. Es endete für alle mit einem Freispruch. Man konnte ihnen nichts nachweisen. Der Obdachlose konnte oder wollte sich nicht erinnern. Wer die Polizei angerufen hatte, war nicht mehr festzustellen. Die entscheidende entlastende Aussage kam von Paul Schlichting. Er bestätigte, dass die drei erst kurz vorher bei ihm gewesen seien. Das Alibi konnte nicht widerlegt werden, sie wurden alle mangels Beweisen freigesprochen. Jeder wusste, dass sie es gewesen waren, die den Obdachlosen krankenhausreif geprügelt hatten, aber die Empörung in der Stadt darüber klang so schnell ab wie sie nach dem Urteil hochgekocht war. Die jungen Männer wurden seriöse Mitglieder der Zivilgesellschaft. Dagegen konnte man nichts haben, wogegen man aber sicher sein musste, war, dass sie straffrei geblieben waren.

Ich nahm mir einen Stift und begann, die biographischen Daten der Beteiligten und der anderen aus den Akten, die ich kannte, aufzuschreiben.

Dr. Kreissig: 43 Jahre. Geboren in Stade, Abitur am Athenaeum, Wehrdienst, Studium in Marburg, Arbeit in mehreren Kliniken, seit sieben Jahren eigene Praxis, verheiratet mit der Tierärztin Dr. Marlene Kreissig, drei Kinder.

Charly Freytag: 48 Jahre. Geboren in Stade, Hauptschulabschluss, Lehre als Kfz Mechaniker, Wehrdienst, Arbeit in verschiedenen Werkstätten, selbstständig seit zehn Jahren. Verheiratet mit Meike Freytag, Verkäuferin, ein Kind.

Fritjof Vogt: 43 Jahre. Geboren in Hamburg, kein Schulabschluss, Wehrdienst, Arbeit als Hilfsarbeiter im Chemiewerk. Geschieden, keine Kinder.

Eduard Graumann: 48 Jahre. Geboren in Göttingen, seit 10 Jahren wohnhaft in Stade, Versicherungskaufmann. Ledig.

Paul Schlichting: 67 Jahre. Geboren in Stade, Abitur am Athenaeum, Wehrdienst, Lehre als Obstbauer, Meisterprüfung. Verwitwet, wiederverheiratet, ein Kind (ermordet).

Hans-Herbert Funck 50 Jahre. Geboren in Stade, Hauptschulabschluss, Lehre als Friseur, kein Wehrdienst, da ausgemustert, unverheiratet, ermordet.

Natürlich war Herbi Funk nicht beim Militär gewesen, Homosexuelle wurden damals sofort für untauglich erklärt und ausgemustert. Alle anderen waren bei der Bundeswehr gewesen, eine Kriegsdienstverweigerung hätte sich in diesem Umfeld sicher nicht gut gemacht.

Im Jahr nach der dokumentierten Gerichtsverhandlung geschah der Mord an Friedel Hannemann. Ich blätterte durch die Akten und suchte die Protokolle und Aufzeichnungen dazu. Das Opfer Friedel Hannemann war Rentner gewesen, der zuerst als Lokführer bei der damaligen Deutschen Bundesbahn, dann im örtlichen Chemiewerk gearbeitet hatte. Er hatte als aktiver Gewerkschaftler im Betriebsrat mitgewirkt und war für seine linke Haltung bekannt gewesen. Die sollte ihm zum Verhängnis werden. An einem 20. April geriet er mit ein paar Neonazis an einer Bushaltestelle in Streit. Er war ein großer Mann, kräftig, und man sah ihm an, dass er einem Streit nicht aus dem Weg ging. Er wollte wohl den Bus nach Stade nehmen, als er an einer Haltestelle in Kreuel, einer unbedeutenden Ansammlung von Häusern an der Straße zwischen Assel und Bützfleth auf ein paar Neonazis stieß, die johlend Hitlers Geburtstag feierten. Friedel Hannemann hatte sich wahrscheinlich das Gegröle und die Nazilieder verbeten, er wurde niedergeschlagen und mit Fußtritten und einem zufällig herumliegenden Ast so brutal verprügelt, dass er an der Bushaltestelle verblutete. Nur ein paar Minuten nach der Tat kam der Bus und der Fahrer sah drei Personen weglaufen. Es war schon dämmrig. Der Busfahrer meinte, sie seien alle in Lederkleidung gekleidet gewesen.

Die Polizei ging von einem normalen Raubüberfall aus. Eine politische Tat wurde zuerst gar nicht in Erwägung gezogen, später sogar explizit ausgeschlossen. Der Täter wurde nur zufällig gefasst. An einer sichergestellten Bierdose fand man Fingerabdrücke, konnte sie aber lange niemandem zuordnen. Sie waren in keiner Datenbank zu finden.

Ein paar Monate später wurde bei einer Schlägerei – Neonazis hatten ein Sommerfest einer linken Gruppe überfallen – einer der Täter erkennungsdienstlich behandelt. Man glich die Fingerabdrücke ab und nahm den Mann wegen Mordverdachts fest. Er gestand die Tötung, stritt aber vehement ab, dass es ein Mord gewesen sei. Sie hätten friedlich ein paar Dosen Bier getrunken, als der Rentner sie plötzlich angepöbelt hätte. Es habe sich ein Streit über lange Haare und Lederklamotten entwickelt, schließlich sei der Mann auf sie losgegangen. Er habe sich nur verteidigt, der Tote sei wohl unglücklich gefallen.

Er blieb vor Gericht bei seiner Darstellung, die Mordanklage musste fallen gelassen werden. Mord setze Heimtücke voraus, die hier nicht gegeben sei, meinte die Staatsanwaltschaft. Die Anklage lautete nur noch auf Körperverletzung mit Todesfolge. Er schwieg eisern, als er nach den Namen seiner Komplizen gefragt wurde.

Der Sturm brach los, als er nur wegen gefährlicher Körperverletzung verurteilt wurde. Zudem wurde ihm noch ein nicht unerheblicher Alkoholkonsum angerechnet, seine Verteidiger hatten einen Gutachter errechnen lassen, dass bei dem angegebenen Bierkonsum wohl über zwei Promille Alkohol in seinem Blut gewesen sein mussten. Die Steuerungsfähigkeit sei somit eingeschränkt gewesen, was zu einer Strafminderung führte. Er bekam sechs Jahre, nach etwas mehr als vier Jahren war er entlassen worden. Wegen guter Führung und günstiger Sozialprognose.

Es gab mehrere Demonstrationen in der Stadt gegen dieses Urteil, Susanne Siegel hatte mir ja schon über ihre eigene Wahrnehmung darüber berichtet. Als ich den Namen des Täters las, staunte ich. Er hieß Freytag. Stephan Freytag. Er war der Bruder des Autoschraubers.

Wenn ich Akten lese, passiert es mir manchmal, dass ich über einen Satz hinweglese und mir erst nach einiger Zeit auffällt, dass darin etwas faul oder zumindest unklar war. So erging es mir auch gerade. Ich blätterte zurück. Es dauerte eine Weile, bis ich wusste, worüber ich eigentlich hätte stolpern müssen. Es war die Aussage des Busfahrers, der die weglaufenden Täter gesehen und die Polizei und den Krankenwagen alarmiert hatte. Bei seiner Zeugenaussage hatte er angegeben, er hätte die Täter nur schemenhaft gesehen, es sei schon dämmrig gewesen. Ende April, am frühen Abend. Ich nahm mein smartphone und recherchierte die Sonnenuntergangszeiten. In den Akten stand nichts über die Wetterverhältnisse und so war ich fast ein bisschen enttäuscht, als mir das Suchprogramm ausspuckte, dass die Sonne an diesem Tag um 20:32 Uhr untergegangen war. Sollte schlechtes Wetter geherrscht haben, hatte man die Täter vielleicht wirklich nicht mehr richtig erkennen können. Allerdings, dachte ich, wenn schlechtes Wetter geherrscht hatte, wäre die Geburtstagsparty sicher nicht an einer Bushaltestelle, sondern in einem Keller gestiegen. Ich suchte den Namen des Fahrers heraus und schlug ihn im Telefonbuch nach. In Stade kein Eintrag, im ganzen Landkreis ebenfalls. Er war damals kurz vor der Rente gewesen, als der Mord geschah, heute wäre er fast neunzig. Ich gab auf und sah ein, dass das keine vergessene oder unentdeckte

Spur war. Der Busfahrer war wohl wirklich nur ein Busfahrer gewesen und sonst nichts. Vor allem kein heimlicher Komplize der Täter, wie ich kurz vermutet hatte.

Ich nahm mir Stephan Freytag vor. Er wohnte nicht mehr in Stade, in seiner Akte war vermerkt, dass er nach seiner Entlassung noch mehrmals auffällig geworden war, allerdings nie mehr mit einem Kapitalverbrechen, auch keine Einbrüche oder ähnliches. Er hatte eine Kneipe in Bremerhaven eröffnet und die zum Zentrum der dortigen Neonazis gemacht und sich auch in den Kreisen und Zirkeln engagiert. Ein paar Schlägereien, ein bisschen Steuerhinterziehung, Anklage wegen Hehlerei. Ein gewöhnlicher Kleinkrimineller.

Ich blätterte weiter. Kurze Zeit nach der Ermordung des Rentners schien die rechte Szene zerfallen zu sein. Es gab kaum mehr Anzeigen, es war, als ob sie vom Erdboden verschluckt oder besser von der Zivilgesellschaft aufgesogen worden waren. Der eine studierte, andere bekamen nach ihrer Lehre Jobs, gründeten Familien und ließen die Vergangenheit hinter sich. So schien es zumindest.

Ich vermisste Ergebnisse der Suche nach Michi, der Freundin von Charly Freytags Sohn. Natürlich hatte ich sie übersehen. Susanne Siegel war hörbar genervt, als ich sie am Telefon danach fragte. „Ganz am Anfang", sagte sie. „Ich habe sie vorne davor geheftet."

Michaela Werner hieß das Mädchen mit vollem Namen. Sie war vor ein paar Tagen zwanzig Jahre alt geworden, wohnte in einer Gegend in Stade, in der sich vor den Einfamilienhäusern Rhododendren und Hortensien abwechselten und die Rasenflächen groß, die wenigen Blumenbeete klein und die immergrünen Bäume und Büsche in kugelige Formen geschnitten waren. Das

Athenaeum hatte sie nach der 11. Klasse abgebrochen, die Tischlerlehre nach 3 Monaten. Danach arbeitete sie in einer Motorradwerkstatt als Hilfe, der Betrieb hatte wohl keine Ausbildungsberechtigung. Die Wege der Jugend, dachte ich, sind heutzutage nicht immer so stetig wie zu meiner Zeit. Schule, Ausbildung, Beruf, alles ziemlich nahtlos aneinandergereiht, bei den jungen Männern nur unterbrochen vom Wehr-oder Zivildienst. Ich dachte an Hannah, die ebenfalls die Schule abgebrochen hatte, durch Europa vagabundiert und erst mit Jakobs Geburt ein wenig zur Ruhe gekommen war. Eine ähnliche Biographie hätte in meiner Jugend unweigerlich dazu geführt, dass die Gesellschaft den Daumen gesenkt hätte. Ich hatte es nicht getan und wollte aufgrund der biographischen Angaben dies auch nicht bei Michaela Werner tun. Die Eltern waren unauffällige Mitglieder des Stader Mittelstandes, die Mutter war Grundschullehrerin, der Vater hatte eine bekannte Gebäudereinigungsfirma. Dass die Tochter nun mit muskelbepackten Harley-Fahrern um die Häuser zog, wird sie wahrscheinlich beunruhigen, überlegte ich. Aber das Mädchen war volljährig und konnte alleine über sein Leben entscheiden.

Kapitel 11

„Die Spurensicherung kam etwas spät", monierte Dirk Hildebrandt. „Ich weiß nicht, warum die sich so lange Zeit gelassen haben. Die Hausbewohner hatten schon das Treppenhaus saubergemacht. Gucken die nie Tatort? Das weiß doch jedes Kind, wie man sich da verhalten muss."

Ich nickte zustimmend, hielt aber schuldbewusst meinen Mund.

„Gibt es schon Ergebnisse?", fragte ich möglichst unbeteiligt.

Hildebrandt nickte. „Es wurde die DNA von zwei Personen festgestellt. Sagten Sie nicht, dass Ihr Schwiegersohn von zwei Personen angegriffen worden war?"

„Das ist nicht mein Schwiegersohn", protestierte ich. „Er ist seit kurzem der Freund meiner Tochter!"

„Was nicht ist, kann noch werden", erwiderte der Kommissar ungerührt, und ich widersprach nicht. „Zwei verschiedene DNAs: Vermutlich eine vom Täter, eine vom Opfer. Vom zweiten Täter konnten wir nichts finden. Konnten Sie schon mit ihm sprechen?"

„Das wollte ich morgen machen, er ist gestern erst operiert worden."

„Es gibt ein interessantes Ergebnis", meinte Hildebrandt beiläufig.

Ich sah ihn fragend an.

„Die eine DNA hatten wir vor kurzem schon einmal analysiert."

„Bitte?", fragte ich. „Wiederholen Sie das bitte noch mal."

„Die gleiche DNA hatten wir vor kurzem schon einmal."

„Nun spannen Sie mich nicht unnötig auf die Folter. Wo denn?"

„Bei dem Mord an Hans-Herbert Funck."

Was für eine Untertreibung, dachte ich. „Interessant" nannte Hildebrandt das Ergebnis. Es ist sicher hilfreich, wenn sich ein Kriminalbeamter nicht von Emotionen leiten lässt. Ein bisschen mehr davon täten Dirk Hildebrandt aber manchmal gut. Er hatte gerade eine Verbindung zwischen zwei Verbrechen entdeckt und nannte das wie beiläufig „interessant". Hoffentlich zeigte er bei seiner Freundin etwas mehr Gefühle, dachte ich, sonst geht das auf die Dauer nicht gut.

Hildebrandt fuhr fort: „Sie erinnern sich doch noch an das Büchlein, das voller Blut war? Genau die dort analysierte DNA fanden wir in einem kleinen Blutfleck vor der Haustür. Der Täter muss zweimal geblutet haben. Entweder es ist jemand, der sich unfassbar dumm anstellt oder er hat einfach nur zweimal Pech gehabt. Und wir Glück!"

„Männlich oder weiblich? Täter oder Täterin?", fragte ich.

„Ein Mann", erwiderte Hildebrandt. „Die DNA ist uns nicht bekannt. Wir haben die Daten ja schon beim ersten Fund durch alle Datenbanken laufen lassen. Null. Bisher ist der Täter noch nicht in Zusammenhang mit einer größeren Sache aufgefallen."

„Was schlagen Sie vor?"

„Na ja", meinte er, „das Übliche: Wir müssen eine Verbindung suchen zwischen den Opfern. An einen Zufall mag ich nicht glauben. Kannten sich die beiden? Hatten sie gemeinsame Bekannte, waren sie beruflich verknüpft oder persönlich verbandelt?"

„Herr Hildebrandt", sagte ich, „das erste Opfer war ein alteingesessener Friseur, unverheiratet, schwul mit Verbindungen in die rechte Szene. Das zweite Opfer war weder Friseur, noch schwul, zumindest glaube ich das. Ich denke nicht, dass meine Tochter Interesse an einem Liebesverhältnis mit einem Homosexuellen hat. Berufliche oder private Kontakte können wir ziemlich sicher ausschließen. Ich befrage ihn morgen, dann wissen wir das sicher. Die Täter haben ihn als Zigeuner beschimpft, dem sie den Schädel einschlagen wollten."

„Da haben wir doch die Verbindung", sagte Dirk Hildebrandt. „Das war sicher nicht die Antifa, die so etwas brüllt. Das waren rechte Schläger. Womit ist er denn verprügelt worden?"

„Das weiß ich noch nicht. Die Ärzte haben sich noch nicht geäußert. Morgen wissen wir mehr." Ich sah auf die Uhr. „Ich denke, wir machen für heute Schluss. Ich will noch kurz in die Werkstatt und nachfragen, ob ich eventuell neue Reifen brauche."

Hildebrandt sah mich fragend an: „Neue Reifen?"

„Haben Sie das nicht mitbekommen? Heute Morgen wollte ich meinen Enkel in den Kindergarten bringen. Ging leider nicht, auf keinem Reifen war Luft."

„Waren die Reifen zerstochen?"

Ich zuckte mit den Schultern: „Ich weiß es noch nicht. Ich habe Friedel Meyer aus der Werkstatt gebeten mal nachzusehen. Vielleicht hatte er schon Zeit." Ich sah auf die Uhr. „Die Werkstatt macht um vier zu, oder?" Hildebrandt nickte.

„Dann wird er auf dem Weg nach Hause sein, dabei wollte er mal nach den Reifen sehen."

„Seien Sie vorsichtig, Herr Schlegel", sagte Dirk Hildebrandt, und ich spürte, dass er ernstlich besorgt war. „Ich befürchte, dass da jemand was gegen Sie hat. Erst tritt Ihnen einer die Autotür ein, dann sind die Reifen platt und ihr Schwiegersohn wird verprügelt."

„Jetzt hören Sie doch mal mit dem Schwiegersohn auf. Ich kann mir da keinen Zusammenhang denken. Woher soll denn jemand wissen, dass er mit meiner Tochter verbandelt ist, wenn ich das selbst noch nicht mal wusste?"

„Genau das heraus zu bekommen, ist ja die Aufgabe der Polizei, oder?", fragte er.

Ich musste ihm recht geben: „Stimmt. Der Fußtritt gegen meine Autotür war keine politische Tat von diesen Provinzausgaben der Hells Angels. Die kriegen doch schon einen Hals, wenn sie einen Polizisten aus drei Metern sehen. Polizisten sind die Todfeinde solcher Typen. Außerdem bin ich der Vater von Hannah."

„Das war mir klar", meinte Hildebrandt, „aber was hat das damit zu tun?"

„Kennen Sie die Geschichte nicht?", fragte ich und, als er verneinte, erzählte ich ihm vom Auftritt von Hannah und Marianne bei Charly Freytag. Hildebrandt musste so lachen, dass er sich verschluckte.

„Genial!", japste er schließlich, „genial! Jetzt verstehe ich die Zusammenhänge. Wenn die Sie sehen, kriegen sie natürlich einen noch dickeren Hals, als sie ihn sowieso schon haben!"

Der Abend war so warm wie die ganzen letzten Tage. Es hatte seit dem Opernabend in Grauerort nicht mehr geregnet. Die Bauern fingen an zu klagen und, wenn man über das Land fuhr, sah man, dass dies nicht unberechtigt war. Auf der Geest, den sandigen Böden, begannen die Wiesen und Weiden braun zu werden, die Marschbauern waren noch nicht so betroffen. Würde sich das trockene Wetter zu einer richtigen Dürre entwickeln, hätten aber auch sie über kurz oder lang Probleme. Eigentlich heißt die Devise bei den Marschbauern im Elbe-Weser-Dreieck: „Das Wasser muss weg!" Die ganze Gegend war durchzogen von Entwässerungsgräben und Drainageausläufen. Es regnete hier gern, nicht unbedingt immer in großen Mengen, dafür aber beständig. Zwei Wochen lang täglich ein paar Liter auf den Quadratmeter zehrten bei manchen hier stärker an den Nerven als ein heftiges, lautes Gewitter, bei dem ähnliche Regenmengen nicht in zwei Wochen, sondern in zwei Tagen fallen. Den Städtern gefiel die Hitze, die wenigsten hatten noch eine Verbindung zum Landleben, manche kamen während des ganzen Jahres kein einziges Mal aus Stade heraus. Und wenn, dann fuhren sie in die Ferien. Ich versuchte so oft wie möglich in den Rüstjer Forst oder an die Elbe zu kommen. In dem großen Wald südlich von Stade konnte es einem passieren, dass man bei einem stundenlangen Spaziergang niemanden traf. An der Elbe war es meist anders. Ich bevorzugte den Strand von Kalbsand, in Kehdingen war ich beruflich oft.

Auf dem Heimweg dachte ich an Mechthild und daran, dass ich sie dreist angelogen hatte. Morgen Abend hatte sie mich einbestellt, und mir graute ziemlich davor. Auf Vorwürfe und Vorhaltungen hatte ich keine Lust, aber wahrscheinlich werde es darauf hinauslaufen, dachte ich. Kurz vor der Bungenstraße klingelte mein Handy. Friedel Meyer, der Kfz-Meister aus unserer Werkstatt, erzählte mir, dass nur die Ventile herausgeschraubt worden waren. Die Reifen waren nicht zerstochen worden, wie ich befürchtet hatte. Ein Dumme-Jungen-Streich. „Morgen früh schraube ich Dir wieder welche rein. Und Luft kriegste auch gratis!"

Als ich meine Haustür geöffnet hatte, ging die Tür zur Parterrewohnung auf. Frau Wiedemeyer, eine verwitwete alte Dame, die schon seit ihrer Hochzeit vor unendlich viel Jahren hier wohnte, sprach mich an: „Herr Schlegel", sagte sie aufgeregt, „wie geht es dem jungen Mann? Das war ja schrecklich gestern."

„Sie müssen sich keine Sorgen machen", versuchte ich sie zu beruhigen, „es geht ihm schon viel besser."

„Ich mache mir aber Sorgen!", erwiderte sie bestimmt. „Ich habe alles mit angesehen. Die waren ja wie die Tiere."

„Sie haben alles mit angesehen?" Ich war verblüfft, niemals hätte ich an sie gedacht, wenn ich Zeugen gesucht hätte.

„Ja, kommen Sie gerne herein", lud sie mich ein.

Ich zögerte. Sie passte gerne Bewohner und Besucher ab und lud sie zu sich ein, man saß dann gefühlt stundenlang bei dünnem Kaffee und trockenen Keksen in ihrem Wohnzimmer und musste ihren immer gleichen Geschichten lauschen. Man wurde dabei das Gefühl nicht los, in einem Film voller Klischees gelandet zu sein. Mir war es schon öfter gelungen, Einladungen abzulehnen.

Doch heute hatte ich keine Chance: Sie war schon in ihrer Wohnung verschwunden und hatte die Tür nicht geschlossen. Wäre ich einfach in meine Wohnung gegangen, wäre das sicher von ihr als sehr unhöflich empfunden worden. Ich fand sie sehr nett, grüßte immer freundlich und half ihr gelegentlich beim Einkauf. Ich folgte ihr und schloss die Tür hinter mir.

„Setzen Sie sich!", forderte sie mich auf und ich erwartete, sie in die Küche eilen, Kaffee kochen und Kekse holen zu sehen, aber sie setzte sich mir gegenüber an den großen Esstisch. Sie begann sofort zu erzählen: „Ich wollte gerade meine Alpenveilchen gießen, sehen Sie, die da am Fenster zur Straße, als ich den jungen Mann kommen sah. Ich dachte noch. Na, will der etwa zu uns, als er von hinten angesprungen wurde. Von einem der beiden Angreifer…"

Ich unterbrach sie: „Warten Sie bitte", holte meinen Notizblock heraus und bat sie, das noch einmal zu wiederholen.

„Er wurde von zwei Männern angegriffen, einer sprang ihm von hinten in den Rücken. Der junge Mann fiel nach vorne. Dann hatte der andere so einen dicken Prügel in der Hand und schlug zu. Ich stand hinter dem Vorhang und konnte mich vor Schreck nicht bewegen. Ich konnte auch nur noch sehen, wie die beiden auf ihn einschlugen und traten. Ach Gott", unterbrach sie sich, „ich habe Ihnen gar keinen Kaffee angeboten!" Sie wollte aufstehen, aber ich meinte: „Für Kaffee ist es zu spät, Frau Wiedemeyer."

„Da haben Sie natürlich recht, da könnte ich auch gar nicht mehr schlafen. So wie gestern, nach dieser schrecklichen Sache, da konnte ich auch nicht schlafen. Ich habe mich nicht herausgetraut, um dem armen Kerl zu helfen."

Ich nickte. „Sie sprachen von einem Prügel. Wissen Sie, wie der aussah, war das ein Kantholz oder ein Brett? Wissen Sie, was ein Kantholz ist?"

Sie lachte kurz auf: „Alt heißt senil, oder? Natürlich weiß ich, was ein Kantholz ist. Mein Mann war Zimmermann. Wir hatten ein Baugeschäft, und ich habe das Büro geführt. Aber es war kein Kantholz. Ein Kantholz ist sägerau, meistens vier mal sechs oder manchmal auch sechs mal sechs. Oder auch zehn mal zehn. Ist es größer als 20 mal 20, sagt man Balken dazu."

Ich unterbrach ihre Erinnerungen an den Einkauf von Bauhölzern: „Sie sagten, es sei ein Prügel…"

„Ja, ja", fuhr sie aufgeregt fort. „Ein Prügel! Mit einem Kantholz hätten sie ihn nicht so schwer verletzen können. Die ganze Treppe war ja voller Blut".

„Einer der beiden muss sich verletzt haben. Haben Sie das gesehen?"

„Ich kann nicht um die Ecke gucken."

Ich wollte mich bedanken, als mir noch eine Frage einfiel: „Meinen Sie, die beiden haben gemerkt, dass sie beobachtet wurden?"

Sie schüttelte den Kopf: „Das glaube ich nicht. Ich hatte das Licht im Wohnzimmer nicht angehabt, von außen muss es ausgesehen haben, als sei niemand im Zimmer gewesen."

Ich stand auf: „Das war eine große Hilfe, Frau Wiedemeyer. Vielen Dank. Noch eins: Dieser Prügel, wie groß und dick war der ungefähr?"

Sie überlegte: „Vielleicht so lang wie mein Arm? Und eventuell auch so dick. Das war ein richtig schöner Prügel zum Zuschlagen", meinte sie sarkastisch. „Das muss richtig wehgetan haben." Sie schüttelte den Kopf. „Von hinten und zu zweit!"

Sie brachte mich zur Tür, ich bedankte mich noch einmal und, als ich in meiner Wohnung angekommen war, hörte ich, wie sie unten leise die Tür schloss.

Ich ging an den Kühlschrank, holte Käse und Butter, stellte sie auf den Tisch. Als ich das Brot schneiden wollte, klingelte das Telefon. Nicht das Smartphone, ich wurde auf dem Festnetz angerufen. Das geschah mittlerweile so selten, dass ich erschrak. Ich stand mit dieser Nummer samt Adresse im Telefonbuch und mir ging die gutgemeinte Warnung von Dirk Hildebrandt durch den Kopf: „Seien Sie vorsichtig!" Meine mobile Nummer hatten nur Menschen, denen ich vertraute. Hannah, Marianne, Mechthild, die Kollegen in der Polizeiinspektion.

Es klingelte noch einmal, ich sah auf das kleine Display. Zumindest war die Nummer nicht unterdrückt. Ich hob zögernd ab und murmelte „Hallo?"

„Herr Schlegel!" Ich erkannte die Stimme sofort. Frau Wiedemeyer. „Jetzt fällt mir wieder ein", sagte sie aufgeregt, „wie sich der eine verletzt haben könnte. Die sind sich wohl in die Quere gekommen. Als der eine zugetreten hat, muss ihm der andere auf die Hand gehauen haben. Wahrscheinlich aus Versehen. Er hat nämlich plötzlich aufgehört, ist zurückgesprungen und hat sich die Hand gehalten. Ich glaube, er hat geflucht, ich konnte natürlich nichts verstehen, aber ich habe an seinem wütenden Gesichtsausdruck gesehen, dass er empört war."

„Das ist ein sehr wichtiger Hinweis, Frau Wiedemeyer", sagte ich. „Vielen Dank und Gute Nacht!"

Kapitel 12

Am nächsten Morgen besuchte ich meinen „Schwiegersohn". Hätte Hannah von Hildebrandts Bemerkung erfahren, wäre sie sicher vor Wut und Empörung geplatzt. Ich hoffte, dass Florin Ionesco ein bisschen mit mir reden konnte, ich brauchte seine Aussage. Außerdem wollte ich ihn kennenlernen.

Er lag in einem Einzelzimmer, am Bett einen Infusionsgalgen, aus dem langsam eine klare Flüssigkeit in ihn hineintropfte. Der behandelnde Arzt hatte mir zehn Minuten zugebilligt. „Keine Sekunde mehr!", hatte er mir eingeschärft. „Der Patient darf nicht zu sehr belastet werden, er braucht Ruhe, Ruhe, Ruhe." Ich hatte genickt und die Tür zum Zimmer, nachdem ich vorsichtig geklopft hatte, geöffnet. Er schlief. Ich zog einen Stuhl an sein Bett und musterte die Blessuren seinen Kopf. Die Nase war getaped, die Haare an einigen Stellen rasiert und der Kopf teilweise verbunden. Seine Augen waren kaum in den Schwellungen zu erkennen. Er sah wirklich jämmerlich aus. Er kam mir im Bett größer vor als ich ihn in Erinnerung hatte. Wäre er zur Fahndung ausgeschrieben, würde er als „südländischer Typ" beschrieben werden, jegliche Typisierung nach irgendwelchen angreifbaren Benennungen vermeidend. Aus seinem Krankenhaus-Nachthemd quollen die Brusthaare heraus, auch die Arme waren schwarz behaart. Er war nun seit zwei Tagen nicht rasiert und sah aus wie ich nach zwei Wochen ohne Rasur.

Und das bei Hannah, dachte ich. Alle ihre bisherigen Freunde oder Liebhaber – eine genaue Einschätzung der Liebesbeziehungen meiner Tochter hatte ich nie zu Stande gebracht, weil sie mich immer im Unklaren über den

Status ihrer Männer ließ – waren eher vom Typ „amerikanischer University Boy". Groß, schlaksig und möglichst ohne Bartwuchs. Sie selbst rasierte sich alles ab, was an Haaren unterhalb ihres Halses wuchs, kein Härchen an den Armen und Beinen. Von den anderen Stellen ganz zu schweigen. Ich glaubte zu wissen, dass sie sich sogar in irgendwelchen obskuren Haarentfernungsstudios in die Geheimnisse „brazilian waxings" hatte einführen lassen. Sie ist so glatt wie eine gerupfte und gewachste Gans. Und hat nun einen Freund, der behaart ist wie transsylvanischer Bär. Bei dem Vergleich musste ich lachen. Florin Ionesco wachte auf.

„Guten Morgen, Herr Ionesco", sagte ich. „ich bin Hannah Vater."

„Guten Morgen", nuschelte er. Man konnte an seiner Aussprache merken, dass ihm ein paar Zähne fehlten. Er schien sich über meinen Besuch zu freuen.

„Vorgestern haben wir uns ja nicht richtig kennenlernen können", versuchte ich das Gespräch mit einer lockeren Bemerkung zu beginnen, „die Umstände waren dazu ja nicht besonders günstig."

„Das stimmt", er sprach sehr leise, langsam und angestrengt. „Wirklich ungünstig. Ich bin ja sozusagen mit der Tür ins Haus gefallen."

Der Mann hat Humor, dachte ich. Er war mir sofort sympathisch.

„Ich will den Überfall so schnell wie möglich aufklären. Sie wissen ja sicher, dass ich bei der Kripo bin?"

Er hob die rechte Hand, ich verstand das als Bejahung.

Ich nahm den Faden auf: „Ich würde Ihnen gerne ein paar Fragen stellen. Wenn Sie nicht reden können, dann heben Sie doch einfach die rechte Hand, wenn Sie ja sagen wollen, die linke bei Nein. Okay?"

Er hob die rechte Hand.

„Ich mache es kurz. Der Arzt hat uns nur zehn Minuten zugebilligt. Ich fange gleich an. Die erste ist: Kannten Sie die beiden?"

Er hob die linke Hand.

„Wollten die irgendetwas von Ihnen, Geld, Handy?"

Links.

„Haben Sie Feinde in der Stadt? Haben Sie eventuell einen Verdacht, wer das gewesen sein könnte?"

Links.

„Können Sie sich ein Motiv denken?"

Rechts.

Ich war überrascht: „Ich sage Ihnen ein paar mögliche, Sie heben bitte wieder die jeweilige Hand."

„Beziehungsprobleme?"

Links.

„Finanzielle Probleme?"

Links.

„Politische Probleme?"

Er hob die rechte Hand und schwenkte sie ein wenig unschlüssig hin und her.

„Aus Ihrem Heimatland? Werden Sie von dort bedroht?"

Links.

„Ausländerfeindlichkeit? Meinen Sie das?"

Er hob die rechte Hand.

„Sie sagten meiner Tochter, die Männer hätten Sie als ‚Scheiß-Zigeuner' beschimpft, dem man den Schädel einschlagen wolle. Ist das korrekt?"

Er hob die rechte Hand.

„Ist Ihnen das schon einmal passiert?"

Er hob diesmal nicht die Hand, sondern flüsterte: „In letzter Zeit ist es schlimmer geworden." Er machte ein

Pause, dann fuhr er fort: „Selbst bei den gebildeten Leuten wird man komisch angesehen oder angepöbelt."

„Wenn es Sie zu sehr anstrengt, können wir das Gespräch auch beenden", bot ich an.

Er hob die linke Hand.

Es klopfte und eine Schwester trat ins Zimmer. „Noch zwei Minuten", ermahnte sie mich und ich nickte: „Ich gehe gleich."

„Warten Sie", sagte er leise. „Kennen Sie Dr. Kreissig?"

„Nicht persönlich, nur vom Plakat. Er kandidiert zum Stadtrat."

„Ich hatte dort einen Termin, wollte mich wegen einer schweren Grippe krankschreiben lassen." Wieder machte er erschöpft eine kleine Pause. „Er hat sich geweigert. Er sagte, solche Leute wie ich kämen doch nur nach Deutschland, um hier zu faulenzen."

„Haben Sie das der Ärztekammer angezeigt?"

Er hob die linke Hand und bevor ich noch etwas sagen konnte, ging die Tür auf: „Herr Schlegel! Bitte!" Die Schwester war ungehalten. Ich stand auf, sagte „Auf Wiedersehen", winkte kurz zum Abschied und schloss die Tür.

„Können Sie abschätzen", fragte ich die Krankenschwester, „wie lange er hierbleiben muss?"

„Die Fissuren müssen wieder zusammenwachsen, Kieferhöhle und Nase sind nicht so das ganz große Problem, beide sind nur angebrochen. Er muss seine Gehirnerschütterung auskurieren, dann kann er nach Hause. Mit dem Arbeiten wird es aber noch eine Weile dauern."

„Zwei Wochen?", versuchte ich sie festzulegen.

Aber sie ließ sich nicht darauf ein: „Möglich. Oder auch nicht." Sie verschwand in ihrem Zimmer.

Ich verließ das Elbe Klinikum, öffnete das Schloss von meinem Rad und rollte die Bremervörder Straße hinunter. Dr. Kreissig wurde mir immer fragwürdiger. Ich wusste, dass jeder Mediziner beim Abschluss seines Studiums einen hippokratischen Eid ablegen muss. Oder sich zumindest darauf verpflichten, genau war mir das nicht klar. Ein Arzt hatte immer nur den kranken Menschen zu sehen, ihn niemals nach irgendwelchen Kriterien auszusortieren, in behandlungswürdig oder -unwürdig einzustufen. Es hatte ihm egal zu sein, woher ein Mensch kommt, der seinen Rat oder seine Hilfe sucht. Egal, ob aus der Nachbargemeinde oder dem tiefsten Asien, egal, ob braun oder gelb, groß oder klein, egal, ob männlich, weiblich oder irgendetwas anderes, egal, ob alt oder jung, dick oder dünn. Und so ein Rassist, überlegte ich, will sich in den Stadtrat wählen lassen. Politische Vertreter müssen auch die Interessen derer berücksichtigen, die sie nicht gewählt haben, sogar derer, die überhaupt nicht gewählt haben. So verstehe ich Politik. Vertreter der BfS haben in Interviews und Flugblättern schon klar gemacht, wie sie ihre Aufgabe interpretieren würden, falls sie in den Stadtrat einzögen. Der „gesunde Menschenverstand" würde endlich wieder (!) gehört werden. Vom „gesunden Menschenverstand" ist es nicht weit zum „gesunden Volksempfinden". Ich dachte mit Schaudern daran, wohin uns das in unserer Vergangenheit geführt hatte.

Beim Einbiegen auf den Hof versuchte ich das Plakat der BfS zu ignorieren. Es gelang mir schließlich durch das Aufeinandertreffen mit Friedel Meyer, der mir spöttisch zu frisch aufgepumpten Reifen gratulierte. Ich bedankte mich artig und ließ mich von seiner guten Laune anstecken, die er eigentlich immer verbreitete. Leider hielt mein Stimmungsumschwung nicht lange vor.

Ich hatte kaum die Tür zum Gebäude geöffnet, als ich eine bekannte Stimme hörte, die „Herr Schlegel! Gut, dass ich Sie treffe!" rief. Staatsanwalt Allmers kam um die Ecke, er musste mich wohl durch ein Fenster gesehen haben. Er hatte die gute Laune, die bei mir sofort verflogen war, als ich seine Stimme gehört hatte.

„Sagen Sie mal", begann er und senkte die Stimme. Ich wusste sofort, dass es unangenehm werden würde. Wenn Werner Allmers so begann, wurde er meist persönlich, begann von irgendetwas zu erzählen, was eigentlich nicht zur Arbeit gehörte und meist erschreckend uninteressant war.

„Sie waren doch auch bei der Oper in Grauerort? Aida, glaube ich", fragte er vertraulich.

„Mozart, Zauberflöte", korrigierte ich mit möglichst neutraler Stimmlage.

„Ja, ja, Sie haben Recht. Ich kann diese Opern nicht auseinanderhalten. Also diese Sopranistin, wie fanden Sie die? Die hatte einen Hintern, da konnte man nur staunen, finden Sie nicht?"

Ich schluckte und wusste nicht, was ich sagen sollte. Sonderlich feinfühlig waren seine Äußerungen selten, wenn er persönlich wurde, noch weniger. Aber so tief war sein Niveau noch nie gesunken.

„Wissen Sie, woran mich das erinnerte?", fuhr er ungerührt fort. „Als Kind hatte ich so ein Buch von Grzimek, diesem Zoofritzen aus Frankfurt, lebt schon lange nicht mehr. Das hieß ‚Die Serengeti darf nicht sterben!' Kennen Sie das noch?" Er sah mich fragend an. Ich schüttelte stumm den Kopf und sah, dass ich auf einsamem Posten stand. Sobald jemand aus einem Büro kam und uns bemerkte, musste dringend der Kopierraum, ein anderes Büro oder die Toilette aufgesucht werden. Ich war verloren.

Er merkte nichts und erzählte weiter: „Auf der hinteren Umschlagseite war ein Foto, aus einem Auto heraus fotografiert. Man sah auf ein Zebra, das neben dem Auto herrannte, also man sah auf seinen Schinken. Der war so groß und rund wie der Arsch der Sopranistin! Man verspürte sofort Lust, darauf zu klatschen."

Ich riss erschrocken die Augen auf.

„Jetzt gucken Sie nicht so!", lachte er. „Beim Zebra, nicht bei dem Mädel!"

Ich war sprachlos. Ich wusste wirklich nicht, wie ich mich verhalten sollte, die Situation oder besser seine Worte waren so unwirklich, ich konnte es kaum glauben. Dazu lachte er dröhnend und konnte sich nicht mehr beruhigen über seinen Vergleich. Zum Schluss haute er mir auf die Schulter und brüllte: „Das singende Zebra!"

„Ich habe einen Termin", warf ich vorsichtig ein und wandte mich zum Gehen.

Er trocknete sich die Lachtränen: „Ich bin ja keine Experte, aber ich glaube, das Zebra hätte mindestens genauso gut gesungen. War ja ähnlich ausgestattet!" Wieder lachte er los, diesmal aber nur kurz.

„Geht es voran?", fragte er und sah mich durchdringend an.

„Heute wurden Schmierereien in Grauerort gemeldet", sagte ich und erklärte: „Hakenkreuz, 88 und AH und so weiter. Wie sollen wir da verfahren?" Ich wusste, dass man Allmers mit ein paar gut dosierten Schmeicheleien, wie das Fragen um Rat, besänftigen konnte.

„Wo?", fragte er zynisch. „Auf diesem sogenannten Café, wo es nur Plörre und trockenen Kuchen gibt? Will sich da ein Kunde rächen?" Er kicherte und ich musste ein weiteres Mal schlucken.

„Auf der Mauer vor der Öffnung, in der wir das Mädchen gefunden haben", sagte ich tonlos.

„Da gibt es mehrere Möglichkeiten", begann er zu

dozieren. „Die Erste ist ein Dumme-Junge-Streich, das sollte man nicht überbewerten. Oder es waren Linke von der Antifa, die sind ja ziemlich gerissen." Ich sah ihn fragend an. Er fuhr fort: „Das ist doch ganz einfach: Die schmieren ein paar rechte Symbole irgendwo hin und können dann mit dem Finger auf die zeigen: Seht her, die waren es! Das wäre nicht das erste Mal. Oder es waren tatsächlich Rechte. Aber warum sollten die so etwas da draußen hinpinseln? Da sieht es doch keiner. Das können Sie ausschließen. Ich denke, das ist eine Provokation der Linken. Ganz typisch. Bleiben Sie dran!"

Es dauerte keine zehn Minuten und mein kleines Büro war voller Kollegen. Dirk Hildebrandt, Susanne Siegel und alle aus den nächsten Räumen hatten sich eingefunden. Selbst die Leiterin der Inspektion war gekommen. Allmers Auftritt hatte schnell die Runde gemacht. Allerdings weigerte ich mich, alle Einzelheiten zu wiederholen, es war mir einfach zu peinlich. Schließlich gaben sich die meisten mit meinen etwas entschärfenden Erklärungen über seinen Gute-Laune-Ausbruch zufrieden.

Dirk Hildebrandt blieb. „Die Linken, natürlich! Dass ich da nicht selbst draufgekommen bin!", äffte er sarkastisch den Staatsanwalt nach.

„Und sonst?", fragte er. Ich erzählte ihm kurz den Inhalt aus dem Gespräch mit Florin Ionesco.

„Und ich", sagte er mit leicht triumphierendem Unterton, „habe auch etwas herausgefunden. Ich war noch einmal bei der Physiotherapeutin, ich hatte sie beim ersten Mal gebeten, die Patientenunterlagen zu Hans-Herbert Funck heraus zu suchen."

Ich musste ihn wohl etwas fragend angesehen haben, er meinte nur: „Die Frau hat doch Funck mal wegen einer Schulterverletzung behandelt. Erinnern Sie sich nicht?"

Jetzt fiel es mir wieder ein: „Hatte sie noch Unterlagen?"

Hildebrandt nickte: „Er war zwölf Mal zu ihr in die Praxis gekommen. Erst hatte er sechs Behandlungen verschrieben bekommen, dann noch einmal sechs, weil die Heilung langwierig war."

„Was hatte er denn?"

„Die Therapeutin war sich sicher, dass mit einem schweren Gegenstand auf seine Schulter gehauen worden war, er selbst sagte, er sei ausgerutscht und gegen einen Türrahmen geprallt".

„Die klassische Aussage, wenn man niemanden belasten will. Eigentlich eher typisch für die verprügelte Ehefrau, die ihren Mann behalten will. Obwohl der sie windelweich prügelt!" Ich schüttelte den Kopf.

„Behandelt hat ihn – und jetzt wird es interessant – Dr. Kreissig. Der ehrenwerte Dr. Kreissig."

Kapitel 13

„Wo der überall auftaucht", sagte ich nachdenklich. „Wenn man sich in den Kreisen bewegt, kommt man wahrscheinlich nicht an ihm vorbei." Dirk Hildebrandt nickte: „Die Physiotherapeutin hat noch etwas Interessantes berichtet. Sie hatte den Eindruck, dass der Mann verängstigt war. Jedes Mal, wenn sie ihn auf den möglichen Grund des Traumas an der Schulter angesprochen hatte, wurde er fast panisch und hat ihrer Meinung völlig überreagiert. Er habe beteuert, dass nur er alleine dafür verantwortlich gewesen sei. Das war ihr damals schon seltsam vorgekommen, sie hatte das aber irgendwann auf sich beruhen lassen. Nach der Behandlung, die übrigens erfolgreich war, wie sie nicht aufhörte zu betonen, hat sie ihn nicht wiedergesehen."

„Jetzt fangen wir mal an, ein bisschen zu spekulieren", forderte ich Hildebrandt auf. „Ich werfe einen Gedanken ein und Sie setzen ihn fort, egal, ob Sie ihre Idee letztendlich für logisch halten oder nicht. Vielleicht hat ja einer von uns den Geistesblitz."

Hildebrandt nickte: „Einverstanden!"

Ich begann: „Funck ist verprügelt worden."

Hildebrandt: „Von jemanden, den er kannte."

Ich: „Weil er etwas ausplaudern wollte."

Hildebrandt: „Oder weil er etwas verschweigen wollte."

Ich: „Weil niemand wissen durfte, dass er schwul war."

Hildebrandt: „Weil er HIV-positiv war."

Ich: „Weil er etwas verbergen wollte."

Hildebrandt: „Etwas, was andere schädigen würde, käme es heraus."

Ich: „Weil er Dreck am Stecken hat."

Hildebrandt: „Mit anderen gemeinsam."

Ich: „Weil ihn das schlechte Gewissen drückt."

Hildebrandt: „Weil er damit jemanden erpressen wollte."

Ich: „Weil er zur Polizei gehen wollte, um alles zu gestehen, reinen Tisch zu machen."

Hildebrandt stutzte: „So könnte es gewesen sein. Nehmen wir mal an, Funck wollte kurz vor seiner Ermordung mit mir sprechen, weil er reinen Tisch machen wollte. Deshalb wurde er umgebracht. Beim ersten Mal war es eine Warnung: Er wurde ja fast berufsunfähig geprügelt."

„Im Obduktionsbericht stand nichts von einer HIV-Infektion, das können wir ausschließen. Mir scheint die Überlegung, dass er reinen Tisch machen wollte, damals wie vor kurzem auch, plausibel. Lassen wir das mal als Arbeitshypothese stehen. Die Frage ist: Was wollte er loswerden?"

„Er bewegte sich ja in den rechten Kreisen. Er stand sogar einmal vor Gericht wegen der Sache mit dem Obdachlosen. Sie erinnern sich."

Ich nickte: „Und wurde freigesprochen!"

„Vielleicht wollte er darüber mit mir sprechen."

Ich schüttelte den Kopf: „Die Sache ist längst verjährt. Und wer einmal freigesprochen wurde, kann wegen des gleichen Delikts nicht ein zweites Mal angeklagt werden."

„Außer er legt ein Geständnis ab. § 362 Strafprozessordnung."

Ich nickte. Ich war nicht so sicher in den letzten Winkeln der Strafprozessordnung wie Dirk Hildebrandt. Ab und zu glänzte er völlig uneitel mit seinem Wissen, mit dem er schon einige Male selbst den Staatsanwalt beschämt hatte.

Er fuhr fort: „Würde er gestehen, wäre auch das Alibi der anderen erlogen. Der Zeuge, der das bestätigt hat, hätte sich der uneidlichen Falschaussage schuldig gemacht. Das war doch dieser Schlichting, der Vater des toten Mädchens?"

Ich nickte: „Und damit hätten zwei ehrenwerte Bürger dieser schönen Stadt wieder vor Gericht erscheinen müssen und wären wahrscheinlich verurteilt worden: Herr Dr. Kreissig und Charly Freytag. Und Paul Schlichting ebenso."

Hildebrandt nickte, sagte aber nichts. Er grübelte über einem Problem, das konnte ich ihm ansehen. Dann schien er die Lösung gefunden zu haben: „Ich habe gerade darüber nachgedacht. § 224 Strafgesetzbuch, gefährliche Körperverletzung, dazu noch hinterlistig. Das hätte bis zu zehn Jahre bedeuten können. Allerdings verjährt das alles auch nach zehn Jahren. § 78 Strafgesetzbuch."

„Sie hätten Anwalt werden sollen, Herr Hildebrandt", sagte ich anerkennend. „Das könnte vom Zeitablauf stimmen. Funck wollte, wenn es so war, kurz vor dem Ende der Verjährungsfrist reinen Tisch machen. Jetzt spekuliere ich mal ein bisschen weiter: Freytag und Kreissig haben das mitbekommen, vielleicht hat er ihnen das angedroht. Daraufhin haben sie zugeschlagen."

„Oder jemanden beauftragt. Die machen sich vielleicht die Hände nicht mehr schmutzig, der Herr Doktor und der Kfz-Meister. Das lassen die machen."

„Ich glaube, ich werde mich mal persönlich mit dem ehrenwerten Doktor unterhalten. Den Autoschrauber habe ich ja schon kennen gelernt."

„Ich würde bis nach der Kommunalwahl warten, der läuft Ihnen nicht weg. Wenn Sie den heute noch befragen und er hat überzeugende Gegenargumente, steht das morgen auf deren Homepage. Das ist doch das, was die wollen: sich als Opfer darstellen. Ich garantiere Ihnen, dass dort der Polizei dann vorgeworfen werden würde, mit unlauteren Mitteln den Wahlkampf beeinflussen zu wollen."

„Da haben Sie wohl Recht, Herr Hildebrandt", gab ich zu. „Ich warte ab. Ich habe heute sowieso noch ein schwieriges Gespräch vor mir."

Er sah mich fragend an.

„Privat. Rein privat", sagte ich und sah auf die Uhr. Ich hatte nur noch wenige Stunden, dann wollten Mechthild und ich uns treffen. Mir graute davor.

Am Anfang unserer Beziehung hatten wir uns gerne freitagabends verabredet. Die Verbraucherzentrale hatte sonnabends geschlossen, ich hatte am Sonnabend selten Dienst, außer es tauchte irgendwo mal wieder eine Leiche auf. So verbrachten wir meistens den Abend in einem Restaurant und dann die Nacht gemeinsam. Ihr Bett war breiter als meines in der Bungenstraße, außerdem nahm es mir Annemarie nicht übel, wenn ich die Nacht nicht mit ihm verbrachte, Hauptsache der Vorrat an getrockneten Insekten war ausreichend. Nur das Frühstück verdarb mir meistens die Laune, Mechthild war überzeugte Billig-Einkäuferin. Sie war manisch hinter Schnäppchen her, egal ob sie Wurst einkaufte oder Billig-Computer. Nur das Billige war für sie das Gute. Meine Meinung, dass preiswert nicht billig sein muss, konnte sie nicht verstehen. So gab es bei den Mahlzeiten bei ihr nur das, was ich im Supermarktregal mit großer Sicherheit immer stehen lassen würde. Entsprechend schmeckte der billige Camembert oder die überzuckerte Erdbeermarmelade. Nach außen allerdings betonte sie, „dass sie selbstverständlich auf das Bio-Zeichen achten würde". Ich konnte mir die Replik nicht verkneifen und erwiderte: „Damit Du das nicht aus Versehen kaufst! Ist ja viel zu teuer!"

So lebten wir uns langsam und unmerklich auseinander, wobei man sagen muss, sehr nahe beieinander waren wir schon zu Beginn nicht gewesen. Wir mochten zu viele Dinge nicht, die dem anderen gefielen, hatten einfach zu wenige Gemeinsamkeiten. Besonders fiel mir das ins Auge, als sie mich zu einer Kreuzfahrt überreden wollte. Für mich war die Vorstellung, mit Tausenden in einem schwimmenden Stahlsarg mehrere Wochen verbringen zu müssen, kaum zu ertragen. Sie schwärmte mir so lange davon vor, bis ich ärgerlich wurde und ihr alles aufzählte, was mich davon abhielt, so ein Schiff zu besteigen. Danach herrschte eine Zeitlang Funkstille, bis sie einen neuen Versuch startete und mich zu dem Opernabend in Grauerort beschwatzen konnte. Da kam es dann zu dem Zusammentreffen von Mechthild, mir und den Hortensien.

Ich klingelte. Zu Beginn hatten wir darüber diskutiert, ob wir uns gegenseitig einen Wohnungsschlüssel anvertrauen sollten, aber wir haben das beide abgelehnt. Zuviel Nähe fanden wir einträchtig.

„Paul?", fragte sie durch die Gegensprechanlage.

„Erwartest Du sonst noch jemanden?", fragte ich spitz und wusste sofort, dass das ein Fehler war. Zu aggressiv.

„Die Tür ist offen", rief sie aus der Küche. „Ich mache uns was zu essen, Du hast doch sicher noch nicht Abendbrot gegessen, oder?"

Der Tisch war gedeckt, sehr liebevoll, mit ihrem guten Geschirr, das sie nur sehr selten aus dem Schrank holte, schönen Servietten und hübschen Blumen auf dem Tisch.

„Guten Abend", sagte ich freundlich und lehnte mich an den Türrahmen, beobachtete sie, wie sie eine Backform füllte.

„Quiche lorraine", sagte sie geheimnisvoll, „ich dachte, das würde Dir schmecken. Dazu einen Rioja?"

Ich staunte. Schon beim ersten Blick in die Küche sah ich, dass sie heute über ihren Schatten gesprungen war. Die Tomaten und der Salat waren frisch, der Speck nicht aus dem Supermarktregal, sondern offensichtlich vom Schlachter, das sah man an der Verpackung. Genauso der Käse. Es sah wirklich verlockend aus. Als sie mir ein Glas Wein reichte, merkte ich beim ersten Schluck, dass sie diesmal wirklich nicht gespart hatte. Wenn sie damit erreichen wollte, dass ich verunsichert war, hatte sie ihr Ziel erreicht.

„Setz Dich", sagte sie, „es dauert nur noch ein paar Minuten". Jetzt merkte ich an ihrem Tonfall, dass sie genauso unsicher war wie ich.

Wir plauderten eine Weile über alles Mögliche, uns beiden war natürlich klar, dass wir um den heißen Brei herumredeten.

„Ich habe übrigens Marianne getroffen", rief sie beiläufig aus der Küche, als sie die Quiche lorraine aus dem Ofen holte. „Ganz zufällig, beim Friseur." Sie stellte die heiße Form auf den Tisch. „Na ja, ich dachte, man muss es ja nicht übertreiben und habe gedacht, es besteht ja kein Grund zu irgendwas, nur weil ich mit Dir zusammen bin. Sie hat sich übrigens von Wolfgang getrennt, wusstest du das?"

Mir fiel die Gabel aus der Hand. „Nein", stotterte ich. „Das wusste ich nicht. Wann war das?"

„Vor ein paar Wochen, genau weiß ich das nicht. Wir sind dann so ins Gespräch gekommen über die Männer allgemein und natürlich", da fing sie an zu kichern, „auch im speziellen. Wir haben ja..."

Ich unterbrach sie: „Über mich? Ihr beiden habt über mich geredet?" Ich war wütend.

Sie nickte: „Stört Dich das etwa?" Ihr Ton wurde schärfer: „Stell Dich nicht so an. Marianne und ich waren früher beste Freundinnen. Da kann man sich schon mal austauschen. Und ich muss Dir sagen: Es fanden sich viele Übereinstimmungen."

Ich stand auf. „Mir reicht's!", sagte ich.

„Jetzt reagierst Du genauso empfindlich, wie Marianne es gesagt hat. Mimosenhaft. Du hast doch sonst keine Meinung, manchmal habe ich geglaubt, mit einer Gummiwand zu reden. Da kam immer nur das Gleiche und, wenn Du mal eine Meinung haben wolltest, war das windelweich, ohne Rückhalt. Marianne findet das übrigens auch."

„Bloß, weil ich nicht jeden Scheiß, den Du vorgeschlagen hast, mitmachen wollte", ich musste mich bemühen, nicht zu schreien. „Ich kann es…"

Sie unterbrach mich: „Du bist ein Mann ohne Eigenschaften! Doch, eine Eigenschaft hast Du: Du bist der typische Beamte. Hast Du Ärmelschoner im Büro? Wie lange arbeitest Du jetzt mit Deinen Kollegen zusammen?" Sie redete sich immer mehr in Rage: „Zehn Jahre? Oder länger? Und Du bist immer noch per Sie, oder? Unglaublich. Bloß nicht anecken und mal was anderes zeigen als vornehme Zurückhaltung. So wie beim Vögeln. Das war mit Dir auch nicht die große Erleuchtung. Marianne hat gesagt, dass sei bei ihr genauso gewesen. Du bist einfach steif wie ein Stock."

„Na Gott sei Dank", sagte ich sarkastisch, „wenigstens das!"

„Ha ha", meinte sie nur, „Du weißt genau, was ich meine. Da brauchst Du jetzt keine blöden Witze zu machen!"

Ich merkte an ihrer Stimme, dass sie die Kontrolle über das verloren hatte, was sie eigentlich sagen wollte.

Sie hatte sich sicher eine Liste mit dem gemacht, was sie heute Abend mit mir besprechen wollte. Nun war sie wohl zu aufgeregt, um dies Punkt für Punkt abzuarbeiten, stattdessen warf sie mir mit ein paar Sätzen wahllos ihre gesamte Unzufriedenheit vor die Füße.

Sie machte ohne Pause weiter: „Ich habe lieber jemanden an meiner Seite, mit dem ich mich mal ordentlich zoffen und dann wieder ordentlich versöhnen kann. Das ist das Salz in der Suppe einer Beziehung!"

Ich war schon aus der Wohnungstür, als ich mich umdrehte und rief: „Schöne Grüße an Marianne!" Ich nahm zwei Stufen auf einmal und als ich aufgewühlt vor ihrem Haus stand, bemerkte ich die vielen Hortensien in dem kleinen Vorgarten, die mir vorher nie aufgefallen waren. Das passt!, dachte ich und, als ich dann, immer noch wütend, durch das Schwedenviertel lief, merkte ich erst nach ein paar Minuten, dass ich eigentlich mit dem Auto gekommen war.

Ich hatte die Trennung erwartet, wenn sie nicht von ihr gekommen wäre, hätte ich sie vollzogen. Dass sie sich allerdings mit Marianne zusammengetan hatte, hätte ich niemals erwartet. Ich wusste nicht, ob ich erleichtert sein sollte oder voller Zorn über das Ende.

Kapitel 14

Ich war kaum zu Hause, als sich mein Smartphone meldete. Mechthild schickte eine Sprachnachricht. Ich war immer noch so wütend, dass ich mir drei Möglichkeiten überlegte. Die erste war, alles ungelesen zu löschen. Im ersten Moment war das mein Favorit. Die zweite war, erst eine Nacht darüber schlafen und sie dann zu lesen. Dritte Möglichkeit: das sofortige Öffnen der Nachricht inklusive weiterärgern.

Ich sah zu Annemarie. Warum sollte er nicht als Entscheidungshilfe dienen, überlegte ich und stellte mich an sein Terrarium. Dabei bekam ich ein schlechtes Gewissen. Müsste mal wieder sauber gemacht werden, dachte ich. Ich stellte dem Tier meine Alternativen vor und beschloss vorab, meiner Neugier zu folgen und die erste Möglichkeit zu verwerfen. Blieben also zwei. Ich holte ein paar getrocknete Zikaden und warf sie Annemarie hin. Wenn er zuerst das linke Auge bewegt, dann wird morgen gelesen, legte ich fest. Bewegte er das Rechte zuerst, dann sofort.

Er bewegte keines. Seine Zunge fand mit bewundernswerter Präzision und Schnelligkeit das Futter. Der Anblick des Chamäleons beruhigte meine Nerven. Er ließ sich durch nichts aus der Ruhe bringen, saß bewegungslos auf seinem Ast und harrte der Dinge. Vielleicht sollte ich ihm ein Weibchen besorgen, dachte ich. Die beiden wären Mechthild und mir in Beziehungsfragen sicher überlegen. Außerdem würde ich, wenn sich die beiden mal nicht grün wären, vielleicht mal einen spektakulären Farbwechsel zu sehen bekommen. Ich kannte das von den Streitereien mit Marianne. Sie war immer tiefrot angelaufen, wenn sie mich wütend angebrüllt hatte. Bisher war Annemarie wohl zu zufrieden, um sich aufzuregen.

Ich sah ihm unverwandt ins Gesicht. Annemarie starrte regungslos zurück. Es war wie bei einem Duell. Ich wollte gewinnen und schaffte es schließlich auch. Er sah kurz nach rechts, irgendetwas hatte wohl seine Aufmerksamkeit erregt, eine Fliege vielleicht oder ein Nachtfalter, der durchs offene Fenster hereingekommen war.

Rechts bedeutete: sofort lesen. Ich bedankte mich bei ihm, spendierte noch ein bisschen Futter und nahm mein Smartphone in die Hand.

„Es tut mir sooooo leid. Ich wollte uns einen schönen Abend machen und wollte Dir nicht wehtun. Ich wollte, dass wir Freunde bleiben und nun habe ich alles versemmelt. Kannst Du mir verzeihen?" Dazu gab es zehn verschiedene Smileys.

Nein, dachte ich. Sicher nicht.

Das Smartphone klingelte erneut. Wieder Mechthild. Diesmal ließ ich Annemarie außen vor, er musste nicht wieder Orakel spielen.

„Wir müssen reden!"

Nein, dachte ich, müssen wir nicht.

Ich ging ins Badezimmer. Wieder klingelte das Smartphone. Sie sah natürlich an den blauen Häkchen, dass ich ihre Ergüsse las.

„Wir können ja noch mal einen Versuch machen. So wie ganz am Anfang."

Wahrscheinlich leert sie den Rioja, dachte ich.

Ich beschloss, auf keinen Fall zu antworten, zog mich aus und, als ich das Licht gelöscht hatte, bimmelte sie zum vierten Mal.

„Die Würde des Menschen ist unantastbar!"

Mein Gott, dachte ich, jetzt wird's peinlich.

Zum fünften Mal.

„Ich bin es nicht!"

Jetzt ist der Rioja leer und sie beschwipst, dachte ich und beschloss, ihre Worte nicht auf die Goldwaage zu legen. Ich schaltete das Handy aus. Ich wollte keine Sprachnachrichten mehr lesen müssen. Einschlafen konnte ich trotzdem nicht. Ihre Vorwürfe gingen mir durch den Kopf. Meistens ist das, was man in ungeordneten Worten in einem Streit an den Kopf geworfen bekommt, nicht alles falsch. Sie hat in einigen Dingen Recht, dachte ich. Ich sollte mehr auf die Menschen zugehen, also auf die, die es für mich Wert waren. Ich habe kaum Freunde und bin eigentlich auch nicht in der Lage, Freundschaften zu schließen. Außer Hannah und Jakob fiel mir eigentlich nur Dirk Hildebrandt als besonderer Mensch ein. Allerdings war er genauso wie ich. Ein akribischer Arbeiter, den der Beruf auch im Privatleben begleitete. Manchmal wünschte ich mir einen Job, wo ich abends die Schreibtischschublade abschließe und darin alle Probleme bis zum nächsten Morgen verschwinden lassen kann. Ich hatte darüber mal mit Hannah gesprochen, aber sie hatte mich nur ausgelacht. Das sei garantiert nichts für mich, hatte sie gemeint, da würde ich vor Langeweile sterben. Trotzdem hatte sie jetzt festgestellt, dass ich einsam war.

Ich beschloss, morgen Dirk Hildebrandt das Du anzubieten. Vielleicht ist das schon mal ein erster Schritt. Kurz vor dem Einschlafen fiel mir ein, dass morgen Samstag war. Na, dann Montag, dachte ich und schlief endlich ein.

Ich genoss, dass ich beim Frühstück alleine war. Ich holte mir die besten Brötchen und die teuerste Marmelade, die ich im Supermarkt kriegen konnte. Himbeer-Johannisbeere, mir lief schon beim Lesen des Etiketts das

Wasser im Munde zusammen. Mir fehlte noch Kaffee. Als ich am Regal stand, fiel mir eine Packung Wildkaffee aus Äthiopien in die Hände. Natürlich kaufte ich sie sofort. Meine kleine Rache an Mechthild, die jetzt sicher mit einer dünnen Instantbrühe und billigen, miesen Aufbackbrötchen versuchte, ihren schweren Kopf wieder klar zu kriegen.

Der Kaffee war ein Genuss, die Marmelade ebenfalls, von den Brötchen ganz zu schweigen. Ich hatte gute Laune und beschloss, mich einfach nicht mehr einsam zu fühlen. Wieso, überlegte ich, setzt Hannah Alleinsein mit Einsamkeit gleich?

Dann fiel mir ein, was ich Mechthild hätte an den Kopf werfen können, aber leider fallen mir die guten Erwiderungen selten sofort ein: „Ich bin ganz anders, als Du denkst. Ich komme nur so selten dazu!", hätte ich sagen sollen. Der Satz war zwar nicht von mir, aber das hätte sie ja nicht wissen müssen.

Dann rief Frau Wedemeyer an. Ich dachte das zumindest, als das Telefon klingelte. Ich achtete nicht auf das Display und nahm den Hörer ans Ohr.

„Schlegel", sagte ich.

Niemand antwortete, ich hörte nur ein tiefes, bedrohliches Atmen.

„Frau Wedemeyer?", fragte ich, „sind Sie das? Geht es Ihnen gut?"

Die Stimme, die antwortete, war nicht die von Frau Wedemeyer, es war ein Mann, der durch irgendetwas sprach, sich ein Taschentuch oder vielleicht auch ein Handtuch vor die Sprechmuschel hielt.

„Dir geht es bald nicht gut", sagte er leise. „Die Reifen waren die erste Warnung, der Zigeuner die zweite. Beim dritten Mal bist Du dran!"

Er legte auf. Ich war zuerst sprachlos, dann wütend und dann überkam mich Angst. Ich dachte an Dirk Hildebrandt, der mich gewarnt hatte. Ich hatte das abgetan, aber er hatte Recht gehabt. Ich muss in ein Wespennest gestochen haben, und einige Leute waren wohl jetzt sehr aufgeschreckt. Ich beschloss, meine Angst zu ignorieren. Mein Auto als das meine zu identifizieren war einfach, da musste nur mal jemand die Zulassungsnummer notiert haben. Aber wer wusste von Florin Ionesco? Wo ich selbst von seiner Existenz erst an diesem Abend erfahren hatte?

Ich brauchte frische Luft. Das Wetter war immer noch hochsommerlich, ich beschloss, an die Elbe zu fahren. Als ich die Haustür öffnete, sah ich vorsichtig nach rechts und links, versicherte mich, dass niemand auf mich wartete. Und ärgerte mich gleichzeitig über mein Verhalten. Ich reagierte natürlich genauso, wie es diejenigen, die mir drohten, wollten: Ich sollte Angst haben – jede Minute, jede Stunde, den ganzen Tag.

Im Auto sah ich dauernd in den Rückspiegel, konnte mich kaum auf den Verkehr vor mir konzentrieren. Als ich auf dem Parkplatz an der Elbe eine Reihe schwerer Motorräder sah, gab ich Gas und fuhr weiter. Natürlich waren mir am Telefon die Rocker der MC FGB eingefallen, allerdings hatte ich außer meinem Bauchgefühl nichts Greifbares vorzuweisen, was auf sie gedeutet hätte.

Ich fuhr ziellos Richtung Norden und beschloss, mich in Freiburg an den Hafen zu setzen und an etwas wenig Aufregendes zu denken. Es ist ein bisschen viel auf einmal, überlegte ich. Gestern Abend der Streit mit Mechthild, jetzt die Drohung. Ich war aufgewühlt und nach dem zweiten Kaffee hielt mich nichts mehr. Ich zahlte und fuhr zurück, nahm aber nicht den direkten Weg, sondern gondelte durch die weite Landschaft von Nord-kehdingen. Wie unterschiedlich die Landschaftstypen hier waren, fiel mir immer wieder auf, wenn ich länger unterwegs war. Und wie unterschiedlich die Menschen, die sich dort angesiedelt haben. Die reichen Bauern aus Nordkehdingen steckten früher gerne die Daumen hinter die Hosenträger, wenn sie über die armen Schlucker von der sandigen Geest redeten. Mittlerweile machen die ihnen aber vor, wie man mit der Landwirtschaft Geld verdienen kann. Große Milchviehbetriebe waren ent-standen, der Unterschied zwischen den wohlhabenden und den armen Bauern hatte sich nivelliert. Nur eines war geblieben: Die Kehdinger und die Altländer waren sich noch immer nicht grün. Die Vorurteile hielten sich hartnäckig. Für die Altländer waren die Kehdinger tumbe Trottel, für die Kehdinger waren die Altländer reiche Schnösel. „Vorurteile?", warf Susanne Siegel immer dann ein, wenn die Rede auf die Rivalität zu sprechen kam. „Vorurteile? Das sind keine Vorurteile. Das ist so!" Dass sie dann zu lachen begann, nahm ich ihr nicht als Aus-rede ab. Sie meinte es ernst. Sie stamme aus Kehdingen, ihre Mutter aus dem Alten Land. Insofern habe sie tiefe Einblicke und pflege deshalb keine Vorurteile. Punkt.

Beide Seiten erzählten gerne die Geschichte, die ihre jeweiligen Vorurteile untermauern sollten. Für die Alt-länder waren die Kehdinger Nachkommen von Raub-rittern und deren Wesen habe sich einfach über die Jahrhunderte erhalten. Danach wurde im 13. Jahrhun-dert ein großes Ritterturnier in Stade veranstaltet. Der Fürstbischof von Bremen und die Grafen von Stade woll-ten damit ihre langjährige Fehde beenden. Die Bremer bestanden darauf, dass die Zuschauer unbewaffnet blie-ben, ihre Männer sollen allerdings ihre Waffen unter den langen Umhängen versteckt haben. Auf ein Kommando seien sie dann auf die unbewaffneten Stader und Kehdinger losgegangen, hätten sie alle massakriert, sich auf die Pferde geschwungen und die reichen Kehdinger Höfe besetzt. Die zurückgebliebenen Frauen wurden vor die Wahl gestellt, den Eroberer zu heiraten oder am nächsten Baum zu hängen. Deshalb, das war die feste Meinung im Alten Land, könne man bis heute mit den Kehdingern nichts anfangen. Alles Raubritter.

Aber die Kehdinger revanchierten sich gerne mit Witzen über die angebliche Geldgier der Altländer Obstbauern. Susanne Siegel hatte auf einer Weihnachtsfeier der Polizeiinspektion für Aufsehen gesorgt, weil sie dort mit Witzen geglänzt hatte, die sie mit treffsicherer Sprache und einem meisterhaften Gefühl für die Pointe vorgetragen hatte. Mein Lieblingswitz war der über zwei Kehdinger Bauern, die jeden Tag am Deich faulenzen. Irgendwann schwimmt eine Leiche vorbei, ein Mann, der schon eine Zeit im Wasser gelegen haben muss. Die Bauern beobachten das Schauspiel und warten seelenruhig, bis der Leichnam direkt vor ihren Füßen strandet. Langsam begeben sie sich zu ihm, stupsen ihn an, meinen: Dodbleeven und nicken. Schließlich holt einer der beiden seinen Geldbeutel heraus und legt dem Toten ein Zwei-Euro-Stück in die Hand. Sofort schließt sich die Faust des Toten. „Aha", sagt der eine Bauer, „ein Altländer!"

Ich schlich mit fünfzig über die kleinen Landstraßen und wollte mich eigentlich über die großen stattlichen Hofgebäude, die vom Können der Bauern erzählten, die hier zu großem Reichtum gekommen waren, freuen. Alte Kehdinger Hofanlagen mit mehreren, ausladenden Fachwerkgebäuden und solche aus dem ausgehenden neunzehnten Jahrhundert wechselten sich ab. Aber dauernd fielen mir an Straßenbäumen rote oder gelbe Farbflecke auf. Zuerst dachte ich, es wären die Markierungen, die den Straßenarbeitern anzeigten, welche Bäume gefällt werden sollten, aber irgendwann stutzte ich über die Häufigkeit. Ich stieg aus und betrachtete einen roten Fleck aus der Nähe. Als ich eine rote 88 entzifferte und AH in Gelb, war ich schockiert. Niemand schien das zu stören, niemand schien hier auf die Idee gekommen zu sein, die Zeichen zu übermalen.

Ich setzte mich wieder ins Auto und kam an einem grünen Schild mit der Aufschrift „Schinkel" vorbei. Ich reagierte nicht sofort, dann fiel mir ein, dass Susanne Siegel davon erzählt hatte. Hier sollte es ein Treffpunkt der rechten Szene geben, einen alten Thingplatz. Ich wendete, suchte und fand ihn schließlich.

Wenn man das Schild, das einiges über die Bedeutung dieses Platzes erzählte, nicht lesen würde, käme einem der Platz vor wie eine unbedeutende Stelle in der Landschaft, die die zuständige Gemeinde mit ein paar Bänken zur Erholung rastender Radfahrtouristen errichtet hatte. Ich staunte, wie lange auf diesem Platz schon Geschichte geschrieben wurde. Seit über achthundert Jahren, so stand dort, hätten sich dort regelmäßig die Freien getroffen, um zuerst über Krieg und Frieden, Landnahme und Deichrecht zu urteilen. Später diente der Thingplatz nur noch als Gerichtsplatz. Bis 1852, stand da, wurde er genutzt.

Ich bemerkte, dass ich beobachtet wurde. Aus einem in der Nähe stehenden Haus war ein Mann vor die Tür getreten und sah zu mir herüber. Ich grüßte freundlich, doch er machte keine Anstalten, den Gruß zu erwidern. Ich war neugierig, wollte wissen, weshalb er so misstrauisch war und ging zu ihm.

„Guten Tag", sagte ich freundlich.

„Moin", antwortete er mürrisch.

„Interessant", versuchte ich höflich das Gespräch auf die Thingstätte und ihre Geschichte zu lenken.

„Wie man es nimmt", sagte er und wurde nicht freundlicher.

„Kommen viele Leute hierher?" Ich beschloss, dass das mein letzter Versuch sein sollte, mit ihm ins Gespräch zu kommen.

„Vor allem die falschen", taute er auf. „Ich habe nichts gegen Touristen, die mit dem Auto oder dem Rad kommen."

„Aber... ?"

„Die mit den Lederklamotten können mir gestohlen bleiben. Die kommen mit den dicken Motorrädern, stellen sie überall ab und dann stellen sie sich dort im Kreis auf und singen das Deutschlandlied. Aber nur die erste Strophe. Und, wenn's keiner sieht, heben sie den rechten Arm!"

„Haben Sie das mal angezeigt?"

„Wieso wollen Sie das wissen? Sind Sie auch von denen?"

Ich schüttelte den Kopf und zog meinen Polizeiausweis hervor.

„Natürlich habe ich bei der Polizei angerufen. Aber samstags oder sonntags gibt es hier keine mehr. Und bis die aus Stade hier sind, ist der Spuk längst vorbei. Das wissen diese Typen ganz genau. Die treffen sich niemals unter der Woche."

„Wie viele sind das denn so in der Regel?", wollte ich wissen.

„Zehn, manchmal auch mehr. Alle Altersstufen. Junge, die mit schweren Motorrädern herkommen. Alte, die im dicken Benz vorfahren."

Kapitel 15

„Früher standen hier riesige Eichen", sagte er. „Oder waren es Linden?" Er überlegte. „Es waren Linden", sagte er dann bestimmt. „Da haben die Kinder drin gespielt und niemand hat sich für diesen Platz interessiert. Dann brauchte irgendjemand wohl mal Brennholz und weg waren die schönen Bäume. Als die Heimatforscher das hier wiederentdeckt haben wurde alles ein bisschen aufgemöbelt. Sicher auch nicht stilecht, aber wir haben uns gefreut, wir Nachbarn haben gerne dort gefeiert. Bis die Rechten kamen und mit ihrem Germanenkitsch angefangen haben. Wissen Sie, ich war vor der Pensionierung Lehrer für Deutsch und Geschichte. Ich habe versucht, meinen Schülern diesen verklärten Blick auf die ach so heldenhafte Germanenzeit auszutreiben. Hermann der Cherusker, der Retter der Germanen. Dass ich nicht lache. Und nun scheint wieder alles von vorne anzufangen."

„Geben Sie mal einen Tipp ab", forderte ich ihn auf. „Wann kommen die wieder?"

„Die waren schon lange nicht mehr da, das letzte Mal sind sie richtig nass geworden. Selbst dazu sind sie zu blöde: Das Wetter war immer gut, und ausgerechnet an dem Tag, wo sie hier waren, schüttete es aus Kübeln. Die waren klatschnass."

Ich stutzte: „Sie meinen den Regenguss im Mai?" Er nickte: „Da sahen die Deutschen Helden ziemlich jämmerlich aus. Ihre Glatzen haben geglänzt vor Nässe." Er lachte und schien sich immer noch zu amüsieren.

„Haben Sie mitbekommen, was beredet wurde?"

„Nach dem Singsang, meinen Sie? Singen können die übrigens alle nicht. Es klingt schauderhaft. Die haben sich etwas geschworen, so sah es von hier aus. Von der Ferne sieht das alles ziemlich lachhaft aus. Die stellten sich im Kreis auf und legten alle ihre rechte Hand aufeinander. Dann wurde ein Spruch oder etwas Ähnliches gesagt und schließlich haben alle ‚Ich schwöre‘ gebrüllt. Kitschiger Pathos, wie aus einem schlechten Film. Ich kann gar nicht so viel saufen, wie ich kotzen könnte. Manchmal haben sie sogar die Reichskriegsflagge dabei." Er ging auf sein Haus zu. „Was für Idioten. Je älter ich werde, desto mehr glaube ich, dass Karl Marx recht hatte. Er schrieb, Geschichte wiederhole sich: Das erste Mal sei es eine Tragödie, beim zweiten Mal sei es eine Farce. Besser kann man das hier nicht beschreiben. Auf Wiedersehen!" Er schloss die Tür.

Ich überlegte, ob es im Mai nur dieses eine Mal geregnet hatte, als ich mit Mechthild in Grauerort in der Zauberflöte saß und der Mord an Hans-Herbert Funck entdeckt worden war. Mir fiel kein einziger weiterer Regentag ein und ich beschloss, am Montag jemanden damit zu beauftragen, das heraus zu finden. Ich saß schon im Auto, als mir eine Frage einfiel, die ich noch stellen wollte.

Ich klingelte. Es dauerte lange, bis er aufmachte, er hatte offensichtlich keine Lust mehr, mit mir zu sprechen. Ich entschuldigte mich wortreich und kam dann zum Punkt: „Haben Sie zufällig die Kennzeichen notiert?"

Er nickte: „Natürlich, ich hatte sie ja der Polizei gemeldet, aber da hat nie einer nachgefragt. Warten Sie, ich hole sie."

Manchmal hat man unvermutet Glück, dachte ich und bedankte mich bei ihm. Er gab mir seine Visitenkarte: Friedhelm Ruder stand darauf, Lehrer i.R. Er hatte alles genau notiert: Tag, Uhrzeit und die Kennzeichen. Dazu noch die Auto- und Motorradtypen. Ich konnte es kaum glauben. Außerdem fragte ich mich, wozu ein pensionierter Lehrer Visitenkarten benötigte.

Auf der Rückfahrt nach Stade fiel mir wieder das Telefonat von morgens ein, besser die Drohung. Ich hatte es ein wenig verdrängt, aber plötzlich wurde mir heiß und kalt. Wenn die Schläger von Florin Ionesco wussten, war Hannah für die auch keine Unbekannte. Und Jakob auch nicht. Ich musste sie warnen. Ich hielt in einer Bushaltestelle an und zog mein Smartphone heraus, wählte Hannahs Nummer. Nach ein paar Klingeltönen hieß es: „Der gewünschte Teilnehmer ist zurzeit nicht erreichbar." Irgendjemand, dachte ich, muss den Telefonanbietern mal klarmachen, dass es auch Teilnehmerinnen gibt. Ich fuhr weiter und steuerte ihre Wohnung an. Sie wohnte in der Schölischer Straße, einer viel befahrenen Ausfallstraße von Stade nach Kehdingen. Ihr Auto stand nicht vor der Tür.

Florin! fiel mir ein, sie ist sicher bei ihrem Freund im Krankenhaus. Stade ist nicht groß, es dauerte nur ein paar Minuten, bis ich die Klinik erreichte. Im Parkhaus erkannte ich erleichtert ihren Wagen.

Ich klopfte leise an die Zimmertür. Als ich eintrat, strahlte mich Jakob an.

„Papa!", rief Hannah verwundert, „was machst Du denn hier?"

„Hallo, Herr Schlegel", sagte Florin Ionesco, „schon wieder hier?"

„Schon wieder?" Hannah war erbost. „Du hast ihn doch nicht etwa schon…" Weiter kam sie nicht, Florin Ionesco beruhigte sie: „Alles OK, Hannah, es war nur ganz kurz und hat nicht wehgetan!"

Ich musste lachen, obwohl mir nicht danach zumute war. „Ich muss Euch ein paar Fragen stellen. Das ist wirklich wichtig." Ich erzählte, dass ich am Morgen einen Drohanruf bekommen hatte und dass der Angriff auf Florin eine Warnung an mich gewesen war. Hannah sah mich zuerst fassungslos an und brach dann in Tränen aus. Jakob stand mit aufgerissenen Augen neben dem Krankenbett und sah hilflos seiner Mutter zu, wie ihr die Tränen über die Wangen flossen.

„Wer weiß von Eurer Beziehung?", fragte ich ernst.

Hannah wischte sich die Augen. „Nur ganz wenige Leute", sagte sie, „wir kennen uns ja noch nicht so lange."

Ich sah fragend zu ihrem Freund. Er schwieg.

„Aus meiner Clique ein paar Leute", fuhr Hannah fort, „aber da wissen die wenigsten, dass ich die Tochter eines Polizisten bin. Das interessiert da keinen."

„Ich habe einen Verdacht", meldete sich Florin. Hannah drehte sich verwundert zu ihm. „Einen Verdacht?"

„Ein Kollege von mir hat mich vor ein paar Wochen angesprochen und mir zu meiner hübschen Freundin gratuliert. Er hat uns wohl mal in der Stadt beim Einkaufen gesehen."

„Und?", fragte Hannah nervös.

„Er schien Dich gekannt zu haben. Er fragte mich, ob ich eigentlich wisse, dass Dein Vater ein wichtiger Mann in der Stadt sei?"

„Wissen Sie noch, wie der Kollege heißt?", fragte ich ungeduldig.

„Harald Geißler, er ist kein richtiger Kollege, er arbeitet in der Kantine bei der Essensausgabe, ich glaube, er ist Koch."

„Ende Fünfzig, Glatze und ziemlich dürr?", fragte Hannah plötzlich. Ihr Freund nickte. „Er ist der Vater von einem Schulkameraden von mir", erklärte sie. „Matthias

Geißler, er ist in der Zwölften abgegangen, er wollte zum Bund und dann studieren. Fachabitur."

„Dann ist es ja nicht verwunderlich, dass er Dich kannte. Weißt Du mehr über diesen Geißler?"

Sie schüttelte den Kopf: „Matthias war mir nie sympathisch, seinen Vater habe ich nur drei oder vier Mal gesehen, auf irgendwelchen Schulveranstaltungen. Ich fand ihn komisch."

„Komisch? Inwiefern?"

„Wie kann man als Koch so dünn sein, habe ich mich immer gefragt", lachte sie.

„Das hilft mir jetzt nicht weiter, Hannah", ermahnte ich sie. „Die Situation ist ganz schön ernst."

„Das Gespräch haben auch andere mit angehört, ich stand am Band und er hat mir Essen ausgegeben. Da waren vor und hinter mir sicher jeweils zwei oder drei, die das alles mithören konnten", sagte Florin Ionesco. Erst jetzt fiel mir auf, wie gut er sich in der kurzen Zeit erholt hatte. Die Schwellungen an seinen Augen waren praktisch verschwunden, er hatte sich zudem rasiert und saß gut gelaunt im Bett. Auch der Infusionsgalgen war verschwunden.

„Wissen Sie, wer das war?", hakte ich nach. Ionesco schüttelte den Kopf. Hannah begann sofort, ihn auszuschimpfen: „Du sollst Dich nicht so viel bewegen, hat der Arzt gesagt, vor allem nicht den Kopf schütteln, Du hast eine Gehirnerschütterung!" Ihr Freund nickte. „Auch nicht nicken! Florin, Du sollst gesund werden!"

Wie Marianne, dachte ich, sie reagiert genau wie ihre Mutter und hat den identischen Tonfall. Leicht vorwurfsvoll und im Abgang genervt.

„Wie dem auch sei", ich wollte Nägel mit Köpfen machen, „ich befürchte, dass es für uns alle keine leichte

Zeit wird. Ihr beiden", ich zeigte auf Hannah und meinen Enkel, „kommt mit zu mir. Ihr könnt nicht alleine durch Stade spazieren". Ich wandte mich an Florin Ionesco: „Wie lange bleiben Sie noch in der Klinik?"

„Bis Mitte nächster Woche, glaube ich. Das hat mir der Arzt so gesagt."

„Wo wohnen Sie?"

„In Campe."

„Wenn Sie in Ihre Wohnung gehen, will ich Bescheid wissen. Ich schicke Ihnen dann jemanden, der Sie begleitet."

„Übertreibst Du nicht ein bisschen?", fragte Hannah genervt. Ich schüttelte den Kopf: „Ich habe am Anfang auch so gedacht, aber der Anruf heute Morgen hat mich aufgeschreckt."

Jakob war begeistert, endlich das Kamel wiedersehen zu können. Wir fuhren zu Hannahs Wohnung, packten alles Wichtige zusammen und fuhren in die Bungenstraße. Ich hielt direkt vor meiner Haustür, half ihnen, ihre Sachen ins Haus zu tragen und erst, als sich die Tür hinter ihnen geschlossen hatte, fuhr ich das Auto auf einen Parkplatz.

Diesmal war Annemarie entschlossen, das Duell nicht zu verlieren, obwohl sein Gegner ein anderer war. Jakob bewies Standfestigkeit, aber irgendwann war er der stoischen Ruhe des Tieres nicht mehr gewachsen. Er blinzelte nervös zu seiner Mutter und ich hatte das Gefühl, dass das Chamäleon seinen Sieg genoss. Kaum hatte sich Jakob weggedreht, machte es ein paar Schritte auf dem dünnen Ast und verzog sich unter einen Stein.

„Das möchte ich auch manchmal", sagte ich, „abhauen und mich unter einen Stein verkriechen."

„Jetzt übertreibst Du aber, Papa", meinte Hannah, „wenn Du Dich unter einem Stein verkriechst, kriegst

Du die Typen nie. Hast Du eine Vermutung, wer das sein könnte?"

Ich nickte: „Da gibt es so ein paar Vorstadtrocker, die sich gerne aufplustern. Zumindest habe ich das bisher gedacht, aber vermutlich habe ich sie unterschätzt. Es gibt Verbindungen zu sehr honorigen Bürgern der Stadt, ich denke, wenn ich die aufgedeckt habe, wird es für manchen ungemütlich."

„Namen?", fragte sie neugierig.

„Noch nicht, das ist alles noch sehr vage. Aber ich verspreche Dir, dass Du informiert wirst. Kann ja sein, dass der eine oder andere bei Euch in der Kanzlei auftaucht."

„Solche Typen schmeißt mein Chef sofort hochkant raus", lachte sie. „Mit solchen Typen, hat er mal gesagt, wolle er nichts zu tun haben."

Ich wechselte das Thema: „Weißt Du, ob das stimmt, dass sich Marianne von Wolfgang getrennt hat?"

Hannah schüttelte den Kopf: „Keine Ahnung, der Kontakt zu Mama beschränkt sich auf Organisatorisches und Banalitäten. Es besteht so eine unausgesprochene Übereinkunft, dass unsere Liebesbeziehungen für die andere tabu sind. Aber es wundert mich nicht. Ich habe nie verstanden, was sie an dem Spießer so toll fand".

„Sie hatte", warf ich ein, „einen Spießer durch einen anderen ersetzt. So ähnlich hat es Mechthild mal formuliert. Ich habe mich übrigens von Mechthild getrennt." Natürlich war das eine glatte Lüge.

„Was ist denn mit Euch Alten los? Wollt Ihr Euer Leben neu ordnen? Nach dem Motto: Es ist nie zu spät, was Neues zu wagen?"

„Spotte nicht!", wies ich sie mit gespieltem Ernst zurecht.

Sie lachte: „Ich bin auch gespannt, wie ich bin, wenn ich so alt bin wie Ihr jetzt. Da wird sich Jakob sicher genauso über die Spießigkeit seiner Alten amüsieren wie ich es jetzt über Eure tue."

Kapitel 16

Am Tag der Kommunalwahl brach ich gegen zehn mit Hannah und Jakob auf und steuerte mein Wahllokal an. Hannah musste in einem anderen ihre Stimme abgeben. Ich verließ als letzter die Wohnung, ging aber, als ich die Tür schließen wollte, noch einmal in die Wohnung zurück, ich hatte die Wahlbenachrichtigung auf dem Schreibtisch liegen gelassen. Dass das Absicht war, konnte ich gut verbergen, der wahre Grund war, dass ich meine Dienstpistole einstecken wollte. Es war reiner Zufall, dass ich sie zu Hause aufbewahrte, ich hatte vor ein paar Tagen vergessen, sie in der Inspektion zu lassen. Nun war ich froh darüber, sie gab mir Sicherheit, einen möglichen Angriff auf uns abwehren zu können. Es war Jahre her, dass ich sie das letzte Mal im Dienst einsetzen musste, es ging damals um einen Einbruch, bei dem einer der beiden Täter Schmiere gestanden hatte. Wir waren zum Tatort gerufen worden. Als plötzlich Schüsse fielen, feuerte ich zurück. Getroffen hatte ich niemand und die vermeintlichen Pistolenschüsse hatten sich als Böller erwiesen, die von Jugendlichen in der Nähe gezündet worden waren. Hätte ich getroffen, wäre vielleicht ein Unbewaffneter von einem Polizisten erschossen worden. Ich wollte mir gar nicht ausmalen, was das für uns alle bedeutet hätte. Der Junge, der Schmiere gestanden hatte, war wirklich unbewaffnet, er war sechzehn, der Einbrecher siebzehn Jahre alt. Sie bekamen eine relativ milde Jugendstrafe und, nachdem sie aus Hahnöfersand zurückgekommen waren, hatten sie sich nichts mehr zu Schulden kommen lassen.

Die Richterin war grandios, sie hatte die beiden mit großem Respekt behandelt und ihnen klar gemacht, dass

„zwei Seelen auch in ihrer Brust schlugen". Das mit der Brust hatte sie natürlich weggelassen, sie hatte das anders formuliert, wie genau, weiß ich nicht mehr, aber es war so, dass die beiden dann kapiert hatten, dass sie an einer Schwelle in ihrem Leben standen, die entscheidend sein würde. Hopp oder Topp. Sie meinte zu den beiden, dass sie sie bewundere für ihren Mut, in fremde Wohnungen einzusteigen, sie könne das niemals, sie hätte viel zu viel Angst davor. „Aber", fragte sie danach, „warum setzen Sie diesen Mut nicht ein, um sinnvolle Sachen zu machen?" Anstelle auf Dächern herumzukraxeln, um einzubrechen, könne man zum Beispiel auch auf Dächern herumkraxeln, um sie neu zu decken. Ihre Ratschläge kamen nicht von oben herab, sie traf genau den Ton, den die beiden in der Situation benötigten. Es hatte geholfen. Ein paar Jahre später traf ich einen der Jungen wieder. Ich konnte es kaum glauben, aber er war tatsächlich Dachdecker geworden. Manchmal ist unser Justizsystem doch nicht so schlecht, wie manche behaupten, dachte ich damals.

Als wir an den Plakaten der BfS vorbeigingen – ich hatte den Eindruck, sie hätten sich über Nacht noch einmal vervielfacht –, fiel mir diese Geschichte wieder ein. Wenn diese Herren, überlegte ich, – Frauen gab es übrigens so gut wie keine auf der Wahlliste –, wenn diese Herren damals etwas zu sagen gehabt hätten, wären die beiden jugendlichen Einbrecher sicherlich für Jahre im Knast gelandet und dann als gut ausgebildete Kleinkriminelle wieder entlassen worden. So hätten die Verantwortlichen dann dazu beigetragen, die Verhältnisse, die sie zu bekämpfen vorgaben, erst zu schaffen.

Wir gingen über den Fischmarkt mit seinen alten Fachwerkhäusern und durch die Hökerstraße zum Pferdemarkt. Ich hatte das Bedürfnis ein wenig durch die Stadt zu schlendern. Am frühen Sonntagmorgen ist nicht viel los, und man kann die Atmosphäre von Stade, die ein bisschen mittelalterlich ist, genießen. Die beiden bestimmenden Gebäude der Stadt sind die Kirchen Wilhadi und Cosmae, eine davon mit einem beeindruckenden, eckigen Turm, der sich, wenn man genau hinsah, ein wenig zur Seite neigte. Die Erbauer hatten vor vielen hundert Jahren angeblich eine Quelle übersehen, die unter dem Turm liegen soll und langsam den Untergrund wegschwemmt. Dem Mauerwerk sah man die vielen hundert Jahre an, die es schon an dieser Stelle stand und mehrere Brände überstanden hatte. Vor dem „Dritten Reich" lebten viele Juden in der Stadt und direkt gegenüber der Kirche stand ein mittelalterliches Fachwerkhaus, in dem die Synagoge untergebracht war. Eine Gedenktafel an dem Haus erinnerte daran.

Ich war schockiert, als ich meinem Enkel das hübsche Häuschen zeigen wollte. Die Tafel war mit Farbe beschmiert und auf die Wand ein Hakenkreuz gesprüht. Genauso ungelenk wie in Grauerort, stellte ich fest. Obwohl ich kein Fachmann auf diesem Gebiet bin, war ich mir sicher, dass das dieselben Täter zu verantworten hatten.

Hannah war genauso erschrocken wie ich. Wir starrten schweigend auf die neuerliche Schändung dieses historischen Gebäudes. In der Reichsprogromnacht 1938 waren braune Horden kurz davor gewesen, das Haus in Brand zu stecken. Jakob, dem unser Schweigen Angst machte, begann zu weinen. Hannah nahm ihn auf den Arm, redete beruhigend auf ihn ein, und wir gingen weiter.

„Wer macht so etwas?", fragte sie nach einer Weile.

„Der Staatsanwalt wird meinen, dass seien die Linken gewesen", sagte ich und erzählte ihr von meinem Gespräch mit Allmers.

„Ist er einäugig?", fragte sie erregt. „Auf dem rechten Auge blind? Das weiß doch jeder, dass das nicht die Linken waren."

Ich musste ihr recht geben. Bisher gab es in Stade keine Delikte, die so eindeutig als politisch einzuordnen waren. Und nun reagiert die Obrigkeit, dachte ich, wie schon seit hundert Jahren: Wenn die Rechten gewalttätig wurden, hatten die Linken sie provoziert. Womit die Ursache und die Schuld schnell geklärt waren.

„Ich verstehe deren Motivation einfach nicht", dachte Hannah laut nach und begann zu erzählen: „Ich habe eine Kollegin, die Jüdin ist. Ich wusste das nicht, sie hat es niemandem erzählt und, wenn ich ehrlich bin, hätte mich das auch nicht so richtig interessiert. Vor ein paar Tagen sind wir in der Kaffeepause zufällig auf das Thema gekommen. Sie hat erzählt, dass sie sich nicht traue, sich zu outen, sozusagen. Ihre kleine Tochter geht in einen christlichen Kindergarten, ihr Mann ist evangelisch. Das Kind plapperte fröhlich davon, dass sie Chanukka gefeiert hätten und wie viel Geschenke sie bekommen habe. Den anderen Kindern ist das natürlich egal, die sind eher ein bisschen neidisch. Die schiefen Blicke und gemurmelten Bemerkungen einiger Eltern seien aber schwer zu übersehen und überhören. Ich weiß noch nicht einmal, ob jemand aus meiner Clique evangelisch, katholisch, jüdisch oder gar nix ist. Es interessiert mich einfach nicht. Genauso wenig wie die Frage, woher jemand stammt."

„Wenn man Probleme hat, ist es einfach, es auf die Fremden zu schieben", versuchte ich zu erklären.

„Aber die Juden sind doch keine Fremden", erwiderte sie. „Die sehen aus wie wir, sprechen deutsch wie wir, sind Deutsche wie wir. Wo ist da das Fremde?"

„Diese Frage kann man eigentlich nur beantworten,

wenn man in der Bibel blättert und die Kirche in die Verantwortung nimmt", sagte ich.

„Muss ich das anzeigen?", fragte meine Tochter. „Oder Du? Das kann man doch nicht einfach hinnehmen!"

„Ich kümmere mich darum", beruhigte ich sie. „Das ist ein Offizialdelikt." Sie sah mich fragend an.

„Ein Offizialdelikt", erklärte ich ihr, „ist ein Verbrechen, das so schwerwiegend ist, dass die Ermittlungsbehörden von sich aus tätig werden müssen, auch wenn keine Anzeige vorliegt. Das hier gehört dazu. Das ist nicht nur eine dumme Schmiererei, das ist eine staatsgefährdende Straftat. Genau wie die Schmierereien in Grauerort und an den Bäumen in Kehdingen. Antisemitismus ist scheinbar nicht auszurotten. Womit wir bei denen sind", ich zeigte auf ein Plakat der BfS. „Die haben das auch im Gepäck, glaube ich. Was meinst Du, wie viel Prozent bekommen die?"

„Ich hoffe Null, glaube aber über zehn".

Ich stimmte ihr zu: „Das befürchte ich auch." Ich zeigte auf ein Plakat mit dem Konterfei von Dr. Kreissig. „Kennst Du den?"

Hannah nickte: „Florin hat mir erzählt, wie der ihn behandelt hat."

Wir öffneten die Tür zum Wahllokal, es war angenehm leer, es war noch ziemlich früh am Morgen. Ich machte mein Kreuzchen.

Wir liefen am Burggraben entlang aus der Innenstadt heraus und, kurz bevor wir das Wahllokal erreichten, in dem Hannah wählen wollte, begann sie von Florin Ionesco zu erzählen.

„Er kam vor zwei Jahren nach Stade", sagte sie, „er hatte in Bukarest Maschinenbau studiert und später in Berlin Flugzeugbau oder so was, genau weiß ich es nicht. Als er seinen Master hatte, konnte er gleich in Stade anfangen."

„Er spricht ja fast akzentfrei Deutsch", bemerkte ich.

„Das hatte er schon in Rumänien gelernt, er hat wohl einige deutschsprachige Verwandte. Das ist dort nicht ungewöhnlich."

„Wie lange kennst Du ihn schon?", wollte ich wissen.

„Wir sind seit drei Monaten zusammen. Er hatte ein Problem mit der Aufenthaltsgenehmigung und kam zu uns in die Kanzlei."

„Und da hats gefunkt?" Natürlich war ich neugierig. Das Liebesleben meiner Tochter war bisher nicht von langen, dauerhaften Beziehungen geprägt.

„Bei ihm wohl gleich, bei mir hat es etwas gedauert. Als erstes musste er seinen blöden Schnauzer abrasieren, er hat mich zu sehr an Wolfgang erinnert."

„Und? Große Liebe?", fragte ich.

„Mal sehen", sagte sie vorsichtig, „ich glaube schon. Jakob hat ihn gerne. Mitte der Woche wird er wohl aus dem Krankenhaus entlassen."

Ich gab mich damit zufrieden. Wer kann schon belastbare Aussagen über die zu erwartende Länge einer Beziehung machen?

Am Abend hörten wir die Wahlergebnisse und waren schockiert. Die BfS hatte über zwölf Prozent der Stimmen erhalten, sie kamen auf fünf Sitze im Stadtrat. Die ganzen unsympathischen Köpfe auf den Wahlplakaten hätten nun ein Wort mitzureden, wie sich die Stadt in Zukunft entwickeln würde. Ich beschloss, den Arzt am nächsten Tag zu besuchen. Ich hoffte, er ließe sich vielleicht zu etwas hinreißen, das ihm später weh tun würde.

*

„Dr. Hans-Peter Kreissig Arzt für Allgemeinmedizin" stand auf dem Praxisschild, dazu die Öffnungszeiten. Montagmorgens ab acht Uhr. Daneben hing ein weiteres Schild: Dr. Marlene Kreissig, Tierärztin, Kleintierpraxis jeden Tag außer Montag von 15 bis 17 Uhr.

Ich hatte Hannah in die Kanzlei begleitet und Jakob zum Kindergarten gebracht. Bevor ich losgefahren war, hatte ich den Wagen umrundet, den Reifendruck geprüft und, nachdem ich losgefahren war, eine kurze Bremsprobe gemacht. Alles schien in Ordnung, und ich fragte mich, ob ich nicht doch überreagiert hatte, als ich Hannah und Jakob bei mir einquartierte.

Ich klingelte, ein Summer antwortete sofort, und drückte gegen die Tür. Die Praxis war in einem Haus untergebracht, das alt, aber gepflegt war; ich schätzte, dass es vor dem Krieg gebaut und auf dessen Erhalt immer großen Wert gelegt worden war.

Vor dem Tresen des Empfangs stand eine junge Frau, die aufgeregt auf die Arzthelferin einredete. Ich verstand sie kaum, sie redete ein Kauderwelsch aus schlechtem Deutsch und einer Sprache, deren Herkunft ich irgendwo im Nahen Osten vermutete. Die Arzthelferin schüttelte dauernd den Kopf, wies mit Hand auf die Tür und sagte: „Wir nehmen keine neuen Patienten auf. Bitte gehen Sie!" Sie musste das mehrmals wiederholen, bis die junge Frau schließlich resigniert aufgab. Als sie sich umwandte, bemerkte ich, dass sie hochschwanger war und sehr schlecht laufen konnte, sie hatte den für Frauen in diesem Zustand typischen Gang.

„Haben *Sie* einen Termin?", fragte die Arzthelferin ungeduldig, ohne von ihren Unterlagen aufzusehen.

„Noch nicht!", sagte ich. „Aber ich warte gerne, wenn Sie die Frau, die gerade gehen musste, vorziehen."

Sie sah mich unbeeindruckt an und sagte nur: „Ihre Karte bitte!"

Ich schob meinen Dienstausweis über den Tresen und sie steckte ihn, ohne das Kärtchen oder mich anzusehen, tatsächlich in das Lesegerät. Erstaunlich, dachte ich, angeblich nehmen sie keine neuen Patienten.

„Oh!", sagte sie nur, als sie ihren Fehler bemerkte. „Die Polizei!"

„Ich möchte zu Dr. Kreissig!", sagte ich.

„Das Wartezimmer ist voll!", sagte sie empört. „da kann ich Sie nicht einfach dazwischenschieben. Polizisten müssen auch warten, wenn sie krank sind. Geben Sie mir doch bitte ihre Krankenkassenkarte, ich will sehen, was ich tun kann. Warten müssen Sie aber sicher!"

„Wie war das mit den neuen Patienten?", fragte ich und tat erstaunt. „Oder nehmen Sie nur welche, die deutsch aussehen?" Ich musste mich beherrschen, freundlich zu bleiben: „Ich bin nicht krank und möchte auch nicht lange warten. Der Besuch ist dienstlich. Bitte melden Sie mich jetzt an!" Sie reagierte nicht.

„Ich kann Dr. Kreissig auch vorladen", setzte ich drohend hinzu.

Jetzt sah sie mich entgeistert an: „Bitte setzen Sie sich ins Wartezimmer, ich sage Ihnen dann Bescheid."

Ich nickte, nahm meinen Ausweis und öffnete die Tür zum Wartezimmer. Als ich die Wartenden musterte, erkannte ich mindestens zwei von den Plakaten wieder. Die sind nicht krank, dachte ich, die wollen feiern. Oder sie haben gestern so ausgiebig gefeiert, dass sie heute zum Arzt müssen.

Dr. Kreissig ließ mich zappeln. Scheinbar ungerührt wurde ein Patient vor mir in das Behandlungszimmer gerufen. Ich war kurz davor, aufzustehen und in die Ins-

pektion zurückzukehren, als er persönlich in das Wartezimmer kam und mich bat, ihm zu folgen.

„Herr…?", fragte er und tat so, als ob ihm mein Name
nicht schon längst bekannt wäre.

„Hauptkommissar Schlegel. Guten Morgen."

„Herr Schlegel", er forderte mich mit großer Geste auf,
mich zu setzen. „Was kann ich für Sie tun?"

Ich wollte keinen Smalltalk führen und begann ihn
direkt zu befragen: „Sie kannten doch Hans-Herbert
Funck?"

Er schüttelte mitfühlend den Kopf: „Ja, natürlich. Der
arme Kerl, ich war vollkommen schockiert, als ich davon
gehört hatte. Ehrlich gesagt, wundere ich mich, dass Sie
erst heute zu mir kommen, schließlich kannte ich ihn
gut." „Ich weiß", sagte ich, „Sie standen auch schon einmal gemeinsam vor Gericht!"

„Jetzt graben Sie doch das alte Ding nicht mehr aus!",
lächelte er. „Meine Jugendsünde! Was hat das damit zu
tun?"

„Das herauszufinden ist meine Aufgabe", sagte ich
kühl.

Kapitel 17

„Ich verbitte mir das", sagte der Arzt scharf. „Sie werden doch wohl nicht im Ernst glauben, dass die damalige Sache auch nur irgendetwas mit dem Mord an Herbi Funck zu tun hat?"

„Ich glaube erst mal gar nichts", belehrte ich ihn ruhig. „Ich habe ein paar weitere Fragen."

Dr. Kreissig nickte: „Bitte!"

„Das Mordopfer hatte kurz vor seinem Tod um ein Gespräch mit der Polizei gebeten. Haben Sie eine Vorstellung, um was es da gegangen sein könnte?"

„Natürlich nicht!", seine Stimme wurde lauter. „Ich habe in der letzten Zeit kaum mit ihm zu tun gehabt."

„Aber Funck arbeitete doch in der BfS mit, oder? Da müssen Sie sich doch dauernd gesehen haben, so eine Wahl muss doch vorbereitet werden?"

Dr. Kreissig wurde nervös: „Ja, natürlich habe ich ihn ab und zu gesehen, aber da haben wir nichts Privates besprochen. Wir besiedeln verschiedene Biotope, verstehen Sie?"

„Biotope?", fragte ich ungläubig zurück.

„Gesellschaftliche Biotope." Er sah mich an: „Er war Friseur, ich bin Arzt, verstehen Sie?"

Ich tat verständnisvoll: „Und als Akademiker möchte man mit einem einfachen Friseur, der dazu noch schwul war, nicht mehr so viel zu tun haben?"

Er nickte leicht verlegen: „Man kann es auch so ausdrücken, ja!"

„Auch wenn man mal gemeinsam auf der Anklagebank gesessen hat?"

„Jetzt hören Sie doch endlich auf mit dem alten Scheiß!", rief er empört. „Haben Sie in der Jugend immer nur das gemacht, was die Eltern wollten?"

„Zumindest habe ich keine Leute zusammengeschlagen", antwortete ich.

„Wir sind freigesprochen worden!" Er konnte sich kaum beruhigen. „Das zählt! Oder hat die Polizei heutzutage kein Vertrauen mehr in die Justiz? Dann sind wir ja gar nicht mehr so weit auseinander. Sehen Sie sich doch mal um. Die Flüchtlinge überrennen dieses Land, vergewaltigen unsere Frauen und Kinder und stopfen sich die Taschen voll. Und wenn's nicht reicht: Ein bisschen Kokain hier und ein bisschen Gras dort ist schnell verkauft. Und was passiert? Die kriegen alle nur eine Bewährungsstrafe, weil es ihnen in der Jugend ja so schlecht gegangen ist. Bei solchen Exemplaren hofft man wirklich, dass Darwin doch recht hatte, die Evolution wirklich funktioniert und sie ausmendelt!"

„Und Sie halten dagegen?", jetzt konnte ich mich kaum beruhigen und musste mich beherrschen, keinen Streit mit ihm anzufangen.

„Natürlich!", er hatte sich wieder etwas beruhigt. „Was da gerade in Deutschland entsteht, ist wirklich bemerkenswert. Überall meldet sich endlich die bisher schweigende Mehrheit. Was in Dresden begonnen wurde, werden wir im ganzen Land fortführen. Und zu Ende bringen! Wir wollen eine neue Generation heranziehen, die kerngesund, charaktervoll und opferbereit ist. Keine Vermischung mit fremdländischem Blut! Da ist so viel abartiges und krankes Gesocks zu uns hereingekommen, die betteln doch geradezu um eine Sonderbehandlung. Jedem das Seine, verstehen Sie?"

Ich musste mich beherrschen, nicht loszubrüllen. In seinen Worten spiegelte sich eine Gesinnung, deren Anwendung zur Jahrhundertkatastrophe geführt hat. Und trotzdem, dachte ich, gibt es immer noch oder sogar wieder Menschen, die genau so handeln würden, wenn sie könnten.

„Funck war doch auch ihr Patient", wechselte ich das Thema, „sie haben ihn vor ein paar Jahren mal zu einer Physiotherapie geschickt."

Er nickte und drehte seinen Kopf zu seinem Computerbildschirm. Es war das neueste Modell, so wie auch in der gesamten Praxis die neueste Technik installiert zu sein schien.

„Da habe ich ihn", sagte er und drehte den Bildschirm zu mir. „Sehen Sie: Es war eine Schulterverletzung, ich verschrieb sechs Behandlungen, danach noch einmal sechs."

„Die Physiotherapeutin hatte den Verdacht, er könne überfallen worden sein. Angegeben hatte er einen Sturz als Ursache."

„Hier steht auch, dass es ein Sturz gewesen war", er ratterte die Fachausdrücke herunter. „Mehr kann ich dazu nicht sagen."

„Sie haben also keine Bedenken, wenn Patienten kommen, die normalerweise in einem anderen Biotop, wie Sie es nennen, zu Hause sind?"

Er sah mich verwundert an: „Natürlich nicht. Gehen Sie mal in mein Wartezimmer, da sitzen sozusagen alle Berufe."

„Ihre Arzthelferin hat vorhin eine Hochschwangere wieder weggeschickt, die offensichtlich Hilfe gebraucht hätte", bohrte ich nach. „Eben sagten Sie noch, dass es ohne Belang sei, wer zu ihnen kommt."

„Die Entscheidungen, wer behandelt wird, treffen natürlich erst einmal die Mitarbeiterinnen am Empfang. Aber: Würde ich nur Flüchtlinge behandeln wollen, wäre ich zu Ärzte ohne Grenzen gegangen!"

Ich glaubte, nicht richtig gehört zu haben. Hass gehört nicht zu meiner Gefühlsausstattung habe ich vor einiger Zeit noch gedacht. Jetzt wusste ich, dass das nicht stimmte. Ich spürte, wie dieses Gefühl in mir aufstieg und meinen Verstand zu übernehmen drohte.

Ich ging zum Angriff über: „Wir haben am Tatort Spuren gefunden, die in Ihren Bekanntenkreis führen, Herr Kreissig", sagte ich sehr leise, den „Doktor" ließ ich absichtlich weg. „Ich bin mir sicher, dass da dem einen oder anderen gewaltige Schwierigkeiten drohen." Ich stand auf: „Es wäre besser, mit der Polizei zu kooperieren, als wüste Drohungen auszusprechen."

Natürlich hatte ich nicht das Geringste in der Hand, was ihn belastet hätte. Ich hoffte, ihn damit zu einer unbedachten Bemerkung zu provozieren. Leider ohne Erfolg. Er sah mich unbewegt an und antwortete: „Ich habe dazu keine Veranlassung. Wenn Sie noch fundierte Fragen haben, bitte. Ansonsten ist die Tür dort."

Die Arzthelferin sah mir misstrauisch hinterher, als ich wutschnaubend aus dem Behandlungszimmer stürmte und an der Eingangstür mit einem Mann zusammenstieß. Er war offensichtlich kein Flüchtling, er trug schwarze Lederkluft und aus seinem Hemdkragen schlängelte sich am Nacken eine ziemlich gut tätowierte Schlange. Ich glaubte im ersten Moment, Charly Freytag stünde vor mir.

Im Auto fiel mir plötzlich ein, wo ich das Gesicht des Mannes schon einmal gesehen hatte: Es gehörte Stephan Freytag, dem Bruder des Autoschraubers. Er war zwar gealtert, aber ich hatte das Gesicht, das ich in den Akten zum Mord an Friedel Hannemann gesehen hatte, wiedererkannt.

Ich fuhr in die Polizeiinspektion zurück. Ich wollte alle Fakten noch einmal sammeln und sie mit Dirk Hildebrandt durchsprechen. Ich hatte diesmal großes Glück: Ich sah wie Staatsanwalt Allmers mit seinem Wagen vom Parkplatz fuhr. Erleichtert stellte ich mein Auto ab und ging in mein Büro.

Dort erwartete mich ein Stapel Akten und obenauf eine handgeschriebene Mitteilung von Susanne Siegel: „Bitte folgende Nummer anrufen. Dringend!"

Es klopfte dreimal, und sie kam selbst in mein Büro: „Ich habe sie kommen sehen. Der Mann da", sie zeigte auf meinen Schreibtisch, „will Sie unbedingt sprechen. Er meinte, es sei sehr dringend."

„Wissen Sie, wer es war, wie er heißt?"

„Schuback", nickte sie. „Albert Schuback."

Ich war elektrisiert: „Was wollte er?"

„Er wollte unbedingt mit Ihnen sprechen."

„Nur mit mir?"

Susanne Siegel nickte. Mir fiel dabei wieder auf, dass sich ihre Haare keinen Millimeter bewegten, sie waren wie festbetoniert. Ich ärgerte mich über mich selbst: Als ob es in diesem Moment nichts Wichtigeres gäbe, als sich über die missglückte Frisur einer Polizeimitarbeiterin Gedanken zu machen.

„Nur mit Ihnen, er hat seit heute Morgen mehrmals nach Ihnen gefragt. Sie hatten schon einmal mit ihm telefoniert, oder?"

„Er stand als Erster in der Telefonliste von Hans-Herbert Funck", erläuterte ich. „Als ich ihm mitgeteilt hatte, Funck sei ermordet worden, hatte er sofort aufgelegt. Ich rufe sofort an."

Er nahm nicht ab. Ich ließ es ein paar Mal klingeln und legte dann auf.

„Vielleicht ist er auf dem Klo", sagte Susanne Siegel mitfühlend, „alte Männer müssen doch dauernd."

Ich war irritiert, sie sah das und erläuterte: „Ist bei meinem Vater genauso, die Prostata, wissen Sie."

Sie schloss die Tür und ich sah ihr entgeistert nach. Wenigstens hatte sie mir nicht zu verstehen gegeben, dass sie erwartete, ich würde auch bald unter diesen Symptomen leiden.

Ich wartete ein paar Minuten und versuchte es erneut. Es war eine Festnetznummer, er hatte keinen Anrufbeantworter und, als er nach dem dritten Anruf auch nicht abnahm, wurde ich nervös. Ich ging zu Dirk Hildebrandt, er hatte sein Büro ein paar Räume neben meinem. Ich zögerte kurz, als ich vor der Tür stand, aber als ich Fräulein Susi durch den Flur schweben sah, wusste ich, ich brauchte nicht anzuklopfen.

„Haben Sie Zeit?", fragte ich knapp und, als er nickte, sagte ich: „Nehmen Sie ihre Waffe mit!"

Er fuhr. Ich erzählte ihm kurz von Schubacks Anruf. Er teilte meine Sorge: Wieder hatte jemand aus dem Umkreis der Nazis direkt bei der Polizei angerufen und wollte jemanden sprechen. Dazu war er ein guter Freund des Mordopfers. Bei mir hatten sofort alle Alarmglocken geklingelt, als ich mir die Zusammenhänge klar gemacht hatte.

Alfred Schuback wohnte in Twielenfleth, einem kleinen Ort im Alten Land. Der Garten seines Hauses sah aus wie die meisten im Alten Land: Das Gras millimeterkurz, die Beete abgezirkelt, kein vorwitziges Unkraut wagte es, unter den mächtigen Büschen irgendwelche Ansprüche anzumelden. Hortensien überall. Das kann ja heiter werden, dachte ich. Gediegen, überlegte ich, als ich mich dem Haus näherte. Und teuer. Hier war bei der Renovierung des Fachwerkhauses nicht gespart worden. Das Reet auf dem Dach war erst vor kurzem erneuert worden, es strahlte hell in der Sonne. Ein Detail faszinierte mich besonders: Die Dachrinnen waren nicht aus verzinktem Metall oder gar aus Kupfer. Es waren handgeschnitzte, hölzerne Rinnen, die mit kunstvoll geschmiedeten Eisen am Haus befestigt waren. Man merkte, dass hier jemand viel Herzblut in das Haus gesteckt hatte. Und viel Geld.

Die mit kunstvollen Schnitzereien verzierte Haustür stand offen. Ich klingelte mehrmals und, als wir keine Reaktion bemerkten, niemand sich näherte oder ein anderes Lebenszeichen von sich gab, gingen wir vorsichtig hinein. Im Haus war es angenehm kühl, obwohl es im Freien vor Hitze kaum auszuhalten war. Wir schlichen leise in den dunklen Eingangsflur, Hildebrandt sicherte rechts, ich ging links. Das Haus war innen so genauso großzügig und sorgfältig renoviert worden wie außen.

Die Küche war vollständig demoliert. Alle Schränke waren aufgerissen, das komplette Geschirr lag zersprungen auf dem Boden. Es sah fast so aus, als ob jemand noch darauf herumgesprungen wäre. Das Wohnzimmer nebenan war genauso verwüstet. Kein Bild hing mehr an der Wand, das Sofa war aufgeschlitzt und das Fernsehgerät zersplittert. Ich sah zu Dirk Hildebrandt, der langsam eine Tür öffnete, ich war darauf gefasst, ihm Feuerschutz zu geben.

Das Schlafzimmer, das mein Kollege geöffnet hatte, sah genauso aus wie der Rest des Hauses. Das Badezimmer, die Toilette: Alles war in Stücke geschlagen worden. Von dem Bewohner war keine Spur, das Haus war verlassen.

„Das hat er sicher nicht selbst veranstaltet", meinte Hildebrandt sarkastisch und zog sein Smartphone aus der Tasche. „Darum sollen sich die Kollegen kümmern."

Während er telefonierte, trat ich vor die Tür und stieß fast mit einem Mann zusammen, der zielstrebig auf das

Haus zuging. Hinter ihm lief ein Hund mit hängender Zunge. Ihm war offensichtlich genauso heiß wie den Menschen.

„Wer sind Sie?", fragte er mich aufgebracht. „Und was machen Sie in meinem Haus?"

„Herr Schuback?", fragte ich freundlich zurück.

Er nickte: „Und wer sind Sie und was machen Sie hier? Wieso ist die Haustür auf?" Sein Ton wurde schärfer.

„Ich bin Paul Schlegel", sagte ich und zeigte meinen Polizeiausweis. „Sie hatten mich sprechen wollen. Polizei Stade."

Misstrauisch sah er mich an: „Deshalb müssen Sie nicht in mein Haus einbrechen!"

„Das war ich nicht!", erwiderte ich. „Kommen Sie mal mit."

Der alte Mann stieß mich zur Seite und stürmte in das Haus. Er war groß und kräftig und machte einen sehr vitalen Eindruck. Ich überlegte, dass er wahrscheinlich viel älter war, als er aussah. Vielleicht, dachte ich, hat er schon immer viel Sport gemacht.

In der Küche trafen wir auf Dirk Hildebrandt.

Wortlos sah sich der Mann um, und ich merkte, dass seine Vitalität und die Kraft, die er anfangs ausstrahlte, langsam aus ihm wich. Er zog sich einen Stuhl heran und setzte sich. Plötzlich begann er zu weinen und zu allem Überfluss stimmte sein Hund mit ein: Er jaulte so laut, dass man das Schluchzen des Alten nicht mehr hören konnte.

Wir warteten ein paar Minuten, bis er sich wieder beruhigt hatte. Der Hund allerdings wollte nicht aufhören, bis ihm Albert Schuback die Hand auf den Kopf legte und meinte: „Ruhig, Gato, es ist alles in Ordnung!"

„Finden Sie?", fragte Hildebrandt spitz, „hier ist gar

nichts in Ordnung!" Ich fand die Frage plump und sah ihn erstaunt an. Hildebrandt bemerkte sofort seinen Fehler und wollte sich entschuldigen, aber Schuback ließ ihn nicht zu Wort kommen. Er nahm es Hildebrandt wohl nicht übel: „Da haben Sie recht!", sagte er.

Schuback stand auf, er hatte sich wohl vom ersten Schock erholt und ging langsam durch das Haus. Als er wiederkam, war er still und setzte sich. Ab und zu schüttelte er den Kopf.

„Wann haben Sie das Haus verlassen?", fragte ich.

„Ich gehe jeden Tag zwei oder drei Stunden mit dem Hund an die Elbe. Meistens laufen wir am Strand oder auf dem Deich", erwiderte er.

„Sie hatten heute Morgen versucht, mich zu erreichen", meinte ich, „sind Sie danach gleich aufgebrochen?"

Er nickte, sah mich an und sackte bewusstlos vom Stuhl.

„Rufen Sie den Krankenwagen", rief ich Hildebrandt zu, während ich mich um den Mann kümmerte. Ich legte ihn vorsichtig auf die Seite, stellte erleichtert fest, dass er regelmäßig atmete und versuchte den Hund davon abzuhalten, erst mich und dann seinen Besitzer abzulecken.

Es war ein großes Tier, ich vermutete eine gutmütige Mischung aus Schäferhund und Boxer. Vom Alter passten die Beiden gut zusammen, wobei der Besitzer bis vor ein paar Minuten einen vitaleren Eindruck als der Hund gemacht hatte. Nun war es umgekehrt.

Die Spurensicherung und der Krankenwagen kamen fast zur gleichen Zeit. Albert Schuback war schon vorher wieder aus seiner Bewusstlosigkeit erwacht und wartete schweigend auf den Notarzt.

Als er abtransportiert worden war, beschloss ich, die Nachbarn zu befragen.

„Sie nehmen die Nachbarn rechts", wandte ich mich an Hildebrandt, „ich befrage die links. Die ersten fünf Häuser, dann die gegenüberliegende Seite."

Die ersten beiden Nachbarhäuser, die ich besuchen wollte, waren typische Nachkriegsbauten: Schnell und billig hochgezogene Häuser, meistens errichtet, um Flüchtlinge aus dem Osten unterzubringen. Schuback war sicher keiner, dachte ich, sein Name war typisch für alteingesessene Familien aus dem Alten Land. Beim ersten Haus öffnete niemand, beim zweiten ebenso nicht. Die Bewohner waren sicher arbeiten, dachte ich. Es standen keine Autos vor den kleinen Garagen, die Fenster waren geschlossen. Erst beim dritten Haus hatte ich Glück. Eine junge Frau mit einem kleinen Kind auf dem Arm öffnete und lächelte mich freundlich an. Als ich ihr meinen Polizeiausweis zeigte, erschrak sie: „Ist etwas passiert?", fragte sie aufgeregt. „Mit Philipp?"

Ich schüttelte den Kopf und verneinte: „Sie müssen sich keine Sorgen machen, es ist nichts passiert. Ich habe nur ein paar Fragen."

Erleichtert sah sie mich an: „Kommen Sie doch herein", sagte sie und setzte ihr Kind auf den Boden, das sofort in unglaublichem Tempo davon krabbelte. Ich staunte: „Der hat's aber drauf!", sagte ich bewundernd.

„Die", korrigierte sie mich. „Antonia."

„Mein Enkel ist schon etwas älter", ich wollte ein bisschen Smalltalk zur Beruhigung machen, sie war immer noch nervös, „als er so klein war, hätte er sicher ein Wettrennen gegen Ihre Kleine verloren. So schnell war er nicht. Er war eher von der gemütlichen Sorte."

Sie lachte: „Was wollten Sie denn fragen?"

„Kennen Sie Albert Schuback?", fragte ich.

„Sie meinen den Architekten? Unseren Nachbarn?

Nicht besonders gut, er ist nicht so gut auf die Kinder aus unserer Straße zu sprechen."

„Haben Sie heute etwas Besonderes bemerkt?"

Sie überlegte und meinte dann: „Warum? Was meinen Sie überhaupt mit ‚etwas Besonderes‘?"

„Er ist überfallen worden, heute Morgen."

Sie riss erschrocken die Augen auf: „Hier? Bei uns? In der Nachbarschaft? Das ist ja furchtbar!" Sie setzte sich auf einen Küchenstuhl und nahm ihr Kind so schnell hoch, dass es fast zu weinen begann. „Wie geht es ihm, ist er verletzt?"

Ich schüttelte den Kopf: „Er ist im Krankenhaus, er ist nicht in Lebensgefahr."

„Gott sei Dank!", seufzte sie erleichtert, „auch wenn ich ihn nicht mag: So etwas wünscht man ja niemandem. Haben Sie den Täter schon?"

Ich schüttelte den Kopf: „Haben Sie vielleicht irgendetwas bemerkt, Autos oder Fußgänger, die sie nicht kannten?"

„Ich sehe ja so gut wie nie aus dem Fenster. Mich interessiert eigentlich nicht, was auf der Straße passiert."

„Eigentlich?", bohrte ich nach, „Sie sagten eigentlich."

Sie nickte: „Heute aber eben doch einmal, ich hatte mir überlegt, den Rasen im Vorgarten zu mähen, aber dann war es mir zu heiß."

„Und?", fragte ich ungeduldig. „war heute etwas anders als sonst?"

„Stimmt!", sagte sie plötzlich. „Jetzt fällt es mir wieder ein. Vor seinem Haus stand ein Motorrad."

Kapitel 18

„Ein Motorrad? Sind Sie sicher?", fragte ich. Nun war ich derjenige, der aufgeregt war.

„Natürlich!", lächelte sie. „Ich kann ein Motorrad von einem Fahrrad unterscheiden. Ich bin früher selbst gefahren." Sie schaute zu ihrem Kind, das wieder herumkrabbelte: „Bevor sie kam."

„Können Sie die Marken und Typen unterscheiden?", fragte ich hoffnungsvoll. „War es eine Harley?"

Sie schüttelte den Kopf: „Es war kein auffälliges Motorrad. Ich bin mir nicht ganz sicher, aber ich glaube, es war eine Yamaha, mittlere Größe."

„Das war sehr hilfreich, Frau…" Ich hatte tatsächlich vergessen, nach dem Namen zu fragen.

„Cohrs", sagte sie, „Nadine Cohrs."

„Cohrs?", fragte ich erstaunt nach. „Kannten Sie einen Ralf Cohrs? War der eventuell mit Ihnen verwandt?"

Sie schüttelte den Kopf: „Cohrs ist hier ein häufiger Name. Vielleicht gibt es irgendwo in den letzten Ecken der Verwandtschaft jemanden, der so heißt. Ich kenne aber niemanden."

Ich gab ihr meine Karte und bat sie, in den nächsten Tagen zu mir in das Büro zu kommen, ich wollte ihre Aussage protokollieren. Architekt also, dachte ich im Hinausgehen. Das erklärt das schön renovierte Haus. Auf der Straße sah ich mich ein wenig um, bis Dirk Hildebrandt aus einem Haus trat.

„Nichts!", sagte er, „ich habe nichts erreicht. Entweder waren die Leute im Garten, in der Küche oder sonst wo. Viele sind auch nicht zu Hause."

„Yamaha!", sagte ich kryptisch. „Der Täter fuhr eine Yamaha, so eine Maschine stand vor Schubacks Haus."

„Dann war es tatsächlich nur einer?", fragte Hildebrandt nach.

Ich zuckte mit den Schultern: „Es können natürlich auch zwei Frauen auf der Maschine gesessen haben, aber das glaube ich nicht. Ich denke, wir gehen erst einmal von einem einzigen Täter aus."

Hildebrandt schloss seinen Wagen auf. Plötzlich sagte er: „Schuback ist doch ins Krankenhaus eingeliefert worden, oder?"

„Ja, natürlich", meinte ich verwundert.

„Im Krankenhaus gehen Besucher ein und aus. Wir müssen ihn bewachen lassen!"

„Wie kommen Sie denn da drauf?", fragte ich überrascht. „Hängen Sie das nicht ein bisschen hoch?"

Hildebrandt schüttelte den Kopf: „Überlegen Sie doch mal: Schuback kannte den toten Friseur, er stand sogar als Erster auf der Telefonliste. Funck wollte mit der Polizei sprechen und wurde totgeschlagen. Schuback wollte auch mit der Polizei sprechen. Nun wird seine Wohnung zerlegt, genauso intensiv wie die von Funck. Ich glaube, ihm ist nur deshalb nichts passiert, weil er zufälligerweise nicht zu Hause war."

„Sie haben Recht!", rief ich überrascht aus und wunderte mich, dass wir nicht daran gedacht hatten. Ich nahm mein Smartphone und organisierte während der Fahrt eine Bewachung für Albert Schuback. „Der Kollege muss vor dem Krankenzimmer sitzen. Er darf sich nicht rühren, keinen Kaffee holen", bestimmte ich. „Und nicht aufs Klo gehen!"

Ich wandte mich an Kommissar Hildebrandt: „Gut, dass Sie daran gedacht haben. Habe ich Ihnen schon von meinem Besuch bei Dr. Kreissig erzählt?"

Hildebrandt schüttelte den Kopf: „Ich wusste gar nicht,

dass Sie dort waren. Wissen Sie eigentlich, aus welchen Kreisen der stammt?"

„Nein, leider überhaupt nicht, erzählen Sie."

„Sein Vater hat in den sechziger Jahren die NPD in Winsen gegründet, die Familie ist später erst nach Stade gezogen. Und der Großvater, also der Vater der Mutter wohlgemerkt, war Hauptsturmbannführer in der SS. Suse weiß genaueres. Seine Frau stammt ebenfalls aus der rechten Szene."

„Dann wundert es mich nicht, was er gesagt hat. Sein Vokabular ist durchsetzt mit Ausdrücken, die mich fassungslos gemacht haben. Er schwadronierte von fremdländischem Blut, opferbereiter Jugend, die kerngesund und charaktervoll sein werde, und Ausländern, die eine Sonderbehandlung verdienen würden. Ekelhaft. Und zum Schluss noch der Spruch: Jedem das Seine."

„Buchenwald", sagte Hildebrandt, „der Spruch am Tor im KZ Buchenwald. Fehlt nur noch, dass er findet, dass Arbeit frei macht."

Ich sah aus dem Fenster, Hildebrandt hielt an einer Kreuzung. Plötzlich schrie ich auf: „Eine Yamaha, hier rechts, Richtung Bützfleth."

Hildebrandt reagierte sofort und fuhr vorsichtig, obwohl die Ampel auf Rot stand, in die Kreuzung und bog nach rechts ab. Ich öffnete das Fenster, stellte das mobile Blaulicht auf das Dach, und Hildebrandt gab Gas. Kurz vor der Klappbrücke hatten wir das Motorrad eingeholt.

Die nächste Ampel zeigte Rot, ich sprang aus dem Auto und hielt die Polizeikelle in der Hand. Der Motorradfahrer reagierte nicht, er fühlte sich entweder nicht angesprochen oder wollte mich provozieren. Ich zog meine Waffe, er hob die Hände.

„Absteigen!", brüllte ich ihn an. „Und ganz langsam den Helm abnehmen!"

Natürlich war es ein Reinfall. Sie war Mitte Zwanzig, kam von der Arbeit und wollte nach Hause. Ich entschuldigte mich wortreich, stammelte etwas von Fahndung, Yamaha und gefährlich. Sie blieb erstaunlich ruhig und, nachdem ich ihre Personalien aufgeschrieben hatte, fragte sie freundlich: „War's das?" Ich nickte nur. Sie setzte den Helm wieder auf und brauste davon.

„Ich brauche einen Espresso", sagte ich kleinlaut. „Möglichst einen doppelten."

*

Florin Ionesco saß gutgelaunt in seinem Bett. Als ich die Tür öffnete, begrüßte er mich freundlich. Ich hatte mit Dirk Hildebrandt in der Cafeteria des Krankenhauses die Besuche aufgeteilt. Er wollte kontrollieren, ob vor Albert Schubacks Zimmer die angeforderte Bewachung saß. Er hatte noch immer ein schlechtes Gewissen, weil er Hans-Herbert Funck verpasst hatte, als der ihn unbedingt hatte sprechen wollen. Ich ging eine Treppe höher und wollte Florin Ionesco einen Besuch abstatten.

„Hallo!", sagte er erfreut. „Herr Schlegel, wie geht es Ihnen?"

„Das sollte ich eher Sie fragen", erwiderte ich. „Und: Wie geht es Ihnen?"

„Gut", meinte er und nickte. Sofort dachte ich an Hannah. „Wirklich gut. Ich denke, morgen oder spätestens übermorgen kann ich nach Hause. Aber Sie sind doch sicher nicht gekommen, um nach meinem Befinden zu fragen?"

„Eigentlich schon", sagte ich wahrheitsgemäß. „Mein

Kollege hat hier in der Klinik zu tun und ich habe ihn begleitet. Wenn Sie entlassen werden, muss ich das rechtzeitig wissen. Sie dürfen nicht ohne Begleitung das Krankenhaus verlassen."

Er seufzte: „Wird das nicht alles ein bisschen übertrieben? Gibt es nicht ein deutsches Sprichwort, dass nichts so warm gekocht wird oder so ähnlich?"

„Nichts wird so heiß gegessen, wie es gekocht wird", erläuterte ich. „Aber hier trifft das wahrscheinlich nicht zu. Mir reichen die Toten und die halbtot Geprügelten."

„Gab es noch jemanden?", fragte er besorgt.

Ich nickte: „Der ist vor ein oder zwei Stunden hier eingeliefert worden."

„Aber Sie können mich doch nicht rund um die Uhr bewachen lassen, irgendwann gehe ich wieder zur Arbeit. Und dann?"

Ich konnte die Frage nicht beantworten und wechselte das Thema: „Was arbeiten Sie denn eigentlich konkret? Im Flugzeugbau gibt es doch unendlich viele Arbeitsbereiche."

Florin Ionesco nickte: „Ich arbeite nicht an einem neuen Flieger, mein Spezialgebiet sind Drohnen."

„Militärische?"

„Nein", schüttelte er den Kopf. „Kleine, sozusagen für den Hausgebrauch. Manche können auch später ein bisschen größer werden, vielleicht mal als Flugtaxi. Das ist alles ganz am Anfang und deshalb sehr spannend."

Mein Smartphone klingelte: Dirk Hildebrandt. Er sandte mir eine Sprachnachricht: „Wenn es geht, bitte kommen Sie zu Albert Schuback, Zimmer 432."

Ich stand auf, verabschiedete mich und vergaß nicht, ihn daran zu erinnern, mich über seine Entlassung zu informieren.

Das Zimmer 432 war nicht bewacht. Ich klopfte und trat ein. Dirk Hildebrandt saß auf einem Stuhl, Albert Schuback schien erstaunlich gut erholt und unterhielt sich leise mit dem Kriminalkommissar. Ich holte mir einen Stuhl und setzte mich daneben.

„Ich wollte Sie sprechen, Herr Schlegel", begann Albert Schuback sofort. „Es geht um Herbi Funck." Plötzlich fing er hemmungslos an zu weinen. Hildebrandt nahm seine Hand und streichelte sie sanft. Der Trost von Hildebrandt beruhigte ihn ein wenig, er schluchzte nur noch wenig, als er versuchte, weiter zu reden. Es gelang ihm nicht. Wieder wurde er von Weinkrämpfen geschüttelt.

„Soll ich einen Arzt holen, Herr Schuback?", fragte ich vorsichtig.

Albert Schuback schüttelte energisch den Kopf: „Der bringt mir Herbi auch nicht mehr zurück!"

Hildebrandt sah mich verstohlen an, sagte aber nichts. Ich wusste nicht, wie ich mit der ganzen Situation umgehen sollte, aber in mein Grübeln sagte der alte Mann plötzlich: „Jetzt geht's wieder." Er hatte sich gefasst. „Ich will Ihnen erzählen, weshalb ich Sie angerufen habe."

„Herr Schuback", sagte ich eindringlich, „ich bin kein Arzt, ich möchte nicht, dass Sie sich überanstrengen!"

„Ich kann mich ja danach ausruhen", sagte er so bestimmt, dass klar war: Er duldet keine Widerrede. „Ich kenne Herbi seit unserer Kindheit. Und seit vielen Jahren", er stockte, aber ich wusste, was er sagen wollte.

„… waren Sie ein Paar?", ergänzte ich vorsichtig.

Er nickte dankbar. „Heute ist es ja nicht mehr so schlimm, wenn das jemand erfährt", sagte er, „aber damals: Das durfte niemand wissen. Stellen Sie sich mal die Konstellation vor: Erfolgreicher Architekt liebt vor sich hin krebsenden Friseur. Ich wäre unten durch gewesen, ich hätte sicher keinen einzigen Auftrag mehr erhalten. Aber Herbi und ich haben uns immer die Treue gehalten." Er kämpfte wieder mit den Tränen. „Es ist so schrecklich", schluchzte er. „Herbi war so ein lieber Mensch."

Wo die Liebe hinfällt, dachte ich. Ich hatte von Hans-Herbert Funck einen anderen Eindruck.

„Er hat sich geändert", sagte Schuback. „Früher war er jähzornig und hat gerne mal zugeschlagen, in den letzten Jahren wurde er viel ruhiger. Aber er kam von seinen alten Kumpeln nicht los."

„Waren das auch Ihre Kumpel?"

„Nie!", sagte der alte Mann bestimmt. „Ich konnte mit den Nazis noch nie etwas anfangen."

„War Funck in Ihren Augen denn kein Nazi?"

„Sie haben ihn erpresst", sagte er leise. „Deshalb wollte ich Sie ja anrufen. Sie erinnern sich doch sicher an die Sache mit dem linken Gewerkschaftler, dem ehemaligen Lokführer in Kreuel?"

Ich glaubte, meinen Ohren nicht zu trauen. Seit dem Mord an Funck hatte ich den Verdacht, dass die beiden Verbrechen zusammenhängen würden. Und nun schien es sich zu bewahrheiten.

Ich nickte ungeduldig.

„Das ist ja nie richtig aufgeklärt worden", erzählte er mit einer Stimme, als ob er ein Urlaubserlebnis zum Besten geben würde. „Man hat die Täter nie erwischt."

„Bis auf einen", korrigierte ich. „Ein paar Jahre später."

„Genau. Stephan Freytag", nickte Schuback. „Er hat die beiden anderen nicht verpfiffen. Einer der beiden anderen war Herbi." Er begann zu weinen. „Ich hätte eigentlich sofort zur Polizei gehen müssen, als ich es erfahren hatte.

Herbi hat es mir bald danach gebeichtet." Ich brachte vor Aufregung kaum ein Wort heraus. Hildebrandt schien es ähnlich zu gehen, sein Mund stand offen.

Irgendwann hatte ich mich gefasst und fragte: „Und warum haben…" Weiter kam ich nicht, Schuback unterbrach mich: „Ich hätte ihn verloren, das wollte und konnte ich nicht! Außerdem: Wem hätte es gedient, wenn Herbi im Gefängnis gelandet wäre? Niemandem. Ihm nicht und mir nicht."

„Den Angehörigen des Opfers, Herr Schuback", sagte ich und musste meine Empörung unterdrücken. „Es waren drei, Herr Schuback" fuhr ich fort. „Hat Funck erzählt, wer der Dritte war?"

Schuback schüttelte den Kopf: „Er hat nur manchmal Andeutungen gemacht. Wie in Rätseln, und, wenn ich nachgefragt habe, hat er sofort aufgehört darüber zu reden. Wissen Sie", seine Stimme wurde leiser, „er wurde in letzter Zeit richtig depressiv, ich habe ihm gesagt, er solle unbedingt zum Arzt gehen. Anfang Mai wurde es dann ganz schlimm. Ich bin mit ihm zu Dr. Kreissig, ich musste ihn regelrecht hin schleifen."

„Die beiden kennen sich gut", sagte Dirk Hildebrandt. „Die saßen ja mal gemeinsam auf der Anklagebank." Schuback überhörte den Einwurf. „Als er aus dem Behandlungszimmer kam, war er verändert, als ob der Arzt ihm schon etwas gegeben hatte. Er hatte aufgerissene Augen und zitterte. Im Auto sagte er kein Wort, ich hatte Angst, er würde umkippen. Ich habe ihn dann nach Hause gebracht, ihn ins Bett gelegt und wollte gerne bei ihm bleiben. Aber er wollte alleine sein. Dann bin ich nach Hause gefahren." Er begann zu schluchzen. „Das war das letzte Mal, dass ich ihn gesehen habe."

„Eine Frage habe ich noch, Herr Schuback", sagte ich,

nachdem er sich die Tränen abgewischt hatte. „Hatte Ihr Lebensgefährte noch Kontakt zu Stephan Freytag?"

Schuback schüttelte energisch den Kopf: „Mit dem wollte er auf keinen Fall nochmal etwas zu tun haben. Der ist ja auch weg aus Stade. Ich glaube, niemand weiß, wo er sich aufhält."

„Doch, Herr Schuback", sagte ich. „Ich weiß es. Ich habe ihn gesehen. Er ist wieder in Stade."

Als er mich ansah, wusste ich, dass er ihm begegnet war.

Kapitel 19

Am nächsten Tag erzählte mir Susanne Siegel, Köpckes Tannen seien früher ein Paradies gewesen. „Ich war in einer kirchlichen Kindergruppe, so eine Art Pfadfinder mit Bibel", erläuterte sie und lachte. „Wir haben gerne Ausflüge gemacht, mal in den Rüstjer Forst, mal an die Elbe. Und eben manchmal auch in Köpckes Tannen. Das war ein Geheimtipp, scheinbar kümmerte sich damals niemand um das Wäldchen und so sah es auch aus: umgestürzte Bäume, Fuchsbauten. Ich habe dort den ersten Ameisenhaufen meines Lebens gesehen. Und leider auch den letzten. Solche Wildnis gibt es praktisch nicht mehr, das war wirklich ein kleiner Urwald. Heute wollen die Leute alles schier haben, so etwas würde heute keiner mehr aushalten."

Susanne Siegel hatte einen Anruf von Friedhelm Ruder entgegengenommen. Er wolle nur darauf aufmerksam machen, habe er gesagt, dass sich die Nazis bald wieder in Köpckes Tannen treffen wollten. Wann, wisse er nicht genau, aber er glaube, es dauere nicht mehr lange.

Zuerst konnte ich mit dem Namen nichts anfangen. Dann dämmerte es mir, dass ich in der letzten Zeit mit ihm zu tun gehabt hatte. Er war der pensionierte Geschichtslehrer, der sich an der alten Thingstätte so sympathisch über die Neonazis aufgeregt hatte, die mit schlecht inszeniertem Germanenspektakel am alten Thingplatz oder in Köpckes Tannen auftraten. Ich versuchte ihn zurückzurufen, um zu erfahren, woher er diese Information hatte, aber er ging nicht ans Telefon. Nach drei- oder viermaligem Versuch gab ich auf.

„Heute ist das Wäldchen eingezäunt", erzählte Susanne Siegel weiter, „aber nicht mit einem simplen Elektrodraht, um die Kühe, die daneben weiden, abzuhalten. Der Zaun ist von einem professionellen Zaunbauer gezogen worden, er ist sicher zwei Meter fünfzig hoch. Alle drei Meter ein Metallpfahl. Und ein wuchtiges Tor."

„Waren Sie da in letzter Zeit einmal?", fragte ich, „Oder warum wissen Sie das so genau?"

„Das ist schon ein paar Jahre her", meinte sie. „Ich war mit meinen Eltern mit dem Auto unterwegs und bin extra einen kleinen Umweg gefahren. Ich wollte meine Erinnerungen auffrischen."

„Wissen Sie, wem der Wald gehört?"

„Wahrscheinlich jemandem, der Köpcke heißt. Davon gibt's in Kehdingen einige."

„Das würde ich mir gerne mal ansehen", meinte ich. „Kommen Sie mit?"

„Jetzt gleich?", fragte sie verwundert. „Ich muss eigentlich noch ein paar Sachen für Dirk erledigen."

„Das kann warten", bestimmte ich einfach, ohne zu wissen, ob es wichtig war. Ich hatte es eilig, denn ich fand, dass die Ermittlungen der verschiedenen Delikte, die, wie es sich im Laufe der Zeit herausgestellt hatte, alle irgendwie zusammenhingen, ein bisschen ins Stocken geraten waren.

Florin Ionesco, der Freund meiner Tochter, war inzwischen wieder zu Hause, er hatte eine Bewachung durch die Polizei strikt abgelehnt. Hannah und Jakob wohnten wieder in Schölisch, ihr Freund war noch Wochen krankgeschrieben und gleich mit in ihre Wohnung gezogen. Er kümmere sich um ihre Sicherheit, hatte er mir versichert. Ich konnte nichts dagegen machen, alle drei waren wohl nicht so gefährdet, dass es eine dauerhafte Bewachung rechtfertigt hätte. So saß ich abends wieder alleine in meiner Wohnung, hatte ein schlechtes

Gefühl, wenn ich an die drei dachte und unterhielt mich missgelaunt mit Annemarie, der mich wie üblich nur dumm anglotzte.

„Sie kommen mit", bestimmte ich und stand auf.

„Wem Köpckes Tannen gehören, bekomme ich leicht heraus", sagte sie während der Fahrt. Ich wollte ihr zustimmen, als wir kurz hinter der Kreuzung im Stader Moor von einem Motorrad überholt wurden.

„Eine Yamaha", sagte sie trocken, und ich wusste nicht, wie ich ihre Worte einschätzen sollte. Wusste sie von meiner Blamage und wollte mich auf den Arm nehmen oder wollte sie mich auf einen Zusammenhang mit dem Überfall auf Schuback hinweisen? Ich beschloss, mich diesmal nicht zu blamieren und nickte.

„Schuback ist übrigens immer noch im Krankenhaus", erzählte ich wie beiläufig. „Bei der Routineuntersuchung haben sie wohl ein paar unklare Befunde gehabt und haben ihn noch nicht entlassen."

„Wird er noch bewacht?", fragte sie.

Ich nickte: „Ja. Ich vermute, er weiß mehr, als er uns erzählt hat. Ich will ihn in den nächsten Tagen noch einmal besuchen."

Sie nickte: „Wer kümmert sich eigentlich um den Hund?"

Wieder überholte uns ein Motorrad. Der Fahrer trug eine schwarze Lederjacke. Das Wappen auf seinem Rücken war kreisrund mit einem stilisierten Adlerkopf. Und in gebrochener Schrift stand MC FGB. NATIONAL UND SOZIAL.

„Die kennen wir doch", sagte Susanne Siegel. Ich nickte und hoffte, sie würden mich und mein altes Auto mit der Delle in der Tür nicht erkennen. „Wahrscheinlich haben wir dasselbe Ziel", meinte ich.

Vor dem Tor zu Köpckes Tannen standen ein paar Motorräder und mehrere Autos. Ich drosselte nicht die Geschwindigkeit und fuhr mit den erlaubten siebzig Stundenkilometern daran vorbei. Ich wollte auf jeden Fall vermeiden, Aufsehen zu erregen.

„Konnten Sie ein paar Nummernschilder erkennen?", fragte ich meine Beifahrerin. Sie schüttelte den Kopf: „Das ging zu schnell." Sie sah sich um: „Die haben uns nicht erkannt", meinte sie beruhigt. „Da vorne", sie zeigte auf eine Einfahrt, „können Sie halten. Von da aus kann man ihr Auto nicht sehen."

Ich blinkte nach links und stellte das Auto hinter einem dichten Gebüsch ab.

„Haben Sie ein Fernglas im Wagen?", fragte Susanne Siegel. Ich nickte, öffnete das Handschuhfach und drückte ihr das Glas in die Hand. Sie verließ das Auto und sah zu Kröncktes Tannen. „Ich kann die Nummern erkennen", sagte sie leise. „Wollen Sie mitschreiben?" Ich zog mein Notizbuch heraus und schrieb auf, was sie mir diktierte.

„Ich kann sogar das Schild des Zaunbauers lesen", meinte sie. „Zaunbau Schröder aus Isensee. Den könnte man ja mal anrufen, wer den Zaun bezahlt hat." Plötzlich wurde sie aufgeregt: „Wir sollten weg, ich glaube, da hat jemand Verdacht geschöpft, die laufen so aufgeregt hin und her". Sie sprang ins Auto, ich fuhr zurück und bog so ab, dass wir nicht mehr am Tor vorbeifahren mussten.

*

Für den nächsten Abend hatte die BfS zu einer Demonstration in Stade aufgerufen. Zu den Errungenschaften der Demokratie gehört ja auch die Freiheit, die unmöglichsten Ansichten frei heraus posaunen zu dürfen. Das Motto der abendlichen Demonstration war, wie sollte es anders sein, die Warnung vor den „unendlichen Flüchtlingshorden", die angeblich „unser Vaterland überschwemmen".

Es bedarf bei vielen Menschen nur einer gerissenen Rhetorik, die tief verwurzelte Urangst vor dem Fremden, dem Unbekannten zu wecken. Früher waren es oft schon die Bewohner benachbarter Orte, die misstrauisch beäugt wurden. In manchen Regionen war es unmöglich, über Gemarkungsgrenzen hinweg zu heiraten. Manchmal führte das zu Ergebnissen, über deren Skurrilität wir heute nur noch lachen können. Susanne Siegel erzählte gerne die Geschichte, dass eine Cousine ihrer Mutter nicht in ein ostfriesisches Nachbardorf heiraten konnte, weil sie evangelisch, der ausgeguckte Bräutigam jedoch katholisch gewesen war. Sie konnte Pointen gut setzen. Es sei noch nicht so lange her, dass die Religion auch in anderen Gegenden Deutschlands entscheidend für die Partnerwahl gewesen sei, erklärte sie genüsslich. In diesem Fall habe es zusätzlich noch das Problem gegeben: Die evangelischen Bauern hatten rotbunte, die katholischen schwarzbunte Kühe gehalten. Und dies sei für viele Bauernkinder das wichtigere Kriterium gewesen. Ich lachte jedes Mal, wenn sie die Geschichte erzählte, und das tat sie oft, aber eigentlich war es nicht zum Lachen. Die Engstirnigkeit der ostfriesischen Bauern mag legendär gewesen sein, aber leider fand sich diese Eigenart auch in den Köpfen vieler Menschen, nicht nur dort. Legendär ist die Fehde zwischen Kölnern und Düsseldorfern, ist die Animosität zwischen Hamburgern und Bremern. Man könnte die Liste unendlich weiterführen.

Oft ist es mittlerweile belächelte Folklore, in Stade ist es allerdings noch nicht so lange her, dass selbst die Verwaltung kräftig in dem Topf der geschmacklosen Ressentiments mitgerührt hat. Mir war vor einigen Jahren öfter aufgefallen, dass die Straßenschilder an der Straße nach Hamburg immer nur als nächstes Ziel den kleinen Flecken Horneburg und dann als nächste große Stadt Hamburg angezeigt hatten. Angesprochen auf den ungewöhnlichen Umstand, dass die mit Stade vergleichbar große Stadt Buxtehude, die auf dem Weg nach Hamburg für viele sicher das wichtigere Ziel als Horneburg war, nirgendwo angezeigt wurde, hatte man in Stade nur ein Schulterzucken übrig. So seien halt die Vorschriften, wurde dann verlautbart, heimlich aber gefeixt, es den ungeliebten Buxtehudern aber mal wieder so richtig gezeigt zu haben. Man müsse, so wurde allen Ernstes erklärt, schließlich nur auf den nächsten Ort und dann auf die überregionale Metropole hinweisen. Nirgendwo stand allerdings geschrieben, dass es untersagt gewesen wäre, auch auf die Nachbarstadt Buxtehude hinzuweisen. Die Stader konnten ihren Triumph vollständig auskosten, weil umgekehrt die Straßenschilder in Buxtehude Stade als „großes" Ziel angeben mussten.

Was für ein Kinderkram, hatte ich damals gedacht. Da sitzen erwachsene Menschen und brüten so einen haarspalterischen Schwachsinn aus. Da wurde im Kleinen, ohne dass es jemandem aufgefallen wäre, mit den gleichen, peinlichen Ressentiments gearbeitet, wie sie nun die politischen Parteien aufgreifen. Und niemand will daran erinnert werden, dass es völlig egal ist, woher der „Fremde" eigentlich kommt. Nach dem letzten Krieg waren es die Fremden aus Schlesien, gegen die demonstriert wurde. Dann waren es die „Gastarbeiter", deren Kinder in den Schulen möglichst kein Deutsch lernen sollten, sie seien schließlich nur Gäste und würden bald wieder verschwinden. Nun sind es die, die der Krieg aus ihren Heimatländern vertrieben hatte. Die Fremden, auf denen man herumhacken konnte.

Dirk Hildebrandt kommentierte das mit dem Satz: „Er könne das gut verstehen, denn schließlich würden die unsere Arbeitsplätze vergewaltigen und uns unsere Frauen wegnehmen. Oder war es umgekehrt?" Ich musste lachen, obwohl der Witz alt war und ich ihn kannte. Er war trotzdem gut.

Als Kriminalhauptkommissar musste ich mich nicht um die Ordnung und Sicherheit der Demonstration kümmern, die Kollegen aus dem Streifendienst waren da die Leidtragenden. Geplant war ein Marsch der Demonstranten durch die Innenstadt mit abschließender Kundgebung am Pferdemarkt. Mich hatte von Anfang an das Gefühl beschlichen, dass nicht die angeblich drohenden Flüchtlingshorden der wahre Grund für den Aufmarsch waren, sondern dass die BfS zeigen wollte, dass ihr Abschneiden bei der Kommunalwahl Folgen für die Stadt haben würde. Mir graute vor der Vorstellung, bei jeder Wahl mit ein paar Prozenten für die ganz Rechten ähnliche Demonstrationszüge durch die Stadt ertragen zu müssen. Machtvolle Demonstrationen waren schon immer ein probates Mittel, andere einzuschüchtern.

Ich machte zwei Stunden früher Schluss und ging in meine Wohnung. Mir reichten die jetzt aufgedeckten Verknüpfungen der einzelnen Delikte. Ich wollte die Leute nicht noch abends auf dem Pferdemarkt sehen müssen, wenn ich Jakob ein Eis spendieren wollte. Bei der Anmeldung der Demonstration war von einem Fackelzug die Rede gewesen. Mich schauderte, als ich davon hörte. Bilder von fackeltragenden Glatzköpfen wollte allerdings auch die Stadt verhindern, und so wurde das „Mitführen von offenem Feuer (Fackel)" untersagt und mit der Feuergefahr in den engen und verwinkelten Gassen der Altstadt begründet. Der Zug sollte allerdings gar nicht durch diese Gassen führen, sondern effektvoll den Verkehr behindern. Das angerufene Gericht kippte deshalb auch das Verbot, erließ nur ein paar nebensächliche Auflagen. Die BfS jubelte, nannte die Entscheidung triumphierend einen Sieg für den Rechtsstaat. Erstaunlich, wo sie vorher dauernd vom Linksstaat gefaselt hatten.

Jakob war enttäuscht, er hatte sich auf das Eis, das ich ihm versprochen hatte, gefreut. Ich legte eine CD ein, öffnete eine Flasche Soave und befahl mir, einen ganzen Abend nicht an den Fall zu denken. Es sollte mir nicht gelingen.

Kapitel 20

Die Trennung von Mechthild war unausweichlich gewesen, ging mir durch den Kopf. Zuerst war ich erleichtert gewesen und hatte mich befreit gefühlt. Aber schon nach wenigen Tagen hatte ich gemerkt, dass ich sie vermisste. Wobei mir bis jetzt nicht klar war, ob ich sie vermisste oder eher das Gefühl, eine Frau an der Seite zu haben, mit der ich mich austauschen konnte. Manchmal hatten Mechthild und ich uns lange angeschwiegen, hatten beide in einem Buch gelesen oder Musik gehört. Bei diesem gemeinsamen Schweigen, ohne dass einer das Gefühl gehabt hatte, aktiv und ablehnend angeschwiegen zu werden, war manchmal mehr Gemeinsamkeit entstanden als bei so belangloses Geplauder. Leider stellte sich bei meinen zwangsläufig schweigsamen Unterhaltungen mit Annemarie dieses Gefühl nicht ein. Er reagierte auf getrocknete Zikaden, nicht auf meinen deprimierten Gesichtsausdruck.

Ging es, fragte ich mich, einigen meiner ehemaligen Freundinnen in ähnlichen Situationen so wie mir jetzt? Dass sie sich plötzlich nach mir sehnen, so wie ich mich ab und zu nach ihnen? Oder erinnerte sich keine von denen mehr an Paul, mit dem sie durch die Kneipen gezogen waren und Nächte durchgemacht hatten? Ich wollte den Gedanken nicht weiterspinnen, bemerkte, dass ich die Musik, die die ganze Zeit spielte, gar nicht wahrgenommen hatte, und kniete mich vor mein CD-Regal. Im untersten Fach stand die Musik, die ich nur sehr selten hörte. Ich hatte keine Lust auf Beethoven, ich benötigte etwas Aufmunterndes. Natürlich fiel mir als erstes eine alte Traffic-CD in die Hand. „Sometimes I feel so uninspired." Nein, dachte ich, bloß das nicht. Ich suchte weiter und stieß auf John Mayall: „Turning Point." Das passt, dachte ich, ich bin vielleicht tatsächlich an einem Punkt, an dem sich einiges dreht. Ich schob die CD in den Player, füllte das Glas wieder und wollte die Musik genießen, als das Telefon klingelte.

Hoffentlich ruft keine Leiche an, dachte ich und wollte das Telefon einfach läuten lassen. Aber als ich sah, dass es Hannah war, nahm ich ab.

„Bist Du zu Hause?", fragte sie. Ich murmelte „Mhmm", weil ich eigentlich alleine sein wollte.

„Du wolltest doch mit Jakob Eis essen", erinnerte sie mich. „Das hast Du ja abgesagt."

„Mhmm."

„Wenn es Dir passt, kommen wir vorbei." Sie meinte das nicht als Frage, das merkte man an der Betonung. „Ich habe in der Eismaschine Vanilleeis gemacht. Um sechs?"

„Ich finde das nicht so gut", meinte ich. „Da ist gerade die Demo der Rechten. Denk dran, warum ihr ein paar Tage bei mir ward."

„Ich habe keinerlei Lust", empörte sie sich, „die fragen zu müssen, ob ich mich auf die Straße wagen darf. Natürlich kommen wir. Um sechs!" Damit beendete sie das Gespräch.

Sie kamen schon um halb sechs. Ich war immer deprimierter geworden und hatte schließlich das dritte Glas Soave getrunken. Als es klingelte, rappelte ich mich auf, ging schnell ins Badezimmer und spülte den Mund aus. Ich wollte meinen Enkel nicht mit Alkoholatem begrüßen.

Das Eis war umwerfend. Jakob schaufelte Unmengen in sich hinein und leckte zum Schluss glücklich die Schüssel aus. Als der Stein ins Zimmer flog und nur Zentimeter neben seinem Kopf auf den Boden schlug, stand er gerade mit Florin am Terrarium von Annemarie. Wir waren im ersten Moment wie gelähmt, dann riss Hannah ihr Kind an sich und ging neben einem Schrank in Deckung. Ich rannte zum Fenster, sah auf die kleine Gasse und konnte niemanden entdecken. Dann hörte ich plötzlich Trommeln, zuerst dachte ich, es wäre eine Sambatruppe, die gegen die Nazidemo anspielte, aber ich merkte schnell, dass diese Art von Rhythmus eine andere war.

Ich winkte Florin und Hannah, die sich kaum aus der Deckung traute, ans Fenster und wir sahen mit Entsetzen, wie eine kleine Truppe von vielleicht zwanzig oder dreißig Personen mit umgehängten Trommeln im Gleichschritt durch die kleine Bungenstraße marschierte. Sie schlugen die Trommeln im Takt, und es klang so, wie es beabsichtigt war: bedrohlich! Sie sahen nicht zu uns hoch, ein unbeteiligter Zuhörer oder Zuseher hätte nicht bemerkt, was wir drei natürlich sofort erkannten. Es war eine Botschaft. Ich hätte schwören können, dass sie vor meinem Haus ein bisschen langsamer marschierten und ein bisschen lauter spielten. Nach drei Minuten war der Spuk vorbei.

„Ich will sofort nach Hause!", sagte Hannah mit zitternder Stimme, aber ich widersprach: „Kommt überhaupt nicht in Frage, so lange die da draußen noch rumlaufen!" Hannah begann zu weinen, nahm ihr Kind, das mindestens so verunsichert war wie seine Mutter, in die Arme und sah fragend zu Florin Ionesco. Er nickte: „Wir warten noch ein bisschen und fahren dann mit dem Taxi." Sie waren, so erzählten sie, bei dem schönen Wetter mit ihren Rädern gekommen. Die wollten sie jetzt lieber im Hausflur deponieren.

Später, als wir uns alle wieder beruhigt hatten, sprach mich Hannah auf die Ermittlungen an. Die drei Gläser

Soave und der Schreck, der mir immer noch etwas in den Gliedern saß, lösten meine Zunge, und ich erzählte ihnen, welchen Stand wir mittlerweile erreicht hatten. Hannahs messerscharfer Verstand hatte unter dem Steinwurf und dem Aufmarsch der Trommler nicht gelitten und so zog sie, nachdem ich geendet hatte, das Fazit: „Es gibt insgesamt drei Tote. Der Gewerkschaftler in der Bushaltestelle, das eingemauerte Mädchen und der schwule Friseur. Dazu noch zwei tätliche Angriffe: einmal auf den schwulen Friseur vor ein paar Jahren und den vor ein paar Tagen auf seinen Liebhaber. Alles in langen Abständen. Die ersten beiden Toten vor ungefähr zwanzig, der erste Angriff auf den Friseur vor ungefähr zehn Jahren, der Mord an ihm und der Angriff auf seinen Liebhaber gerade eben. Sagtest Du nicht, es gäbe jetzt schon eine Verbindung?"

„Du hast den Angriff auf Florin nicht erwähnt", ergänzte ich. „Es gibt da eine Verbindung, die sicher kein Zufall ist: Einer der Mörder des Friseurs war am Überfall auf Florin dabei."

Sie nickte: „Dazu kommt, dass der Liebhaber, Albert Schuster…?"

„Schuback", korrigierte ich, „Albert Schuback."

„…, dass der Liebhaber Schuback gestanden hat, dass Funck an dem Mord an dem Gewerkschaftler beteiligt war."

„Dazu kommt", fiel mir ein, „dass der eine Täter, also derjenige, der nicht als Mörder, sondern nur als Totschläger verurteilt worden war, wieder in der Stadt aufgetaucht ist. Und ich vermute, dass Schuback nur deshalb noch lebt, weil er zum Zeitpunkt des Überfalls nicht zuhause war."

„Weißt Du, was ich glaube?", fragte Hannah und sah mich durchdringend an. Ich zuckte mit den Schultern und wusste nicht, worauf sie hinauswollte. „Ich glaube", fuhr sie fort, „Du musst den Dritten finden. Das ist wie ein Puzzle. Der Stein fehlt Dir noch, wenn Du weißt, wer der Dritte ist, dann weißt Du alles."

„Wieso nicht die Dritte?", warf ihr Freund ein. „Es kann doch auch eine Frau gewesen sein."

„Die einzige Frau", meinte ich, „die in der ganzen Geschichte auftaucht, ist tot. Gudrun Schlichting, die Rockerbraut."

„Das stimmt", sagte Hannah und ich merkte, wie viel Spaß ihr das Detektivspielen am Küchentisch machte, „aber sie hat an dem Tag noch gelebt, oder?"

Ich nickte: „Das stimmt. Sie ist erst ein paar Tage später verschwunden."

Hannah sah wieder aus dem Fenster: „Keiner da. Wo die sich wohl alle verstecken, wenn es Nacht wird?", fragte sie voller Sarkasmus.

„In Köpckes Tannen!", erwiderte ich spontan und erzählte von dem Anruf, der uns auf eine mögliche Zusammenkunft der Nazis dort aufmerksam gemacht hatte, und von meinem Ausflug mit Susanne Siegel dorthin.

„Was wollt ihr unternehmen?", fragte sie.

Ich zuckte mit den Schultern: „Gar nichts. Was die vorhaben, ist nicht strafbar. Außer sie machen irgendwelche Schießübungen oder ähnliches. Das ist Privatgelände, da haben wir keine Handhabe."

„Das bedeutet", empörte sich meine Tochter, „die können da Nazilieder singen und Hitlerbilder anhimmeln, ohne dass man etwas dagegen machen kann?"

„Um denen irgendetwas Strafbares nachzuweisen", erwiderte ich, „müsste man einen Beweis haben. Einen Zeugen, Bilder, Tonaufnahmen oder so etwas. Ich glaube kaum, dass ich die Genehmigung für eine Beobachtung bekommen würde. Und für V-Leute ist der Verfassungsschutz zuständig."

„Wir brechen auf", sagte Hannah abrupt. „Jakob muss ins Bett. Ich hoffe, er hat nicht verstanden, was ihm hätte passieren können. Ich rufe ein Taxi."

Es dauerte nur wenige Minuten bis der Fahrer klingelte. Hannah stand schon in der Tür, Jakob war auf ihrem Arm eingeschlafen, als sie sich noch einmal umdrehte: „Ich wüsste, wie Du an die Sachen kommen könntest", sagte sie beiläufig.

„Welche Sachen?"

„Material über die Nazis, Köpckes Tannen, Bilder", zählte sie auf.

Ich sah sie fragend an. „Florin ist doch Drohnenexperte", sagte sie leichthin. „Der kann doch mal eine darüber schicken."

Ich war sprachlos: „Das machen wir garantiert nicht. Wenn das bekannt wird, kommen wir alle in Teufels Küche!"

Florin Ionesco hatte uns interessiert zugehört. Er schien nachzudenken und als er die Wohnung verließ, sagte er: „Ich würde das machen. Das würde ich hinkriegen!"

Kapitel 21

Dirk Hildebrandt beugte sich staunend über den Stein, der fast den Kopf meines Enkels getroffen hätte. Er lag in einer Plastiktüte verpackt auf meinem Schreibtisch im Büro. Ich hatte die Spurensicherung an dem Abend, als der Stein geflogen kam, nicht mehr benachrichtigt. Viel zu sichern hätte es da nicht gegeben. Das Fenster, durch das der Stein geflogen kam, hatte offen gestanden und war unversehrt geblieben, Jakob glücklicherweise auch. Sollte es Fingerabdrücke auf dem Stein geben oder gar DNA-Spuren, so blieben sie auch über das Wochenende erhalten, hatte ich mir gedacht.

Immer wieder war mir das überraschende Angebot des Freundes meiner Tochter durch den Kopf gegangen und jedes Mal kam ich zum gleichen Schluss: Ich lehnte es ab. Ich war mir gar nicht so sicher, ob es tatsächlich illegal gewesen wäre, eine vielleicht verfassungsfeindliche Zusammenkunft beobachten zu wollen. Eventuell hätte man im Fall der Fälle auf „Gefahr im Verzug" plädieren können, aber selbst diese Hilfskonstruktion hinkte gewaltig. Dirk Hildebrandt stimmte mir zu, als ich ihm davon erzählte, meine Bedenken ausbreitete und auch nicht verheimlichte, dass das Ganze für mich auch einen gewissen Charme habe.

„Die hinkt nicht nur", meinte er trocken und bezog sich auf meine Überlegungen, „die geht auf zwei Krücken und versucht dabei, einen Rollator zu schieben!" Ich musste ihm recht geben. Bei einer Berufung auf „Gefahr im Verzug" hätte uns das zuständige Gericht im Falle einer Verhandlung das um die Ohren gehauen: „Wenn Sie aufwendig einen Drohnenflug vorbereiten und sich dort aufhalten, wo Sie eine Gefahr vermuten, können Sie nicht mit einem Notstand argumentieren. Sie wussten ja, was passieren würde." Das stimmte natürlich. Ich musste mich fragen, was ich eigentlich erreichen wollte, sollte ich eine Drohne losschicken. Bilder? Tonaufnahmen? Filme? Ich wusste es eigentlich selbst nicht.

„Ok!", stimmte ich ihm zu. „Dann lassen wir das. Aber die Idee ist trotzdem gut."

„Natürlich nicht", widersprach Kommissar Hilde-brandt. „Die Idee ist alles andere als gut. Überlegen Sie, wer damit alles in Gefahr geraten würde. Sie zweifach: Stellen Sie sich vor, sie würden erwischt werden. Dann würde ich nicht gerne in Ihrer Haut stecken: Polizeiin-tern und öffentlich stünden Sie am Pranger!"

Ich resignierte: „Können wir das Thema wechseln? Ich hab's kapiert."

Montagmorgens trafen wir uns regelmäßig um zehn Uhr, um die Arbeit der zurückliegenden Tage zu rekapi-tulieren und die neue Woche zu planen. Zuerst im klei-nen Kreis, Hildebrandt und ich, dazu noch zwei oder drei Kollegen aus den benachbarten Büros. Nach einer Stunde kam meistens Susanne Siegel dazu und auch der eine oder andere Einsatzleiter, falls zum Beispiel größe-re Demonstrationen hinter uns lagen. So auch diesmal. Nachdem wir den Kreis erweitert hatten, fragte ich in die Runde, ob und warum niemand die Trommler in meiner Straße bemerkt hatte. Der Einsatzleiter erklärte mir, dass diese Truppe nicht Teil der Demonstration gewesen sei, es sei kein Spielmannszug gesehen worden.

„Das nennen Sie Spielmannszug?", erwiderte ich wütend. „Die haben in der Bungenstraße keine Schalmei dabeigehabt. Die wollten mich einschüchtern!"

„Nun hängen Sie das mal nicht so hoch, Herr Schle-gel", meinte er abschätzig und wollte weiterreden, aber ich fiel ihm ins Wort: „Wissen Sie überhaupt, wovon Sie reden?", schnauzte ich ihn an und musste mich beherrschen, ihn nicht anzuschreien: „Jemand verprügelt den Freund meiner Tochter, jemand lässt die Luft aus den Reifen meines Autos, jemand bedroht mich am Telefon, jemand schmeißt einen Stein in meine Wohnung und zum Schluss spielen Sie mir dann ein Ständchen, oder was?" Wütend schlug ich mit der Hand auf den Tisch. „Finden Sie immer noch, dass ich das zu hoch hänge?"

„Haben Sie denn einen konkreten Verdacht?", fragte er verunsichert.

„Allerdings!", mischte sich Susanne Siegel ein, bevor ich etwas sagen konnte. „Seit Herr Schlegel an der Sache mit dem eingemauerten Mädchen und dem ermordeten Friseur dran ist, geht das so."

„Dann müssen Sie Anzeige erstatten, Herr Schlegel", erwiderte der Einsatzleiter und drehte sich zur Tür. „Haben wir sonst noch was?" Da keine Antwort kam, verließ er den Raum. Ich hätte ihm am liebsten den ausgestreckten Mittelfinger hinterhergeschickt, beherrschte mich aber. Wäre ich alleine gewesen, hätte ich es sicher getan.

„Die merken alle nicht", sagte Dirk Hildebrandt in die Stille, „dass sich der Wind dreht, wenn wir nicht aufpassen."

Der Überfall auf Florin Ionesco war natürlich Gegenstand polizeilicher Ermittlungen, da musste keine Anzeige erstattet werden. Die anderen Delikte waren, wenn man sie einzeln betrachtete natürlich zu marginal, um mit großem Aufgebot bearbeitet zu werden. Jeder Kollege ging außerdem davon aus, dass ich das nebenher mit erledigen würde. Was ja auch stimmte.

Am Nachmittag besuchte ich Albert Schuback. Er lag immer noch im Krankenhaus, der „unklare Befund" hatte sich als leichter Schlaganfall herausgestellt. Kein Wunder, dachte ich, bei der Aufregung. Der behandelnde Arzt hatte mir eine halbe Stunde zugebilligt, länger sollte ich den Patienten nicht befragen.

Wir hatten immer noch einen Polizisten vor seiner Tür postiert, und langsam fragte ich mich, ob es wirklich noch nötig ist. Albert Schuback machte einen erschöpften Eindruck. In seinem Arm steckte eine Kanüle, am Galgen hing ein Beutel mit einer gelblichen Flüssigkeit, die langsam in ihn hineintropfte. Ich hielt mich nicht lange mit Begrüßungsfloskeln auf und sagte ihm direkt, dass ich der Meinung sei, er wisse mehr, als er zugebe.

„Wie meinen Sie das?", fragte er zurück.

„Ich glaube, Sie wissen, wer der unbekannte Dritte war."

Albert Schuback drehte sich zum Fenster und sah lange hinaus. „Und wenn?", fragte er nach einer sehr langen Pause.

„Dann sind Sie in Gefahr!", sagte ich mit Nachdruck. „Ich befürchte, dass Sie nur großes Glück hatten, dass der Angriff nicht ihren Möbeln, sondern Ihnen galt. Wenn Sie etwas wissen, müssen Sie mir das sagen. Ich kann sonst für Ihre Sicherheit nicht mehr garantieren."

Wieder schwieg er lange und ich wusste, ich hatte recht. Er wusste, wer dabei gewesen war.

„Kommen Sie bitte morgen wieder", sagte er leise. „Haben Sie etwas zu Schreiben da?"

Ich nickte, gab ihm Kugelschreiber und Notizblock und verabschiedete mich. Vor der Tür unterhielt ich mich ein paar Minuten mit dem Beamten, der sicher einen der anstrengendsten Jobs in dieser ganzen Sache hatte. Acht Stunden musste er auf einem unbequemen Stuhl sitzen und zusehen, wie der Zeiger der Uhr an der Wand gegenüber vorrückte. Ich wäre garantiert nach vier Stunden eingeschlafen. Ich wollte mich verabschieden, als ich hörte, dass Albert Schuback mich rief. Er hatte wohl gehört, dass ich noch nicht gegangen war. Ich öffnete die Tür und fragte: „Ja?"

„Wer kümmert sich um meinen Hund?", fragte er besorgt. Ich wollte ihn nicht ängstigen und log: „Ich glaube, die Nachbarin, Frau Cohrs." Beruhigt lehnte er sich in sein Kissen zurück, um dann zu fragen: „Und um das Haus? Es ist doch sicher abgeschlossen, oder?"

„Die Kollegen der Spurensicherung machen das immer ganz sorgfältig, Herr Schuback. Da müssen Sie sich keine Sorgen machen."

„Helene Münch hat einen Schlüssel", sagte er. „Sie wohnt in Twielenfleth."

„Den brauchen wir sicher nicht", meinte ich. „Für uns ist der Fall abgeschlossen. Wir müssen nicht mehr in Ihr Haus. Aber Sie brauchen Hilfe, bevor Sie zurückkönnen. Das können Sie sicher nicht alleine aufräumen."

Ich wunderte mich nicht, dass er schon wieder anfing, zu weinen. Er schien nahe am Wasser gebaut zu haben, er schniefte ausgiebig und meinte dann: „Vielleicht kann ich gar nicht mehr zurück. Der Arzt meinte, ich solle besser in ein Heim."

Ich würde bei so einer Aussicht auch heulen, dachte ich, als ich im Aufzug stand. Ich hatte ihm versprechen müssen, nach dem Haus und dem Hund zu sehen. Als ich in mein Auto stieg, beschloss ich, diese Aufgaben gleich zu erledigen. Helene Münch, die einen Schlüssel für sein Haus besaß, war eine alte Schulfreundin von ihm, wahrscheinlich im gleichen Alter, dachte ich. Albert Schuback hatte auch einen Schlüssel für ihr Haus, jedes Mal, wenn einer der beiden verreisen wollte oder in die Klinik musste, kümmerte sich der oder die andere um den täglichen Kleinkram. Ich beschloss, nach dem Haus zu sehen und sie danach kurz aufzusuchen.

Das Haus war unversehrt, die Türen verschlossen und mit einem Pappstreifen versiegelt. Die waren mittlerweile überflüssig geworden, aber da niemand gekommen war, sie abzulösen, klebten sie solange, bis Albert Schuback sie selbst entfernen konnte.

Nadine Cohrs war nicht zu Hause, ich hörte aber durch die geschlossene Haustür einen Hund bellen. Als ich sie besuchte, hatte sie offensichtlich keinen, ich beschloss deshalb, meiner Notlüge selbst zu glauben und meine Energie nicht dahingehend zu verschwenden, nach einem Hund zu suchen.

Helene Münch wusste schon vom Überfall, ihr Bedauern darüber war echt. Viel beitragen zur Aufklärung konnte sie nicht. Sie wusste von der Liebe der beiden Männer, erzählte aber, dies nie im Gespräch mit Albert Schuback thematisiert zu haben. Das sei seine Privatsache gewesen, sie habe schon seit der gemeinsamen Schulzeit gewusst, dass er „vom anderen Ufer" sei, wie sie es altmodisch ausdrückte, um das Wort „homosexuell" nicht in den Mund nehmen zu müssen. Auf meine Frage, ob sie die ganzen Jahre so eng befreundet gewesen wären, antwortete sie mit einem Schulterzucken, in ihrem Alter wären die meisten Schulkameraden schon gestorben, da wäre es einfach normal, dass man sich an die verbliebenen halten müsse. Sie fände ihn auch nicht besonders nett, er sei eigentlich schon immer mürrisch gewesen, sehr von sich überzeugt und, na ja, arrogant. Außerdem, habe er Kinder nicht ausstehen können. Sie habe fünf in die Welt gesetzt und sei immer sehr glücklich damit gewesen.

„Trotzdem", fragte ich leicht verwundert, „hat Albert Schuback den Schlüssel für Ihr Haus und nicht Ihre Kinder?"

„Die beiden Mädchen leben in Hamburg, einer in Berlin und zwei sind mit ihren Frauen ausgewandert. So ist das heute, manche bauen sich ja auch ein Haus im Garten der Eltern, meine Kinder wollten immer in die Welt hinaus."

Ich nickte und dachte daran, dass Hannah als junges Mädchen durch Europa gereist war. Sie kam allerdings reumütig zurück in Papas und Mamas Obhut: Sie war schwanger geworden und wusste nicht genau von wem ...

Ich beschloss, nach Hause zu fahren, freute mich tatsächlich auf Annemarie und die Einsamkeit meiner Wohnung. Diesmal, so nahm ich mir fest vor, sollte es mir wirklich gelingen, einen ganzen Abend nicht an den Fall zu denken.

Kapitel 22

Hannah war schon immer ein mutiger Mensch. Mehr als einmal waren wir in ihre Schule zitiert worden, wenn sie sich mal wieder mit einem Lehrer oder einer Lehrerin angelegt hatte, weil sie sich ungerecht behandelt gefühlt hatte. Richtig gefreut hatten wir uns aber, wenn sich herausgestellt hatte, dass sie sich für jemand anderen eingesetzt hatte. Sie war die geborene Klassensprecherin, konnte enorm gut vermitteln und engagierte sich auch außerhalb der Schule für alles, was ihr in ihrem jeweiligen Alter wichtig war. Nur in ihrem letzten Schuljahr hatte sie ihre innere Balance verloren, war haltlos geworden, hatte die Schule abgebrochen und schließlich für ein Jahr irgendwo in Europa untergetaucht. Als sie dann zurückgekommen war, schwanger und ziemlich am Ende, hatte ich für einige Zeit wirklich Angst um sie. Ihre Standfestigkeit war verschwunden, auch ihr Mut und ihre Durchsetzungsfähigkeit. Als aber Jakob auf der Welt war, war das alles plötzlich wieder da. Als ob sie ihre guten Eigenschaften und Fähigkeiten einfach wieder aus den Tiefen ihrer Seele hatte hervorholen können. Sie machte eine Ausbildung als Rechtsanwaltsgehilfin, kümmerte sich vorbildlich um ihren Sohn und machten den beiden Menschen in ihrem Leben, die offensichtlich für ihre persönliche Krise mitverantwortlich waren, keine Vorwürfe. Obwohl sie genau durchschaute, dass die Beziehungskrise von ihrer Mutter und mir der Auslöser dafür war, dass sie alles hinwerfen wollte, versagte sie sich jeder Schuldzuweisung. Dafür war ich ihr sehr dankbar, denn was hätte ich zu meiner Entschuldigung sagen können? So gut wie nichts.

Ihr ausgeprägter Gerechtigkeitssinn machte mir aber an diesem Abend große Sorgen. Ihr dahingeworfener Satz, man könne doch mal eine Drohne losschicken, ließ bei mir alle Alarmglocken schrillen, je länger ich darüber nachdachte. Und ihr Freund schien auch nicht begriffen zu haben, dass er sich seine persönliche Zukunft verbauen würde, wenn er mit seinem Wissen ausgestattet, illegale Aktionen durchführen würde. Ich schämte mich, dass ich ihrer Idee nicht sofort eine noch viel schärfere Absage erteilt hatte, dass ich sogar damit geliebäugelt hatte, die Idee legitim zu finden. Nazis muss man anders bekämpfen, sagte ich mir immer wieder, als mit illegalen Aktionen. Das ist nur das, was die wollen, man delegitimiert sich nur selbst und spielt ihnen in ihrer Weltsicht in die Hände. Dr. Kreissig hatte, als ich mit ihm sprach, Begriffe benutzt, die einzeln nicht strafbar waren, in ihrem Kontext aber genau dem entsprachen, wie er sich die Zukunft wünschte. Er war ein wirklich guter Selbstdarsteller, dies musste ich zugeben. Der mitfühlende Mediziner, der sich rührend um die Gesundheit seiner Patienten sorgt. Sofern sie aus dem richtigen Land stammten und die richtige Hautfarbe hatten. Er war der Kopf der BfS, der sich sicher schon freute, im Stadtrat die anderen Ratsmitglieder zur Weißglut zu treiben. Aber war er auch der Strippenzieher, der hinter den Verbrechen steckte, wie ich vermutete, aber nicht beweisen konnte? Die entsprechenden Personen gingen ja scheinbar in seinem Haus ein und aus. Stephan Freytag zum Beispiel, der verurteilte Totschläger, und Hans-Herbert Funck, der selbst so starb wie das Opfer an der Bushaltestelle vor über zwanzig Jahren.

Ich ärgerte mich und stand auf. Wieder beschäftigte ich mich mit nichts anderem als der täglichen Arbeit. Ich wollte ins Bett und nahm mir vor, wenigstens nicht von Nazis und ermordeten Totschlägern zu träumen.

Ich schlief tatsächlich sofort ein, und der Traum, falls ich einen geträumt hatte, war beim Aufwachen sofort vergessen. Mein Handy hatte mich aus dem Schlaf gerissen, verschlafen sah ich auf das Display. Es zeigte 3 Uhr 46. Ich wischte müde über das Gerät, erst beim dritten oder vierten Versuch, gelang es mir, die Verbindung herzustellen. Es war ein Kollege aus der Polizeiinspektion, der Nachtdienst hatte: „Herr Schlegel", sagte er völlig unaufgeregt, „ich denke, das sollten Sie wissen." Ich nickte. Dass er das nicht sehen konnte, war mir zwar klar, aber ich war noch nicht so wach, antworten zu können.

„Herr Schlegel?", fragte er mich, „hören Sie mich?"

„Ja!", brummte ich.

„Es brennt im Alten Land!", sagte er umständlich, und ich dachte: Na und? Dafür ist die Feuerwehr zuständig.

„In Twielenfleth", er hob seine Stimme kaum. Wahrscheinlich war er genauso müde wie ich, ging mir durch den Kopf.

„Was ist denn?", fragte ich ungeduldig. „Warum müssen Sie mich deshalb anrufen?"

„Herr Schlegel", er war sehr höflich, „das Haus von Albert Schuback brennt."

„Oh Gott!", mehr konnte ich nicht sagen, warf das Smartphone auf das Bett und war keine fünf Minuten später schon im Treppenhaus. Meine Müdigkeit war wie verflogen. Ich überlegte beim Wegfahren mit meinem Wagen, das mobile Blaulicht aufs Dach zu setzen, verzichtete aber darauf. Die Stadt war völlig ausgestorben, ich begegnete auf der kurzen Fahrt nach Twielenfleth keinem anderen Auto.

Man sah den Feuerschein schon von weitem. Die alte Mühle, die ganz in der Nähe stand, leuchtete gespenstisch orange gegen den langsam hell werdenden Himmel. Das Haus stand vollkommen in Flammen, die Feuerwehr hielt mit mehreren Rohren darauf, andere Löschwagen sicherten die vielen Reetdachhäuser, die in der Nähe standen.

Ich hatte das Auto hundert Meter vor dem brennenden Haus abgestellt, um die Löscharbeiten nicht zu behindern und, als ich am Haus von Nadine Cohrs vorbeikam, sah ich, dass sie in der offenen Haustür stand und entsetzt den hoch lodernden Flammen zusah.

„Frau Cohrs", sagte ich, als ich neben ihr stand. Sie hatte nicht bemerkt, dass ich ihren Vorgarten durchquert und mich neben sie gestellt hatte. Erschrocken drehte sie sich um. Als sie mich erkannte, sagte sie kurz: „Furchtbar!"

„Haben Sie die Feuerwehr angerufen?", fragte ich.

Sie schüttelte den Kopf.

„Ich komme nachher noch einmal vorbei", verabschiedete ich mich und ging zum Einsatzleiter der Feuerwehr. Ich kannte ihn aus verschiedenen Einsätzen.

„Moin!", sagte ich nur.

„Moin!", erwiderte er, „das dauert noch ein Weilchen. Vollbrand. Sieht mir nach Brandstiftung aus. Das hat an vier Ecken gleichzeitig angefangen, typisch für unerfahrene Brandstifter. Der Öltank war leider noch ziemlich voll, der ist das größte Problem. Das Reet brennt wie Zunder. Wir können das nur noch kontrolliert abbrennen lassen."

„Wer hat Sie alarmiert?"

„Das kann ich Ihnen jetzt nicht sagen", erwiderte er mürrisch, „morgen schicke ich Ihnen die Daten rüber." Er wandte sich von mir ab und gab den Feuerwehrleuten Anweisungen.

Ich mischte mich unter die Zuschauer, die immer mehr wurden, und fragte mich durch. Niemand hatte das Feuer gemeldet, nur ein junger Mann sagte etwas Interessantes. Er erzählte mir, dass er in der Nacht ein Motorrad gehört hätte. Es sei gegen zwei gewesen, erzählte er weiter, er sei von dem Geräusch aufgewacht und habe auf seine Uhr gesehen. Er könne schwören, dass es eine Yamaha gewesen sei. Er könne praktisch alle Motorräder an ihrem Sound unterscheiden, das sei so eine Art Hobby von ihm.

„Gegen zwei?", wunderte ich mich. „Wenn Sie auf Ihre Uhr gesehen haben, müssen Sie doch wissen, um wie viel Uhr das genau war, oder?"

Er nickte: „Ein Uhr sechsundfünfzig", sagte er hörbar eingeschnappt. „Wenn Sie es so genau wissen wollen."

Ich nickte: „Ich will es so genau wissen, vielen Dank!" Ich notierte seinen Namen und seine Telefonnummer und ging zu Nadine Cohrs zurück.

„Haben Sie irgendetwas Verdächtiges bemerkt?", fragte ich sie, aber sie verneinte. Sie habe geschlafen, bis sie die Feuerwehr bemerkt habe.

„Kümmern Sie sich eigentlich um den Hund?", fragte ich.

Sie nickte.

Der Einsatzleiter meinte, als ich mich wieder verabschieden wollte, die Spurensicherung und die Fachleute, die die Brandursache ermitteln sollten, bräuchten erst im Laufe des Vormittags anrücken, vorher würden sie sicher den Einsatz nicht beenden können.

Ich fuhr nach Hause, legte mich wieder ins Bett und fragte mich kurz vor dem Einschlafen, wer der Fahrer der Yamaha gewesen ist, der uns auf dem Weg zu Köpckes Tannen überholt hatte.

Ich schlief keine fünf Minuten. Jedenfalls empfand ich das so, als ich aufschreckte. Wie dumm kann man sein, dachte ich. Bei meinem Ausflug mit Susanne Siegel hatten wir, hinter einem Gebüsch stehend, die Nummern der Autos und Motorräder aufgeschrieben, die vor Köpckes Tannen gestanden hatten. Wenn dort eine Yamaha gestanden hatte, überlegte ich, wären wir sicher einen großen Schritt weiter.

Ich konnte nicht mehr einschlafen, obwohl ich es weiter versuchte. Ich drehte mich von einer Seite auf die andere, versuchte es mit Schäfchen zählen und den ganzen anderen Tricks, die einem in einer solchen Situation einfallen. Alles vergebens. Ich stand auf, zog den Vorhang beiseite und freute mich über den farbigen Himmel. Ich sah auf die Uhr. Halb sechs. Normalerweise schlief ich noch eine weitere Stunde, aber ich war zu aufgewühlt. Der Brand in der Nacht zeigte mir, dass es richtig war, Albert Schuback bewachen zu lassen. Ich war gespannt auf seine Aussage. Ich hoffte, von ihm auch Hinweise auf den Tod des eingemauerten Mädchens zu bekommen. Ich musste selbstkritisch einräumen, dass ich diesen Fall nicht mit derselben Intensität verfolgt hatte, wie die anderen. Wir hatten so wenig in der Hand: kein Motiv und keine Verdächtigen.

Ich trank meinen Morgenkaffee und wartete ungeduldig, bis ich endlich in die Polizeiinspektion fahren konnte. Als es schließlich sieben Uhr war, setzte ich mich auf mein Rad und fuhr durch die Stadt. Meistens überquerte ich die kleine Fußgängerbrücke über den Burggraben bei der Insel. Auch heute wartete ich an einer Ampel, um in diese Richtung abzubiegen, als ich die Geräusche eines Motorrads hörte. Ich blickte mich verstohlen um und sah nur, dass es keine Harley-Davidson war, dafür war das

Motorrad zu zierlich gebaut. Ob es aber eine BMW, eine Honda oder eine Yamaha war, konnte ich nicht erkennen. Ich stieg ab und ließ die Kolonne von Autos an mir vorbeifahren, wartete auf das Motorrad. Es war eine Honda. Wenigstens, dachte ich, mache ich mich nicht wieder zum Affen.

Susanne Siegel war schon im Büro. Sie setzte sich gerade an ihren Schreibtisch, als ich in ihr Büro stürmte.

„Moin!", sagte ich kurz angebunden, „haben Sie schon die Kennzeichen überprüft?" Sie wusste sofort, welche ich meinte und nickte nur.

„Und der Zaunbauer?", wollte ich weiterwissen.

Wieder nickte sie. „Die Halter der Fahrzeuge habe ich hier", sagte sie, nachdem sie einen Zettel aus einem Stapel gezogen hatte. Ich wunderte mich nicht mehr, ich fand es schon immer bewundernswert, wie sie den Überblick über die Akten und Schriftstücke, die Merkzettel und Tatortfotos auf ihrem kleinen Schreibtisch behielt. Sie war unverhohlen stolz darauf, jede gewünschte Information innerhalb von wenigen Augenblicken hervorzaubern zu können.

„Köpckes Tannen gehören einem Verein", sagte sie. „Der hat auch die Rechnung bezahlt. Der Verein heißt ‚Odins Brüder e.V.', ist gemeinnützig und nennt als Vereinsziel Jugendbildung. Was immer das heißen mag: Odins Brüder! Und jetzt raten Sie mal, wer die Vorsitzende ist!"

Ich zuckte mit den Schultern: „Keine Ahnung. Spannen Sie mich nicht auf die Folter."

„Eine Dr. Marlene Kreissig!"

„Und ihr Mann ist sicher stellvertretender Jugendwart, oder?", fragte ich bissig.

„Nicht schlecht geraten", erwiderte sie. „Es gibt tatsächlich einen Posten, der sich so nennt. Aber der ist nicht mit ihm besetzt. Er ist Kassenwart. Der Mercedes-Kombi vor dem Tor gehörte übrigens ihm, die Halter der anderen Autos waren alles Vereinsmitglieder. Ich habe hier eine Mitgliederliste." Ich staunte: Mitgliederlisten sind normalerweise nicht öffentlich, Amtsgerichte müssen nicht über die persönlichen Daten von Vereinsmitgliedern informiert werden. Wenn Nachfragen zur Vereinsstärke kommen, wird immer nur nachgefragt, wie viele Mitglieder insgesamt in dem betreffenden Verein sind.

„Wie sind Sie denn an die gekommen?", fragte ich, immer noch erstaunt.

„Geschäftsgeheimnis", sagte sie geheimnisvoll, und ich wusste, dass ich besser nicht weiter bohren sollte. „Die Motorräder verteilen sich folgendermaßen: Die Harleys gehören alle den Mitgliedern in dem Rockerclub, Sie erinnern sich: MC FGB. Dann standen da noch eine alte BMW, die gehört – Achtung Klischee! – tatsächlich einem Zahnarzt. Und eine Yamaha. Und zwar die, die uns auf dem Weg dorthin überholt hatte. Ich hatte mir da schon die Nummer gemerkt. Hatten Sie nicht bemerkt, dass sie eine Bremer Nummer hatte?"

Ich schüttelte den Kopf: „Leider nicht. Aber jetzt kann ich mir denken, wem sie gehört."

Susanne Siegel nickte: „Es ist nicht ganz so einfach, aber fast. Sie tippen auf Stephan Freytag, nicht wahr? Aber sie gehört seiner Frau, Maike. Sie ist übrigens auch eine Szenegröße in Bremerhaven."

„Der Kreis schließt sich", meinte ich und erzählte ihr von meinem Gespräch mit dem jungen Mann, dessen abwegiges Hobby es war, Motorräder an ihrem Klang unterscheiden zu können. „Und die Beobachtung von Nadine Cohrs, eine Yamaha am Tatort gesehen zu haben. Da glaube ich nicht mehr an Zufälle."

Kapitel 23

Ich hasste es, schlechte Nachrichten überbringen zu müssen. Meistens gelang es mir irgendwie, mich davor zu drücken. Dirk Hildebrandt kannte meine Schwäche und übernahm oft diesen schweren Gang. Menschen vom Tod eines oder einer Angehörigen zu informieren, erfordert eine bestimmte Art von sensiblem Gespür, das mir fehlte. Mein Kollege beherrschte das Gleichgewicht zwischen Anteilnahme und Distanz meisterhaft, mir standen bei den wenigen Malen, wo ich das übernehmen musste, weil sonst niemand da war, regelmäßig die Tränen in den Augen und ich hatte dazu noch einen Kloß im Hals. Wie sollte es mich auch kalt lassen, wenn ich jemandem erzählen musste, dass ein geliebter Mensch umgebracht worden war. Zuletzt war es das Gespräch mit den Eltern von Gudrun Schlichting. Sie wussten zwar, dass ihre Tochter gefunden worden war, sie hatten wohl auch die Hoffnung aufgegeben, sie je lebend wieder zu sehen. Trotzdem hatte mich das Gespräch enorm belastet.

Diesmal war die Nachricht, die ich zu überbringen hatte, nicht ganz so dramatisch, allerdings fürchtete ich mich trotzdem vor Albert Schubacks Reaktion. Er hatte einen leichten Schlaganfall erlitten und war noch lange nicht wieder gesund, die Ärzte hatten ihm sogar empfohlen, in ein Heim zu ziehen. Da er nun alles verloren hatte, was ihn an sein altes Leben hätte erinnern können, dazu noch der Tod seines Lebensgefährten, könnte er, so befürchtete ich, einen finalen Zusammenbruch erleiden. Ich beschloss, bevor ich ihn aufsuchte, noch einmal zu seinem abgebrannten Haus zu fahren.

Es qualmte in ein paar Ecken der Ruine, die eigentlich nur noch ein großer Haufen Schutt war. Bei Bränden in Bauernhäusern wurden die Feuerwehrleute regelmäßig am Morgen nach dem Brand von den Bauern gedrängt, den eventuell unbeschädigten Giebel so schnell wie möglich einzureißen. Zu oft argumentierten die Versicherungen, die Giebelwand sei unversehrt und damit von der Entschädigungssumme abzuziehen. Da die Feuerwehr meist aus Kollegen der Brandopfer bestand, ging es dann immer ziemlich schnell. Der am schnellsten aufzutreibende Bagger machte kurzen Prozess und im Brandprotokoll tauchte eine unversehrte Giebelwand so gut wie nie auf. Hier hätte es keiner verständnisvollen Hilfe eines Einsatzleiters bedurft. Es war bis auf die Grundmauern alles in sich zusammengestürzt. Meine vage Hoffnung, etwas irgendwie Verwertbares zu finden, schwand mit jedem Meter, mit dem ich mich dem Grundstück näherte. Es stank erbärmlich, der Ruß des verbrannten Öls aus der Heizung hatte sich wie ein Film über alles gelegt. Resigniert sah ich den letzten Feuerwehrmännern zu, wie sie die letzten Glutnester aufstöberten und ablöschten. Ich setzte mich in meinen Wagen und fuhr ins Krankenhaus.

Ich grüßte den Beamten, der vor dem Zimmer auf seinem Stuhl saß, öffnete die Tür und stutzte. Das Zimmer war leer.

„Wo ist Herr Schuback?", fragte ich den Polizisten verwirrt.

Er zuckte mit den Schultern: „Die Pfleger haben ihn abgeholt. Ich glaube, er macht Reha."

„Sie glauben?", schrie ich ihn an. „Sie haben die Anweisung, den Mann keinen Augenblick unbewacht zu lassen!" Ich konnte mich kaum beherrschen. „Und dann lassen Sie ihn einfach abtransportieren?"

„Ich habe die Anweisung", erwiderte der Beamte selbstbewusst, „hier vor dem Zimmer zu sitzen, und aufzupassen, dass kein Unbefugter hineingeht."

„Ach ja?", brüllte ich, „und wer sagt Ihnen, dass die Pfleger keine Unbefugten waren? Wer?"

„Das waren Pfleger", sagte er kleinlauter. „Die hatten weiße Kittel an." Ich konnte nur den Kopf schütteln über seine Naivität und ließ ihn alleine. „Sie rühren sich nicht vom Fleck!", sagte ich noch und ging in das Schwesternzimmer. Es lag am anderen Ende des Ganges, weit entfernt von der Tür des Zimmers.

„Sind Sie die Verantwortliche?", wollte ich von einer Schwester wissen, ohne dass ich mich mit Höflichkeitsfloskeln aufhalten wollte. Ich zeigte ihr meinen Polizeiausweis. „Wo ist Albert Schuback?"

Verschüchtert blätterte sie in ihren Unterlagen und, als sie die nötigen Eintragungen nicht fand, wurde sie nervös. „Moment bitte", sagte sie und begann hektisch zu telefonieren. Nach mehreren Gesprächen signalisierte sie mir plötzlich durch Gesten, dass sie fündig geworden war.

„Er macht gerade Physiotherapie."

Erleichtert setzte ich mich auf einen Stuhl.

„Was hat der Mann denn verbrochen, dass Sie ihn so bewachen lassen?", fragte sie, aber ich gab ihr darauf keine Antwort. „Danke!", sagte ich, „und entschuldigen Sie bitte meine Hektik vorhin!"

Sie nickte und verließ das Zimmer; eine rote Lampe war an einem Krankenzimmer aufgeleuchtet.

Meine Wut auf den unaufmerksamen Polizisten hatte sich gelegt. Ich erläuterte ihm noch einmal die Wichtigkeit seiner Aufgabe und schärfte ihm ein, den Mann bei jedem Ausflug durch das Krankenhaus zu begleiten, egal ob ihn Pfleger, Schwestern oder Ärzte abholten. Nach dem Brand seines Hauses schien er mir noch gefährdeter.

Ich hatte vergessen, die Schwester zu fragen, wann Schuback wieder in seinem Zimmer zu finden wäre, aber als ich vom Krankenhausgelände gefahren war, beschloss ich, beim nächsten Besuch vorher anzurufen.

Ich brauchte dringend einen starken Kaffee, außerdem hatte ich Hunger. Ich fuhr in die Parkgarage unter dem Platz Am Sande, lief durch das Treppenhaus ins Freie und hatte das Gefühl, dass es in der letzten Viertelstunde noch ein paar Grad heißer geworden war. Hinter dem Rathaus hatte der Ratskeller ein paar Tische ins Freie gestellt, aber ich sehnte mich nach Kühle und ging hinein. In dem Gewölbe war die Temperatur wie erhofft. Ich bestellte eine Kleinigkeit zu essen und trank danach den ersehnten Kaffee. Ich war ziemlich müde und, als ich drohte einzunicken, klingelte mein Smartphone: Hannah.

„Ja", sagte ich, „was gibt's? Geht es Dir gut?"

„Danke der Nachfrage", meinte sie, „hast Du heute Abend Zeit?"

Mir schwante Übles: „Ja, wieso?"

„Florin und ich wollen Dir etwas zeigen."

„Ihr werdet doch nicht...", begann ich, aber sie fiel mir ins Wort: „Dann bis heute Abend. Wir kommen um sechs."

Mir war sofort klar, weshalb sie mich besuchen wollten. Ich war wütend. Ihren detektivischen Spürsinn am Esstisch konnte ich manchmal gut gebrauchen, wenn sie allerdings im realen Leben Detektiv spielte, ging sie eindeutig zu weit. Nichts, aber auch gar nichts ihrer angeblichen Erkenntnisse werde ich verwenden können, sagte ich mir und nahm mir vor, ihr das so eindeutig klarzumachen, dass sie sich nie wieder in meine Arbeit einzumischen traute.

*

„Das beweist erst mal nichts", meinte Dirk Hildebrandt und er hatte natürlich recht. Wir wussten nun, dass ein Motorrad der Marke Yamaha, zugelassen auf Meike Freytag, an einem bestimmten Tag vor dem Tor eines privaten Geländes gestanden hat. Wer der Fahrer oder die Fahrerin gewesen war, konnten wir genauso wenig beantworten wie die Frage, ob dieses Motorrad zweimal an dem Tatort in Twielenfleth gewesen war.

Ich war nach dem vergeblichen Besuch im Krankenhaus zurück ins Büro gefahren und hatte meinen Kollegen zu einem Gespräch gebeten. Ich hatte das Gefühl, dass wir bei der Aufklärung der drei Todesfälle ausdauernd auf der Stelle traten. Ich schlug vor, zum wiederholten Male alle Akten durchzusehen. Ich hoffte darauf, den einen entscheidenden Hinweis zu entdecken, den wir die ganze Zeit übersehen hatten.

Dirk Hildebrandt stimmte mir zu: „Haben wir uns eigentlich schon Mal um die Asservate gekümmert? Eventuell finden wir noch ein paar organische Reste."

Ich verstand nicht gleich: „Organische Reste?"

„Das Labor kann eventuell DNA isolieren. Albert Schuback behauptet, Funck sei einer der drei Täter gewesen, die den Lokführer zu Tode geprügelt hatten. Finden wir seine DNA, dann hat er wohl recht. Finden wir sie nicht, dann bin ich mir gar nicht so sicher, ob Funck wirklich dabei war. Vielleicht will Schuback ja auch nur von einem anderen Täter ablenken und schiebt Funck, der sich ja nicht mehr wehren kann, die Tat in die Schuhe?"

„Das glaube ich nicht", erwiderte ich, „da verkomplizieren Sie den Fall zu sehr. Ich traue Schuback zwar auch nicht besonders, aber hier lügt er nicht."

Hildebrandt suchte im Asservatenverzeichnis nach den drei Todesfällen. Im ältesten Fall, dem Tod von

Gudrun Schlichting, fanden sich tatsächlich noch nicht untersuchte Asservate. Eine zerknüllte Getränkedose, der Stofffetzen der Hose und natürlich die Schuhe. Im Fall des toten Lokführers und Gewerkschaftlers waren die Lederjacke von ihm und ein paar andere Kleinigkeiten aufbewahrt worden. Nach dem Mord an Hans-Herbert Funck waren die entsprechenden Analysen schon gemacht worden. Mit dem bekannten Ergebnis, dass der gleiche Täter, der dort am Tatort gewesen war, auch bei dem Überfall auf Florin Ionesco seine Finger im Spiel gehabt hatte.

Auch als leitender Hauptkommissar kann man nicht einfach in die Asservatenkammer spazieren, sich die gewünschten Stücke herauspicken und damit ins kriminaltechnische Labor gehen, um dort eigenmächtig einen Auftrag zum DNA-Nachweis zu erteilen. Wie in jeder öffentlichen Verwaltung üblich, gibt es auch dort ein standardisiertes Verfahren, wie ein solcher Vorgang abzuwickeln ist. Man nennt es Bürokratie und es besteht aus mehreren Formularen. Zumindest muss man keinen „Antrag" mehr stellen, es genügt einen „Auftrag" zu erteilen. Susanne Siegel kümmerte sich schon immer mit Hingabe um solche Abläufe, sie waren bei ihr in kompetenten Händen. Gott sei Dank, dachte ich immer wieder.

Der Abend mit meiner Tochter und ihrem Freund verlief unerfreulich. Sie standen um sechs Uhr vor meiner Tür und warteten nicht lange mit dem, was sie mir zeigen wollten. Hannah hatte Jakob bei einem Freund untergebracht, er übernachtete dort sogar und schien sehr aufgeregt gewesen zu sein. Aufgeregt war Hannah auch, aber aus einem anderen Grund.

Sie hatte mit Florin und Jakob am Samstag einen Ausflug gemacht. Sie sagte tatsächlich „Ausflug". Auf einer

Wiese in der Nähe hatten sie auffällig unauffällig Picknick gemacht, klassisch auf einer karierten Decke, einem Picknickkorb und viel zu essen. Ihr Freund hatte ebenfalls einen Korb dabeigehabt und in einem unbeobachteten Moment hatte er ihn geöffnet, die Drohne herausgeholt und sie gestartet.

„Das durfte ich", betonte er, „ich habe nichts Illegales gemacht. Man darf sie nur nicht über bewohntem Gebiet fliegen lassen und Aufnahmen aus Gärten oder Innenhöfen machen."

Ich musste ihm genervt recht geben. Das war tatsächlich die Rechtslage. Natürlich ließ er die Drohne weit umherfliegen, es war ein Modell, das noch in einem Kilometer Entfernung steuerbar war. Er hatte sie mit feinster Kameratechnik, wie er es nannte, ausgerüstet und sie schoss unzählige Fotos vom Innenbereich von Köpckes Tannen. Ich zögerte, mir die Bilder auf seinem Laptop anzusehen, tat es dann aber doch. Die Bilder waren erschreckend.

Kapitel 24

Ich war sprachlos und schaute mir mit immer größerer Fassungslosigkeit die Bilder an, die Florin Ionesco in einer Bildershow auf den Bildschirm holte. Ich wusste von Wehrsportgruppen in den fünfziger und sechziger Jahren des letzten Jahrhunderts, die in irgendwelchen abgelegenen Wäldern Schießübungen veranstalteten, hätte aber nie erwartet, so etwas in Kehdingen zu finden. Ich bestaunte eine Schießanlage mit Zielen, deren Silhouette einen Menschen darstellte. Die Pappkameraden waren nicht gesichtslos, wie es bei solchen Exemplaren beim Militär üblich war, diese hier trugen alle Masken. Es sah gespenstisch aus, offensichtlich hatte man keine Mühen gescheut und Masken von bekannten Politikern, wie man sie im Fasching kaufen kann, erstanden und die Ziele damit personalisiert. Vor dem Schießstand gab es einen großen Platz, daneben ein gemauertes Haus. Der Platz erinnerte mich fatal an einen Exerzierplatz, und ich stellte mir vor, wie die selbsternannten Retter des Deutschen Vaterlandes schon mal den Gleichschritt übten.

„Krass, oder?", sagte Hannah.

„Hat Euch jemand beobachtet?", konnte ich nur zurückfragen.

Sie schüttelte den Kopf: „Das Gelände war leer, es stand auch kein Auto am Tor. Innen ist alles voller Überwachungskameras." Sie zeigte auf ein Bild: „Hier, siehst Du?" Man konnte tatsächlich die Kameras erkennen.

„Wie hoch fliegt das Ding?", wandte ich mich an ihren Freund.

„Hoch genug", beschwichtigte er mich. „Für die Kameras dort ist sie nicht von einem Raubvogel zu unterscheiden. Die sehen auch nicht in die Luft, die Leute dort erwarten sicher keine Spionage von oben."

„Spionage ist das richtige Stichwort", ich wurde noch ernster. „Das ist ein Geschäft, bei dem man ganz schnell ganz viel verlieren kann. Manche Spione sogar ihr Leben. Bei diesen Typen bin ich mir ziemlich sicher, dass die so etwas", ich zeigte auf den Laptop, „nicht mit Stubenarrest ahnden."

Hannah wurde wütend: „Alle reden immer von Zivilcourage und davon, dass man diesen Leuten etwas entgegensetzen muss. Und wenn man dann wirklich etwas tut und Beweise liefert, wird man als naiv abgestempelt!"

„Das sind leider keine Beweise", musste ich meine Tochter korrigieren. „Es ist nicht verboten, auf einen amerikanischen Präsidenten zu schießen, der aus Pappe ist. Allerdings, da muss ich Euch Recht geben, ist es sicher verboten, in einem Wald Schießübungen abzuhalten, auch wenn es Privatgelände ist. Ich werde mich morgen drum kümmern. Mein Problem ist: Wie bekomme ich einen Durchsuchungsbeschluss? Woher weiß ich denn, dass auf dem Gelände Schießübungen stattfinden? Ich kann ja kaum angeben, dass meine Tochter und ihr Freund Detektiv gespielt haben."

Als sie gingen, nahm ich Ihnen das Versprechen ab, kein zweites Mal eine Drohne steigen zu lassen. Sie nickten, aber eigentlich wusste ich, dass sie sich nicht an ihre Zusage halten würden. Meine Tochter war dickköpfig und ließ sich schon früher wenig sagen. Wenn sie etwas für richtig hielt, konnte man sie mit elterlichen Bedenken so gut wie gar nicht von einem Vorsatz abbringen. Mein Dilemma war, dass ich insgeheim stolz auf die beiden war, und hoffte, dass sie sich nicht unnötig in Gefahr begeben würden.

In letzter Zeit hatte ich mir angewöhnt, immer wenn mein Kopf leer war, und ich weder Lust hatte etwas zu lesen, fernzusehen oder Musik zu hören, ein Kreuzworträtsel zu lösen. Als ich die Marotte Hannah gegenüber erwähnte, brach sie in lautes Lachen aus: „Kreuzworträtsel?", wiederholte sie ungläubig, „das machen doch nur alte Frauen auf einer Kreuzfahrt!" Ich sprach das Thema nicht mehr an, musste aber jedes Mal an ihre flapsige Bemerkung denken, wenn ich die Zeitung zur Hand nahm, um das tägliche Rätsel in Angriff zu nehmen. Es war ein Gefühl zwischen schlechtem Gewissen, weil ich irgendwie die Zeit vergeudete, und Trotz gegenüber Hannahs jugendlicher Würdigung. Heute dauerte es nicht lange und ich musste ihrer Fundamentalkritik an diesem harmlosen Spaß (?) zustimmen. Es war wirklich geistlos. Das erste Mal überkamen mich Zweifel bei der Frage nach „weiblicher Unterwäsche" mit zwei Buchstaben. „Weibliche Unterwäsche?", dachte ich. Die Lösung war männlichen Geschlechts. Es heißt schließlich „der" BH. Bei der nächsten Frage legte ich die Zeitung beiseite. „Laut der Hupe"? Drei Buchstaben. Mir reichte es.

Ich beschloss, bald ins Bett zu gehen und ein wenig zu lesen. Ich suchte mir einen Band mit leicht verdaulichen Kurzgeschichten heraus, warf Annemarie paar Zikaden in sein Terrarium, kochte mir vorher ein paar Nudeln und setzte mich an meinen Esstisch. Ein wenig Pesto, Käse und ein Glas Soave stellte ich daneben und begann zu essen. Dann fasste ich einen ungewöhnlichen Entschluss: Ich stellte mein Smartphone aus.

Am nächsten Morgen wachte ich schweißgebadet auf. Aber nicht wegen irgendwelcher Alpträume, sondern weil es in meiner Dachwohnung mittlerweile auch nachts so drückend heiß war, dass ich kaum schlafen konnte. Bisher hatte ich einfach zwei Fenster offengelassen, der nächtliche leichte Wind hatte die Temperatur im Schlafzimmer erträglich niedrig gehalten. Seit dem Steinwurf war ich vorsichtig geworden, ich öffnete das Fenster zur Straße nur in der Kippstellung, das zum Hof hin aber ganz. Aber der Zug, der dadurch entstand, war so gering, dass man kaum schlafen konnte. Scheiß Nazis, dachte ich, selbst um einen erholsamen Schlaf bringen sie dich. Ich ging unter die Dusche und frühstückte ausgiebig.

Die Lösung lautete übrigens „TUT". Ich machte mir den Spaß, schrieb die drei Buchstaben in das Rätsel und fuhr danach ins Krankenhaus. Albert Schuback hatte nun genug Zeit gehabt, fand ich, sich zu überlegen, ob er den dritten Täter benennen wollte. Außerdem musste ich ihm noch die Nachricht überbringen, dass er den Ratschlag der Ärzte, in ein Heim zu ziehen, nun umsetzen musste. Schließlich war sein Haus abgebrannt. Ich überlegte auf der Fahrt mehrere Formulierungen, die flapsige erste schloss ich aus. Ich beschloss, mit einer positiven Nachricht zu beginnen. Ich hatte schließlich bestätigt bekommen, dass sich die Nachbarin um den Hund kümmerte und dass er wohl in guten Händen war. Zu mindestens er musste nicht ins Heim.

Vor dem Zimmer von Albert Schuback stand kein Stuhl mehr, saß kein Beamter. Ich konnte es kaum glauben. Erst am Tag zuvor hatte ich eindringlich und unverständlich darauf hingewiesen, dass der Mann rund um die Uhr bewacht werden musste. Ich klopfte an der Tür, öffnete sie und fand das Zimmer leer. Natürlich!, dachte ich. Albert Schuback ist wieder in der Physiotherapie oder sonst wo im Krankenhaus, und der Beamte hat ihn begleitet. Den Stuhl hat er wohl auch gleich mitgenommen. Schließlich galt der alte Witz immer noch, dass Beamte nicht gerne stehen.

Ich ging zum Schwesternzimmer. Eine mir fremde Schwester hatte Dienst und saß an ihrem Schreibtisch.

„Guten Morgen!", sagte ich, „ich bin Paul Schlegel, Hauptkommissar. Können Sie mir sagen, wann Herr Schuback wieder in seinem Zimmer sein wird?"

Die Schwester sah mich erschrocken an und sagte dann teilnahmsvoll: „Herr Schuback ist heute Nacht überraschend verstorben."

Ich war so entsetzt, dass ich kein Wort herausbekam. Ich nahm mir einen Stuhl und setzte mich.

„Sind Sie ein Verwandter?", fragte sie mich und wollte mir wohl ihr Beileid ausdrücken.

„Wissen Sie Näheres?", fragte ich, ohne auf sie einzugehen. „Wann ist er gestorben, und vor allen Dingen, wie?"

„Ich hatte keinen Nachtdienst", entschuldigte sie sich, „aber ich weiß, dass es gegen halb vier gewesen sein muss. Die Kollegin wechselt um diese Zeit immer die Infusion, also, ich meine, sie sieht nach, ob sie einen neuen Beutel hinhängen muss. Als sie um viertel nach drei in sein Zimmer gekommen war, röchelte er wohl noch. Sie konnte ihn nicht verstehen, aber es kam ihr so vor, als ob er etwas sagen wollte. Kurz danach war er tot. Sie hatte den Arzt gerufen, aber der kam zu spät."

„Wissen Sie, was die Todesursache war?"

„Ich nehme an, Herzversagen", erwiderte sie. „Er hat wahrscheinlich einen Herzinfarkt erlitten, durch den Schlaganfall war er ziemlich geschwächt."

„Kann ich den Arzt sprechen?", fragte ich, und sie nickte. Sie nahm den Telefonhörer ab und legte ihn plötzlich wieder auf. „Wissen Sie, was komisch war? Der Polizist, der vor der Tür saß, hatte sich gewundert, dass in der Nacht schon der zweite Arzt nach Herrn Schuback geschaut hat. Allerdings wissen wir von keinem Arzt, der dort gewesen sein soll."

Ich riss die Augen auf: „Bitte erzählen Sie das noch einmal. Bitte ganz genau!"

Sie sah mich erstaunt an: „Ich kann nur das erzählen, was meine Kollegin mir erzählt hat. Am besten, Sie fragen sie selbst."

Ich schüttelte den Kopf: „Ich will es jetzt von Ihnen wissen. Ihre Kollegin befrage ich später."

Sie erzählte: „Herr Schuback ist gegen halb vier gestorben, kurz bevor der diensthabende Arzt in sein Zimmer gekommen war. Der Polizist soll gesagt haben, dass er sich wundere, vor einer halben Stunde sei doch schon mal ein Arzt in dem Zimmer gewesen. Er habe ihm, dem Polizisten, beim Weggehen zugenickt und gesagt, es sei alles in Ordnung. Aber kein Arzt, der etwas mit dieser Station zu tun haben könnte, war in seinem Zimmer gewesen. Dr. Brühl hat extra alle gefragt."

„Dr. Brühl?"

„Der diensthabende Arzt."

„Bitte rufen Sie ihn an", sagte ich aufgewühlt, „er muss sofort herkommen. Er soll sich bitte beeilen." Das alles konnte nur eines bedeuten: Der wachhabende Beamte war getäuscht worden. Albert Schuback war ermordet worden. Und der Mörder hat sich als Arzt ausgegeben.

Kapitel 25

Dr. Brühl wiederholte mit fast den gleichen Worten, was die Krankenschwester mir erzählt hatte. Hätte der Beamte nicht die Bemerkung fallen lassen, wäre es ein perfekter Mord geworden. Ein Arzt, der nachts durch ein Krankenhaus läuft, fällt nur dann auf, wenn er zufällig auf einen Kollegen trifft. Nachts um drei ist diese Gefahr nicht allzu groß.

„Wo ist der Leichnam jetzt?", fragte ich den Arzt.

„Im Keller, in einer Kühlzelle. Wollen Sie ihn sehen?"

Ich nickte: „Gleich. Aber vorher will ich das Zimmer sehen."

Das Zimmer war kahl, die Wäsche, Rasierzeug und Zahnbürste von Albert Schuback waren noch nicht weggeräumt worden. Ich ging zum Nachtkästchen, dass neben dem Bett stand und zog die Schublade auf. Unversehrt lagen Kugelschreiber und Notizblock, die ich ihm vor ein paar Tagen gegeben hatte. Resigniert schob ich die Lade wieder zu.

„Das Zimmer ist komplett beschlagnahmt", bestimmte ich. „Hier darf nichts mehr angerührt werden. Kann man das abschließen und sicherstellen, dass niemand mehr hineinkommt?"

Die Krankenschwester nickte: „Ich sorge dafür."

Ich ließ mir von ihr noch den Namen, Adresse und die Telefonnummer der Nachtschwester geben und folgte Dr. Brühl in den Aufzug. Im Keller des Krankenhauses gab es einen großen Raum, in dem die Körper der Toten bis zur Obduktion oder zur Beisetzung gekühlt werden. Er wechselte ein paar Worte mit einem Mitarbeiter, der öffnete dann eine große Klappe und zog auf einem Rolltisch den toten Albert Schuback heraus. Tote sieht man als Ermittler oft, leider. Ist jemand so zugerichtet wie der erschlagene Friseur, beeindruckt einen das manchmal weniger, als wenn der Tote so liegt, als ob er schliefe.

„Herr Schuback muss obduziert werden", meinte ich, als wir uns umdrehten und gingen.

Dr. Brühl nickte: „Das habe ich mir auch schon gedacht. Normalerweise machen wir so etwas nicht, die Todesursache schien ja klar, und er hat keine Verwandten. Aber nun scheint es ja ein Kriminalfall geworden zu sein." Er ging zu einem Schreibtisch und studierte einen Dienstplan. „Ich denke", sagte er dann, „morgen früh. Ich glaube, Dr. Kreienbohm kann es kaum dazwischenschieben."

Ich schüttelte den Kopf: „Ziehen Sie das bitte vor! Es kommt hier wirklich auf jede Stunde an!"

Wir stiegen in den Aufzug. Als er im Erdgeschoss hielt und ich schon fast ausgestiegen war, fiel mir die Aussage der Schwester wieder ein: „Die Schwester hatte erwähnt, dass die Nachtschwester nach der Infusion sehen wollte. Ist das richtig?" Dr. Brühl nickte. „War der Beutel leer? Und: Ist der noch vorhanden? Im Zimmer habe ich keinen mehr gesehen?"

„Ich kümmere mich darum", sagte der Arzt. „Die Beutel sind bei uns nummeriert. Das kann man genau zurückverfolgen."

Ich holte mir einen Espresso in der Cafeteria und setzte mich kurz an einen Tisch. Schuback ist tot, dachte ich, und das Geheimnis, wer der dritte Mann war, hat er mit ins Grab genommen. Oder ins Kühlhaus, dachte ich sarkastisch.

Ich alarmierte Dirk Hildebrandt, der sich um die kriminaltechnischen Dinge kümmern sollte. Ich holte meinen zweiten Espresso und zog zum gefühlt hundertsten Mal ein Resümee. Mir schien, dass wir so nahe an der Lösung gewesen waren wie nie zuvor. Dann fiel mir etwas noch deutlicher auf als zuvor: Die bisherigen Opfer, abgesehen von Florin Ionesco, stammten beide aus dem Kreis, der mit dem Mord an Friedel Hannemann, dem totgeprügelten Gewerkschafter, zu tun hatte. Funck war Täter gewesen, Schuback Mitwisser. Und Stephan Freytag fuhr auf seinem Motorrad ungerührt durch die Stadt. Die dritte Tote, das arme Mädchen, das jemand eingemauert hat verhungern lassen, kannte die Täter wahrscheinlich.

Ich nahm mein Smartphone und rief Susanne Siegel an: „Wissen Sie schon, wann die Analysen fertig sind?"

Sie verstand sofort: „Die DNA-Analysen? Ich frage gleich mal nach."

Ich wartete, bis die Kollegen von der Spurensicherung die Eingangshalle betreten hatten, begleitete sie noch bis zum Tatort und setzte mich dann in meinen Wagen. Wir hatten nur noch zwei Möglichkeiten, die vielleicht sogar zu Spuren werden konnten. Wenn die Untersuchung auf DNA-Spuren erfolgreich sein würde, wäre es die eine. Die andere war natürlich das Ergebnis der Obduktion. Albert Schuback war nicht erwürgt oder mit einem Kissen erstickt und schon gar nicht erschlagen worden. Sein Tod war das Werk eines Profis, das Werk von jemandem, der fundamentales Wissen von medizinischen Zusammenhängen haben musste.

Im Büro nahm ich mir die Personalakte von Stephan Freytag vor. Ich hatte vergessen, welchen Beruf er erlernt hatte, bevor er zum Totschläger geworden war. Ich konnte kaum glauben, als ich las, dass er eine Ausbildung zum Krankenpfleger fast abgeschlossen hatte, als er verurteilt worden war.

Ich rief Dirk Hildebrandt an, der nicht im Haus war. „Wissen Sie", fragte ich ihn, „wo sich Stephan Freytag gerade aufhält?"

„Nein", sagte er und natürlich hatte ich diese Antwort erwartet. „Es liegt nichts gegen ihn vor, wir hatten keinen Anlass, uns irgendwie mit ihm zu beschäftigen."

Bevor ich etwas unternehmen konnte, ihn zum Beispiel zur Fahndung auszuschreiben und zu versuchen, ihn festnehmen zu lassen, musste ich den Obduktionsbericht abwarten. Immerhin könnte es noch möglich sein, dass Schuback tatsächlich eines natürlichen Todes gestorben und der nächtliche Besuch des Arztes ein Hirngespinst gewesen war. Kaum vorstellbar, dachte ich, aber ich wollte jetzt keinen Fehler mehr machen.

Es klopfte. Der übliche Susanne-Siegel-Rhythmus und ich rief sofort: „Ja!". Erstaunt trat sie ein und legte mir die Berichte des Labors vor.

Das Resultat war viel ergiebiger, als ich gedacht hatte.

An der Lederjacke des Gewerkschaftlers fanden sich vier verschiedene DNAs. Zum einen die von Hans-Herbert Funck. Damit war bewiesen, was Schuback behauptet hatte: Funck war einer der Täter neben Freytag. Dazu eine DNA, die wir auch zuordnen konnten. Das Labor hat die Ergebnisse über eine bundesweite Datenbank laufen lassen und hatte einen Treffer gelandet. Stephan Freytag war wohl irgendwo einmal auffällig und seine Daten waren gespeichert worden. Die beiden anderen DNAs konnten nicht zugeordnet werden. Da immer von drei Tätern ausgegangen worden war, war es wahrscheinlich, dass ein Datensatz aus dem Blut des Opfers herausgefiltert worden war, der letzte jedoch den dritten Täter betraf. Das Opfer hatte sich wohl so heftig gewehrt, dass alle drei Täter geblutet hatten.

Es gab keine Übereinstimmung mit den Ergebnissen bei dem Mord an Funck und dem Überfall auf Florin Ionesco.

Als ich die Ergebnisse des zweiten Berichts las, glaubte ich meinen Augen nicht zu trauen. Die Labortechniker hatten eine Meisterleistung abgeliefert. Es war ihnen gelungen, zwei männliche DNAs zu isolieren. Und die eine passte zu Hans-Herbert Funck.

In der zerknüllten Getränkedose hatte das Labor, als sie sie vorsichtig auseinanderbog, einen Zigarettenstummel entdeckt. Und diese Zigarette hatte Hans-Herbert Funck, der „liebe Mensch", wie ihn Schuback charakterisierte, geraucht, als das Mädchen eingemauert worden war. Und die Getränkedose hatte ein anderer Mann ausgetrunken. Die Spuren waren eindeutig.

Und es war die gleiche DNA wie auf der Lederjacke des Mannes, der ein paar Tage vor dem Verschwinden des Mädchens umgebracht worden war.

Ich holte tief Luft. Meine Vermutung, dass alles irgendwie zusammenhing, war richtig gewesen. Hannemann war von Funck, Freytag und einem Unbekannten erschlagen worden. Gudrun Schlichting war von Funck und dem Unbekannten ermordet worden. Nur ein paar Tage später. Warum?

Kapitel 26

Ich konnte es kaum erwarten, bis ich endlich das Obduktionsergebnis vorliegen hatte. Die Rechtsmedizin hatte es tatsächlich nicht geschafft, die Obduktion am Tag des Mordes durchzuführen. So musste ich bis zum nächsten Tag warten. Morgens rief ich mehrmals in der Rechtsmedizin an, aber die Sekretärin wimmelte mich jedes Mal ab. Und jedes Mal genervter. Dr. Kreienbohm wolle bei der Arbeit nicht gestört werden, Dr. Kreienbohm diktiere gerade einen Bericht (aber nicht den erhofften) und jetzt, beim dritten Anruf, sei er beim Essen. Ich möge doch bitte so freundlich sein, ihn in Ruhe arbeiten zu lassen. Der Bericht käme per Mail, sobald er fertig sei.

Schließlich gab ich auf und suchte die Telefonnummer des Beamten heraus, der nachts vor dem Zimmer Wache gehalten hatte. Mittlerweile war es halb drei, und ich dachte, er werde wohl genug geschlafen haben. Ich rief ihn an. Er berichtete von dem Besuch des angeblichen Arztes und von seiner Verwunderung, dass nur wenig später der nächste Arzt aufgetaucht war. Er hatte natürlich ein schlechtes Gewissen und ich tat nichts, um ihn zu beruhigen.

„Wie sah der Arzt aus?", fragte ich ihn. „Groß, klein, dick, dünn. Hatte er einen Kinnbart?"

„Wollen Sie auch noch die Schuhgröße wissen?", fragte er entnervt zurück. „Es ist nachts auf einem Krankenhausflur schummrig, da erkennt man nicht viel."

„Was hatte er denn an?"

„Was ein Doktor so anhat. Weiße Hose, Kittel und ein Stethoskop um den Hals."

„Hatte er ein Schild am Kittel?"

„Das weiß ich nicht. Ich habe darauf nicht geachtet, ich

hatte keine Veranlassung, daran zu zweifeln, dass er ein Arzt war."

Es war sehr unergiebig. Die Nachtschwester, die ich anschließend anrief, konnte mir auch nicht mehr sagen. Sie entschuldigte sich wortreich. Sie treffe keine Schuld, versicherte ich ihr eindringlich, konnte ihr schlechtes Gewissen aber nicht beruhigen. Trotzdem blieb sie dabei, dass ihr oder besser der Klinik ein Patient anvertraut worden sei. Ein Mord quasi unter ihren Augen sei bisher für sie so unvorstellbar gewesen, dass sie sich sogar überlegen würde, den Job zu kündigen.

„Frau Schneider!", widersprach ich. „Sie trifft wirklich keine Schuld. Ich denke, Sie werden da noch gebraucht." Mir imponierte ihre Berufsauffassung ungemein. Sie sicherte mir zu, es sich noch einmal überlegen zu wollen und legte geknickt auf.

Früher hatte es geklingelt, wenn eine Mail eintraf. Es war jedes Mal ein Ereignis, wenn das Programm verkündete: „Sie haben Post!". Ich musste lachen, bei der Zahl der Mails, die ich täglich bekam und lesen musste, würde der Rechner den ganzen Tag klingeln. Kann man etwas herbeiwarten?, fragte ich mich und öffnete alle fünf Minuten das Mailprogramm. Ich hatte eigentlich noch etwas Bürokratie zu erledigen, Fahrtkostenabrechnungen und den Antrag auf Genehmigung einer Fortbildung. Wenn ich nicht so nervös gewesen wäre, hätte ich die Wartezeit gut für solchen Schreibkram nutzen können. Es gelang mir nicht. Wenn ich ein Formular auf dem Rechner aufrief, konnte ich mich nicht darauf konzentrieren, klickte es wieder weg, holte es wieder hervor und versuchte abermals, es auszufüllen.

Ich rief Dirk Hildebrandt an und besprach mit ihm die Ergebnisse der Asservatenuntersuchung. Er stimmte mir zu, dass wir herausbekommen mussten, wer der Dritte gewesen war. Als wir das Gespräch beendet hatten – er war nicht im Büro, weil er die Ermittlung zu einer Einbruchserie übernommen hatte und oft unterwegs war –, öffnete ich wieder das Mailprogramm. Nichts, keine Mitteilung. Ungeduldig war ich schon, nun wurde ich langsam ärgerlich.

Ich wollte nicht schon wieder in der Rechtsmedizin nerven und suchte mir die Nummer des Leiters der Spurensicherung heraus. Ich kannte Benjamin zum Felde schon lange als akribischen Spurensucher, ich mochte ihn aber auch als Mensch. Ich hielt mich nicht lange mit großer Vorrede auf und fragte, ob sie irgendetwas Interessantes im Zimmer von Albert Schuback gefunden hätten?

„Das war ziemlich unergiebig", meinte er. „Keine Fingerabdrücke oder ähnliches. Ein paar Haare. Aber die findet man eigentlich überall, es waren ja einige Personen nach dem Mord im Zimmer."

„Haben Sie den Infusionsbeutel mitgenommen?", fragte ich nach.

„Ja, die Krankenschwester hat uns einen übergeben. Sie meinte, er sei nummeriert und habe in seinem Zimmer am Gestell gehangen. Wir haben den Beutel und die Haare ins Labor gegeben."

Ich bedankte mich und beendete das Gespräch. Der Beutel wäre, falls später Indizien eine tragende Rolle in einem Gerichtsverfahren spielen sollten, sicher nicht als absolutes Beweismittel tauglich, überlegte ich. Jeder Verteidiger könnte natürlich argumentieren, dass der Beutel schon eine Zeit im Mülleimer gelegen hatte und somit mit allem, was eine Klinik zu bieten hat, in Berührung gekommen sein konnte. Das war sicher so, trotzdem dachte ich, könnte sich vielleicht bei der kriminaltechnischen Untersuchung ein Hinweis ergeben, der uns weiterhelfen könnte.

Dann klingelte mein Smartphone.

„Schlegel", meldete ich mich und als ich „Hier Kreienbohm" hörte, schnellte ich geradezu in meinem Stuhl hoch. „Ja?", rief ich fast ins Telefon.

„Der Tote", sagte Dr. Kreienbohm, der schon, bevor ich in Stade begonnen hatte, hier als Rechtsmediziner gearbeitet hatte, „ist vergiftet worden. Er hat keine äußeren Verwundungen, der Mörder musste keine äußere Gewalt anwenden. Ich hatte sofort vermutet, dass er vergiftet worden ist, so wie er aussah."

„Aber", wandte ich ein, „er hat doch in der Nacht sicher nichts mehr gegessen."

„Der Magen war leer, das Abendbrot hat er wohl ausfallen lassen. Aber man muss nicht zwingend etwas oral zu sich nehmen, um sich zu vergiften, oder, um vergiftet zu werden."

„Jetzt spannen Sie mich nicht auf die Folter. Was glauben Sie, ist passiert?"

„Wir haben Embutramid isoliert. Außerdem Tetracainhydrochlorid. Embutramid ist ein Abkömmling der y-Hydroxybuttersäure. Damit kann man jemanden in einen langen und tiefen Schlaf versetzen. Es ist sehr schwer genau zu dosieren, deshalb ist das Mittel in der Anästhesie unbrauchbar. Damit es schnell tödlich wirkt, muss man es mit einem Muskelrelaxans versetzen, eben dem Tetracain. Beides zusammen führt ziemlich schnell und sicher zu Herz- und Atemstillstand."

„Ah ja", konnte ich nur sagen. Zu viele Fachbegriffe, zu schnell erklärt. „Und was bedeutet das jetzt?" Ich hatte von den Wirkstoffen noch nie etwas gehört.

„Die Mittel wurden intravenös gegeben. Mit einer

ziemlich hohen Dosis. Ein Verschlucken der Mittel würde nicht annähernd so schnell wirken, wenn überhaupt."

„Ah ja", sagte ich wieder. „Haben Sie eine Einstichstelle gefunden?"

Der Rechtsmediziner lachte: „Nicht nur eine. Wenn man im Krankenhaus liegt, bekommt man doch dauernd eine Spritze. Ich kann nicht nachweisen, in welcher Stelle das Gift injiziert wurde."

„Wo gibt es das Mittel?", fragte ich weiter. „In der Krankenhausapotheke? Bei einem so gefährlichen Zeug muss doch bestimmt jemand Buch führen über die Ausgabe."

„Das Mittel wird nur in der Tiermedizin verwandt", sagte Dr. Kreienbohm, und ich hörte, dass er von meinen laienhaften Fragen genervt war. „Damit schläfert man Hunde, Kühe oder Pferde ein."

Ich stutzte und fragte aufgeregt nach: „In der Tiermedizin, sagten Sie? Habe ich da richtig gehört? Humanmediziner haben normalerweise keinen Zugang zu dem Medikament?"

„Richtig", sagte der Rechtsmediziner. „Das Mittel gibt es fertig gemischt. Den Markennamen habe ich jetzt nicht parat, kann ich aber raussuchen. Und: Man kann es nicht in der Apotheke kaufen, da gibt es so etwas nicht."

„Danke!", sagte ich. „Sie haben mir sehr geholfen."

Ich saß wie betäubt an meinem Schreibtisch. Ich musste nur kurz überlegen: Albert Schuback wurde mit einem Mittel vergiftet, dass es nur in der Tiermedizin gab. Eine intravenöse Gabe war Voraussetzung, dass das Mittel wirkte. Jemand muss Zugang zu dem Medikament haben und genau wissen, wie man es anwendet. Wer weiß so etwas? Ein Tierarzt oder eine Tierärztin. Und ein Arzt.

Somit war mir klar, wer Albert Schuback umgebracht hatte: Dr. Kreissig.

Ich konnte mich kaum beruhigen, rief Kommissar Hildebrandt an und bat ihn, alles liegen und stehen zu lassen und zurück in die Polizeiinspektion zu kommen. Ich war so aufgeregt, dass ich nicht bemerkt hatte, dass er schon längst in seinem Büro saß und amüsiert in meines stürmte: „Schneller geht's nicht!", lachte er, „was gibt's?"

„Wir haben ihn!", sagte ich triumphierend.

Dirk Hildebrandt sah mich fragend an: „Den dritten Mann?"

„Na ja", schränkte ich ein, „ganz so weit sind wir noch nicht. Der letzte Mord ist so gut wie geklärt. Der feine Dr. Kreissig war es."

„Und das Motiv?", fragte Hildebrandt zögernd nach, nachdem er sich meine Bemühungen angehört hatte, Dr. Kreienbohms Ausführungen fehlerfrei wieder zu geben.

„Das bekommen wir schon noch raus", meinte ich selbstbewusst. „Wir müssen zuerst einen wasserdichten Haftbefehl bekommen."

Hildebrandt nickte: „Ich bin auch überzeugt, dass er es war. Aber ob der Haftrichter das genauso sieht, wage ich zu bezweifeln. Sie vermuten, dass er das Medikament aus dem Bestand seiner Frau genommen hat, damit in die Klinik spaziert ist und es dem Opfer injiziert hat. Gibt es eine Kamera im Eingangsbereich der Klinik?"

„Gute Idee", musste ich zugeben und ärgerte mich ein wenig, nicht selbst darauf gekommen zu sein. „Kümmern Sie sich bitte darum", bat ich ihn. Er sah auf die Uhr: „Es ist halb fünf, hoffentlich ist noch jemand da." Er ging in sein Büro und kam nur fünf Minuten später wieder: „Kriegen wir!", sagte er zufrieden. „Die Halle wird videoüberwacht, die Daten werden erst nach ein paar Tagen überspielt. Ich fahre gleich hin!"

Ich fuhr nach Hause und das erste Mal seit mehreren Wochen hatte ich ein gutes Gefühl. Wir mussten ab jetzt nicht mehr reagieren, war ich mir sicher. Jetzt konnten wir agieren. Wenn die Kameraüberwachung der Klinik zeigen würde, dass Hans-Peter Kreissig abends das Krankenhaus betreten hatte, würden wir einen Haftbefehl bekommen, dessen war ich mir sicher.

Ich war kaum in der Wohnung angekommen, als Hildebrandt anrief. Der ist aber schnell, dachte ich, aber er sagte nur: „Die nächste Tote. Sie müssen kommen."

Kapitel 27

Im Einsatzwagen erzählte er, ein älteres Ehepaar habe gemeldet, dass in einem Graben in Kehdingen eine Tote liege. Mehr wisse er auch nicht. Die Beiden seien angewiesen worden, dort auf die Polizei zu warten. Der Fundort war ein Graben an der Grünen Straße, der alten Verbindung zwischen der Kehdinger und der Ostemarsch, die durch die Moorgebiete führte. Als wir eintrafen, blinkte uns schon von weitem das Blaulicht des örtlichen Einsatzfahrzeuges entgegen. Die Kollegen vor Ort waren gebeten worden, den Fundort zu sichern. Neben dem Polizeiwagen stand der des Notarztes.

„Moin", begrüßten wir die Kollegen, „wo ist die Tote?"

„Die ist nicht tot", sagte der Notarzt, dessen Kopf aus dem Graben auftauchte. „Schwer verletzt. Ich versuche sie zu stabilisieren, dann müssen wir sie vorsichtig herausheben." Er kletterte aus dem Graben, griff nach seiner Tasche und bat uns noch, einen Krankenwagen zu rufen.

Hildebrandt erledigte das, während ich mich an das ältere Ehepaar wandte: „Haben die Kollegen schon ihre Personalien aufgenommen?"

„Das Mädchen ist nicht tot?", fragten sie erleichtert und nickten.

„Ich weiß auch nicht mehr als Sie", meinte ich. „Erzählen Sie doch bitte, wie Sie sie gefunden haben?"

„Wir machen gerne", sagte die Frau, „mit unseren Rädern, wissen Sie, wir haben seit einiger Zeit jeder ein E-Bike, da kann man auch längere Strecken..."

„Bitte kommen Sie zur Sache", unterbrach ich sie ungeduldig.

„Wir kamen hier vorbei", fuhr sie fort „da klingelte ein Handy. Ich dachte zuerst, es sei das von Herrmann, ich

249

habe meins nämlich selten dabei, wissen Sie, eines reicht ja, wenn man gemeinsam wegfährt. Sonst ist der Akku immer so schnell leer..."

„Bitte!", sagte ich mit Nachdruck.

„Und da habe ich angehalten und gesagt: Herrmann, Dein Handy! Aber es war nicht das Handy von Herrmann, es hatte auch eine andere Melodie, wissen Sie, seines hat so einen normalen Klingelton. Der Ton kam aus dem Graben. Da hat sich Herrmann hinuntergebeugt und die Tote gesehen. Schrecklich, das arme Mädchen... aber sie ist ja doch nicht..."

Ich konnte kaum ihren Redeschwall bremsen. „Danke", unterbrach ich sie, „Frau...?"

„Bargstedt. Lina Bargstedt."

„Nochmal vielen Dank, wir werden Sie sicher noch einmal benötigen. Wir melden uns dann."

„Können wir jetzt weiterfahren? Wissen Sie, wir wollten noch nach Osten..."

„Fahren Sie bitte weiter", sagte ich heilfroh, als sich die beiden auf ihre Räder schwangen. Der Mann hatte während der ganzen Zeit kein einziges Wort gesagt.

In der Ferne hörte ich den Krankenwagen und war erleichtert, dass Fachleute sich um die Bergung der jungen Frau kümmern konnten. Als sie schließlich festgezurrt auf der Trage lag, erschrak ich. Unter all dem Blut in ihrem Gesicht konnte ich sie erkennen.

Es war Michi, die Rockerbraut.

Ich bestellte die Spurensicherung. Die Kollegen und Kolleginnen sollten erkunden, ob der Fundort auch der Tatort war und auch das Handy finden, das durch sein Klingeln die beiden Radfahrer auf das Mädchen aufmerksam gemacht hatte.

In der Nacht träumte ich, mein Auto würde brennen.

Tatsächlich brannte eine Wohnung in der Nähe, und ich hörte im Schlaf die Sirenen. Die Angst, die der Drohanruf, der Steinwurf und der „Spielmannszug", wie es der Einsatzleiter so verniedlichte, hatte bei mir die ganze Zeit gewirkt. Nicht immer an der Oberfläche, manchmal hatte ich sie selbst kaum bemerkt, aber es kam immer wieder vor, dass ich mich erschrocken umdrehte, wenn ein Motor aufjaulte oder ich abends durch die kleinen Gassen nach Hause ging. So verarbeitete ich die Feuerwehrsirene zu einem Alarm für mich. Als ich erschrocken aufwachte, wusste ich zuerst nicht, wo ich war. Es dauerte eine ganze Weile, bis ich mich wieder sortiert hatte. Die Sirene der Feuerwehr war verstummt, und ich beschloss, dass es wirklich nur ein Traum gewesen sein musste und schlief weiter.

Aufgewacht bin ich dann verärgert und unausgeschlafen. Ich ärgerte mich nicht über mich, sondern darüber, dass es geglückt war, mich zu erschrecken und unter Druck zu setzen. Missmutig trank ich meinen Kaffee und musste dazu noch altes Brot essen. Der Tag beginnt schlecht, stellte ich fest, und war kurz davor, mich im Büro abzumelden und einen Tag krank zu feiern. Was ich natürlich nicht tat, in der Phase der Ermittlungen, in der wir uns gerade befanden, wollte ich dem oder den Tätern keinen Tag Vorsprung geben. Ich beschloss, meine schlechte Laune auf das Wochenende zu legen.

Als ich die Treppe hinunter gegangen war, fiel mir auf, dass mein Briefkasten überquoll. Ich hatte zwar ein Schild „Bitte keine Werbung!" angebracht, das hinderte aber die Jugendlichen, die die ganzen unnötigen Prospekte verteilten, um sich ein bisschen Taschengeld dazu zu verdienen, nicht daran, ihn besonders voll zu stopfen. Seufzend öffnete ich die kleine Tür und mir fielen drei Briefe auf den Boden. Ich erinnerte mich, dass es schon ein paar Tage her war, dass ich nach dem Inhalt des Briefkastens geschaut hatte. Ein Schreiben sah sehr offiziell aus. Er kam von der Autoversicherung. Ich legte ihn zurück. Ein zweiter Brief war Werbung von einem Möbelhaus und der dritte war ein DIN A5-Umschlag. Ohne Absender. Unentschlossen hielt ich ihn in meiner Hand. Neugierig wurde ich, als ich realisierte, dass er mit der Hand adressiert war, mit einer ziemlich altmodischen Handschrift. Ich riss ihn schließlich, jetzt wieder missmutig, auf und glaubte meinen Augen nicht zu trauen.

Er war von Albert Schuback. Aufgeregt zog ich die Bögen – es waren mehrere, eng beschriebene Seiten – aus dem Umschlag. Die Schrift konnte ich kaum entziffern, mir erging es so wie als Kind, wenn ich die Glückwunschkarten zu meinen Geburtstagen von meiner Großmutter wortlos an meine Mutter weiterreichte. Nur sie konnte die Schrift noch lesen. Hastig packte ich alles wieder in den zerrissenen Umschlag, schwang mich auf mein Rad und fuhr, so schnell es ging, in die Teichstraße zur Polizeiinspektion. Ich hatte Glück, dass keine Streife mich dabei erwischte, wie ich konsequent alle roten Ampeln ignorierte.

Susanne Siegel hatte keine Schwierigkeiten, die Schrift zu lesen. „Soll ich eine Abschrift machen?", fragte sie nur, als ob es eine Selbstverständlichkeit sei, schwer lesbare Handschriften abzutippen.

Ich schüttelte den Kopf: „Lesen Sie bitte vor, das andere dauert mir zu lange. Wo ist übrigens Kollege Hildebrandt?"

„Er ist noch nicht da", sie bekam einen roten Kopf. Natürlich war mir klar, dass die beiden mittlerweile jede Nacht miteinander verbrachten. Sie reagierte aber immer noch wie ein junges Mädchen, man hatte bei ihr immer das Gefühl, sie glaube, sie müsse sich für ihre Liebe rechtfertigen.

„Fangen Sie an!", sagte ich ungeduldig. „Den Brief lesen wir sicher noch zehn Mal."

Sie begann: „Sehr geehrter Herr Schlegel, ich hatte Sie angerufen, weil ich mit Ihnen über den Tod meines Lebensgefährten sprechen wollte. Nun sind so viele weitere Dinge geschehen, dass ich Ihnen alles berichten will, was ich weiß. Ich hoffe, dass die Informationen helfen, die Mörder und vor allem die Hintermänner zu überführen. Hans-Herbert Funck gehörte als Jugendlicher zu einer Rockergruppe aus Stade mit folgenden Mitgliedern: Die beiden Freytag-Brüder Karl und Stephan, genannt Charly und Fuzzi, Hans-Peter Kreissig, genannt Big Man, Hans-Herbert Funck, genannt Blondie und Gudrun Schlichting, genannt die Braut. Außerdem ihr Bruder Ralf Cohrs, genannt das Großmaul. Alle gingen entweder zur Schule, studierten oder machten eine Ausbildung. Sie handelten nicht mit Drogen oder Mädchen, es waren Motorradfanatiker und Großmäuler mit rechter Gesinnung. Normalerweise harmlos, von ein paar Schlägereien abgesehen."

Susanne Siegel unterbrach das Lesen und meinte: „Ganz harmlose rechte Schläger, gar nicht schlimm. Das muss man sich mal auf der Zunge zergehen lassen."

Ich nickte nur, sie las weiter: „Kriminell wurden sie erst durch den Streit mit Friedel Hannemann, der tödlich endete. Die drei, die daran beteiligt waren, schworen sich, niemals die Namen zu nennen, die beteiligt waren, selbst, wenn jemand verurteilt werden sollte. Alle hielten sich daran, vor allem Fuzzi, der alleine verurteilt worden ist. Er hat Herbi Funck nie verraten. Deshalb weiß ich auch nicht, wer der dritte Mann war, der an der Schlägerei beteiligt war. Herbi meinte, es seien deswegen schon genug gestorben, er wolle nicht der dritte sein. Die Feme sei gnadenlos."

„Halt!", sagte ich. „Er schreibt, zwei seien wegen der Schlägerei gestorben?"

„Das Mädchen!", sagte Susanne Siegel. „Er spricht von Feme. Das ist doch bei den Rechten manchmal üblich: Verräter verfallen der Feme, sagen die. Das heißt, wenn einer zur Polizei geht oder sonst Verrat begeht, wird er umgebracht."

„Oder sie. Gudrun Schlichting. Langsam bekommt das alles Kontur", sagte ich nachdenklich. „Weiter!"

„Nach der Schlägerei mit Hannemann hat sich die Clique aufgelöst. Ralf Cohrs ist bei einem Unfall gestorben. Herbi Funck hatte mal angedeutet, dass das Motorrad manipuliert gewesen sei, aber er hat nie weiter darüber gesprochen. Außer Stephan Fuzzi Freytag haben alle in bürgerlichen Berufen gearbeitet. Herbis Frisiersalon lief schlecht, er war sicher kein guter Friseur und im letzten Jahr hat er wohl einen entscheidenden Fehler begangen. Er hat nie offen darüber mit mir gesprochen, aber ich weiß, dass er sich an seine alten Freunde gewandt und gedroht hat, zur Polizei zu gehen. Er wollte Geld von ihnen. Vor ein paar Jahren haben sie ihm für eine ähnliche Sache die Schulter kaputt gehauen, diesmal wurde ernst gemacht. Ich habe keine Beweise. Mein Problem ist, dass diese Leute aber meinen, ich hätte welche. Herbi hat wahrscheinlich so getan, als ob er bei jemandem seines Vertrauens Unterlagen hinterlegt hätte. Hat er aber nicht, jedenfalls nicht bei mir. Herbi war einfach nicht besonders schlau, sonst hätte er nicht so etwas in die Welt gesetzt. Das ist der Grund, weshalb sie mein Haus überfallen haben. Ich weiß, dass es Stephan Freytag war. Ich hatte ein paar Tage zuvor gesehen, wie er vor meinem Haus angehalten und sich den Helm abgenommen hat. Er wusste, dass ich ihn beobachtete und wollte mir Angst machen. Er war schon immer derjenige, der sofort zugeschlagen hat, wenn ihm was nicht passte. Und ich bin mir hundertprozentig sicher, dass im Hintergrund Big Man, der Arzt, die Fäden zieht. Er war schon früher der intelligenteste und hat die anderen benutzt. Mehr weiß ich nicht. Albert Schuback"

Dirk Hildebrandt stand auf. Ich war überrascht, ich hatte nicht bemerkt, dass er in mein Büro gekommen war. Er sagte: „Viel Neues steht da ja nicht drin."

„Das ist schon richtig", erwiderte ich. „Ich bin mir mittlerweile aber ziemlich sicher, dass wir den dritten Mann gefunden haben. Ich denke, es ist Hans-Peter Kreissig, Big Man. Er ist zwar der Strippenzieher, aber scheinbar ist er früher keiner Schlägerei aus dem Weg gegangen. Denkt an den Obdachlosen, den sie wahrscheinlich verprügelt haben. Wenn er bei dem Mord an dem Mädchen dabei war, bedeutet das, dass Paul Schlichting dem Mörder seiner Tochter mal ein falsches Alibi verschafft hat und heute mit ihm zum Gemeinderat kandidiert." Ich schüttelte den Kopf. „Die Frage ist: Wie kriegen wir ihn?"

„Stadtrat", korrigierte Susanne in die Stille. „Stade ist eine Stadt. Auch wenn sie wie ein Kaff wirkt." Ich sah sie ungläubig an und fragte mich, ob ich mal wieder ihren Humor nicht verstanden hatte.

„Die Bilder der Überwachungskamera sind nicht besonders gut", begann Kommissar Hildebrandt. „Wie groß ist der Kerl eigentlich?"

„Der hieß nicht umsonst Big Man. Ich schätze einsneunzig", meinte ich.

Hildebrandt zog einen Stick aus der Tasche und steckte ihn in den Rechner. „Nachts ist die große Eingangstür verschlossen", erklärte er, „wer da rein will, muss klingeln. Da er das wahrscheinlich nicht gemacht hat, habe ich mir die Zeit kurz vorher angesehen. Sehen Sie hier", er hielt das Bild an, „hier kommt jemand, der ziemlich groß ist. Ist er das?"

Ich versuchte, den Mann eindeutig zu identifizieren, aber es gelang mir nicht. Auch zwei weitere, große Männer waren kurz vor Schließen der Türen noch ins Krankenhaus gekommen. Bei einem, dem letzten, wusste ich sofort, dass er es war. Er hatte zwar seinen Kopf konsequent gesenkt, sodass man seinen Kinnbart nicht erkennen konnte, ich konnte es deshalb nicht genau begründen, warum ich ihn erkannt haben wollte. Ich wusste aber einfach: Er war es!

„Sind Sie sicher?", fragte Kommissar Hildebrandt.

„Beschwören würde ich es nicht wollen. Aber sonst: ja!"

„Dann muss er sich ziemlich lange im Krankenhaus versteckt haben, er ist ja schließlich erst mitten in der Nacht in Schubacks Zimmer gegangen."

„Es gibt zwei Möglichkeiten: Entweder hatte er Komplizen oder er kannte sich einfach gut aus. In einem so großen Gebäude gibt es sicher Räume, die nachts nicht betreten werden."

„Die Küche zum Beispiel. Oder der Heizungskeller. Dass er Komplizen hatte, schließe ich erst einmal aus", meinte mein Kollege, ich stimmte ihm zu.

Wir zogen ein kurzes Fazit: Offensichtlich war Dr. Hans-Peter Kreissig, genannt Big Man, am frühen Abend in die Klinik gegangen, hatte sich versteckt und hat dann in der Nacht Albert Schuback durch eine Injektion mit einem Mittel, das er aus der Praxisapotheke seiner Frau genommen hatte, getötet.

„Und wie kam er wieder raus?", fragte Susanne Siegel.

In diesem Punkt waren wir geteilter Meinung. Ich hielt es für sehr wahrscheinlich, dass er die Klinik so schnell wie möglich verlassen hatte, viele Türen lassen sich aus Feuerschutzgründen auch nachts von innen öffnen. Er musste immer damit rechnen, dass die Tat schnell entdeckt wurde. Hildebrandt und seine Freundin hielten gerade das Gegenteil für plausibel. Sie meinten, wahrscheinlich sei er morgens in seiner Arztkluft seelenruhig aus der Klinik marschiert.

„Einen wichtigen Punkt hätten wir aber geklärt", beendete Hildebrandt die Sitzung. „Das Motiv: Albert Schuback ist umsonst gestorben. Kreissig dachte, er hätte Unterlagen über seine Beteiligungen an den beiden Tötungsdelikten. Was aber wohl nicht stimmte. Es war noch nie eine gute Idee, einen Mord mit einem weiteren vertuschen zu wollen. Der Brief von Schuback ist doch sehr hilfreich: Wir wissen mehr als der Mörder."

Kapitel 28

„Sollen wir einen Haftbefehl beantragen?", überlegte ich laut.

Dirk Hildebrandt schüttelte den Kopf: „Kreissig wiegt sich in Sicherheit. Der Tod von Schuback ist noch nicht in der Presse gelandet. Er denkt, er hätte das perfekte Verbrechen begangen. Wir warten in Ruhe ab, bis wir alle Beweise zusammen haben."

Ich nickte: „Es stehen noch Analysen der Haare aus, die im Zimmer von Schuback gefunden wurden." Ich stutzte, mir war plötzlich ein Gedanke gekommen. Jetzt wusste ich, wie er vorgegangen war: „Natürlich!", rief ich. „So war es! Er hat das Gift in den Beutel gespritzt! Albert Schuback hat jeden Abend eine Schlaftablette bekommen, er hat wahrscheinlich überhaupt nicht gemerkt, dass jemand in sein Zimmer gekommen war. Und dann hat Kreissig das Gift auf eine Spritze gezogen, den Beutel durchstochen und das Zeug hineingespritzt. Das alles kann man in einer Minute erledigen. Er hat Schuback überhaupt nicht berührt!"

Susanne Siegel und Dirk Hildebrandt schauten mich perplex an. „Raffiniert!", sagten dann beide wie im Chor. „Wirklich raffiniert!"

„Der fast perfekte Mord", meinte ich. „Alles, was wir brauchen, ist die Analyse der Haare. Wenn im Zimmer ein Haar mit derselben DNA gefunden wird wie auf der Getränkedose, haben wir ihn."

Ich hätte große Lust gehabt, uns abzuklatschen. Ich war mir sicher, der Fall sei gelöst. Susanne Siegel bekam den Auftrag, sich mit dem Kollegen in Verbindung zu setzen, der die letzte Wache vor Schubacks Zimmer gehalten hatte. Er war natürlich sowieso zum Schweigen verpflichtet, sie sollte ihn noch einmal in aller Freundlichkeit daran erinnern. Ich rief nacheinander Dr. Brühl und die beiden Schwestern an und verdonnerte sie zum Stillschweigen. Sie waren sehr dankbar, dass es bisher keine Berichte über den Mord auf ihrer Station geben würde, ich musste ihnen am Ende der Gespräche aber allen die Illusion rauben, dass es immer so bleiben würde. Der Fall war zu spektakulär, als dass später darüber auf niedrigem Niveau berichtet werden würde. Sie sollten sich einfach nicht in der Öffentlichkeit äußern, gab ich Ihnen als Rat. Keine Interviews geben, weder TV-Sendern noch der Presse.

Am späten Nachmittag kam die Nachricht, dass wir erst am Anfang der nächsten Woche mit den Ergebnissen aus dem Labor rechnen könnten. Ein Laborant war krank, eine Kollegin hatte Urlaub und die verbliebenen Mitarbeiter meinten, sie würden in Arbeit ertrinken. Erstaunlicherweise störte mich das nicht besonders. Zwei Tage früher oder später, dachte ich, was soll's? Außerdem freute ich mich aufs Wochenende. Tochter und Enkel wollten kommen und Jakob gierte natürlich wieder auf einen großen Eisbecher, den ich ihm schon wieder versprochen hatte.

Statt Jakob und Hannah, die abgesagt hatte, weil mein Enkel krank geworden war, stand am frühen Sonntagmorgen, ich war gerade aufgestanden, Florin Ionesco vor meiner Tür. Ich öffnete ihm erstaunt und, als er mir wortlos einen USB-Stick auf den Tisch legte, wusste ich, warum er gekommen war.

Wütend fragte ich: „Ich hatte es ausdrücklich verboten, das zu wiederholen. Sie sind sich wahrscheinlich gar nicht darüber im Klaren, wie gefährlich Ihr Detektivspielen ist. Sie sind doch schon einmal verprügelt worden, wollen Sie noch mehr?"

„Schauen Sie sich die Sachen bitte an", sagte er nur. Eigentlich wollte ich mich weigern. Natürlich siegte die Neugier, und ich öffnete mein Laptop. Mein Besuch erzählte mir, dass er am Freitag seinen Arbeitsplatz besucht hatte, Montag wolle er wieder anfangen zu arbeiten. In der Kantine habe er Wortfetzen eines Gespräches aufgefangen. Zwei Lehrlinge hätten sich über Köpckes Tannen unterhalten, und er habe herausgehört, dass sie sich am gestrigen Samstag dort treffen wollten. Deshalb sei er alleine, wie er betonte, hingefahren und habe seine Drohne gestartet.

Auf dem Rechner tauchten Bilder auf, die ich mir so nicht hätte vorstellen können. Auf dem Platz vor dem Haus in Köpckes Tannen standen ungefähr dreißig Männer stramm in Reih und Glied und lauschten der Ansprache eines mit einem hellgrünen Hemd kostümierten Mannes, der sich immer mehr in Rage redete. Hinter dem Podest, auf dem der Redner stand, war ein großes Schild angebracht. Darauf stand, laienhaft ausgeführt in Fraktur: Odins Brüder. Ich musste fast lachen. Germanenkitsch hatte es der Mann genannt, der neben der Thingstätte wohnte. Er hatte die richtige Vokabel dafür gefunden.

„Machen Sie doch bitte mal den Lautsprecher an", bat mein Besuch.

Die Stimme von Dr. Hans-Peter Kreissig kam dröhnend aus dem Rechner. Man verstand nicht alles – Florin entschuldigte sich, er habe in der Eile vergessen, ein besseres Mikrophon einzubauen –, aber das, was ich verstand, reichte mir. Er schwadronierte von der opferbereiten Jugend, der neuen Gesellschaft, die im Aufbau begriffen sei, dem Wiederaufstieg des wahren, arischen Germanentums, von Blut und Boden und Ehre. Es kamen alle Schlagwörter in seiner Rede vor, die man

261

vor fast hundert Jahren schon einmal gehört hatte. Und danach von unverbesserlichen Apologeten dieses hochgefährlichen Blödsinns. Als er von der Rache sprach, die die Verräter aus den eigenen Reihen unweigerlich treffen würde, stellte ich den Lautsprecher lauter.

„Spielen Sie bitte einmal zurück", bat ich Florin. Ich hörte genau hin, mir lief es kalt den Rücken hinunter. Kreissig sagte wörtlich: „Verräter in den eigenen Reihen sind die schlimmste Brut! Wir können unsere Aufgabe für Volk und Vaterland nicht erfüllen, wenn solche Leute sich uns in den Weg stellen. Verräter verfallen der Feme!"

Ich hörte mir das noch einmal an und konnte es immer noch kaum glauben. Da rechtfertigt ein Mörder quasi öffentlich seine Taten. Die restlichen Bilder waren auf zugegeben zynische Weise unterhaltsam. Die Männer brüllten nach dem Ende der Rede dreimal „Heil!" und marschierten dann im Gleichschritt über das Gelände. Es sah aus wie aus einem sehr schlechten Film; eigentlich hätten wir lachen müssen, wäre es nicht Realität gewesen.

„Lassen Sie den Stick bitte hier", bat ich den Freund meiner Tochter, als er sich verabschieden wollte. „Das ist zwar kein Beweismittel, aber als Informationsquelle sind die Bilder relevant." Fast hätte ich ihm gedankt, aber soweit wollte ich dann doch nicht gehen. Schließlich hatte ich ihm solche Aktionen heftig vorgeworfen.

Kreissig hatte sich mit seiner Rede nicht strafbar gemacht. Er hatte sie nicht öffentlich gehalten, sondern auf einem abgezäunten Privatgrundstück. Die Rede war mit Sicherheit von der Meinungsfreiheit gedeckt. Hätte er jemanden namentlich genannt und der Feme übergeben, wäre es etwas anderes gewesen. Und sich mit Phantasieuniformen zu kostümieren und im Gleichschritt zu marschieren, war auch nicht verboten. Florin hatte es gut gemeint und auch gut gemacht, er hatte mir versichert, nicht beobachtet worden zu sein, nur konnte ich die Aufnahmen nicht verwerten. Ich beruhigte meine Nerven mit dem Gedanken, dass Kreissig mit hoher Wahrscheinlichkeit bald wegen zweier Morde aus dem Verkehr gezogen werden und für sehr lange Zeit keine solchen Reden mehr halten können würde.

Ich sah mir die Aufnahmen noch einmal an und erkannte unter den strammstehenden Männern einige mir bekannte Gesichter. Florin Ionesco konnte wirklich gut mit der Drohne umgehen und hatte wohl auch exzellente Technik verwendet. Die Bilder waren so klar und scharf wie in einem professionell gedrehten Film. Eindeutig zu erkennen waren die Männer vom MC FGB. Ihre Glatzen glänzten in der abendlichen Sonne. Charly Freytag konnte ich identifizieren, sogar den Vater von Gudrun Schlichting. Nach Stephan Freytag hielt ich vergebens Ausschau. Nicht sicher war ich mir bei zwei Männern. Eventuell, dachte ich, könnten es Mitglieder der BfS sein, die mir schon auf den Plakaten unsympathisch gewesen waren. Zum Schluss, kurz bevor ich den Rechner abschaltete, fiel mir auf, dass während des ganzen Films keine einzige Frau aufgetaucht war. Wahrscheinlich kochen die die Steckrübensuppe, überlegte ich spöttisch. Mit Dirndl und langen Zöpfen stehen sie gemeinsam um einen großen Topf und rühren, bis die tapferen Germanen Hunger verspüren und zur Atzung herbeikommandiert werden... Auch Michi war nirgends zu sehen.

Kapitel 29

Wir hatten das Krankenhaus angewiesen, Michaela Werner nach der Intensivstation, auf die sie zuerst gebracht wurde, in ein gut zu bewachendes Einzelzimmer zu verlegen. Ich wollte mich, sobald sie auch nur ein wenig vernehmungsfähig war, um sie kümmern. Dienstag am späten Nachmittag telefonierte ich mit der Klinik und bekam das Okay, sie kurz zu besuchen.

Der behandelnde Arzt bat mich, bevor ich mit der jungen Frau sprechen durfte, in sein Büro. Er legte wortlos einen Plastikbeutel auf den Tisch. Darin war ein Smartphone.

„Wissen Sie, wo wir das gefunden haben?", fragte er rhetorisch. Ich wunderte mich über seinen Unterton, und nahm den Beutel in die Hand. Es war wahrscheinlich das Smartphone, das im Graben geklingelt hatte. Vermutlich hatte es seiner Besitzerin das Leben gerettet.

„Hosentasche?", fragte ich leicht genervt.

Der Arzt schüttelte den Kopf: „Wir wollten sie röntgen, um zu sehen, ob etwas gebrochen war. Da klingelte auf einmal dieses Handy. Aber die Schwestern hatten sie schon vorsichtig aus den Kleidern geschält".

„Hatte sie es verschluckt? Jetzt machen Sie es doch nicht so spannend", bat ich ungeduldig.

„Sie hatte es in ihrer Vagina", sagte der Arzt und schüttelte den Kopf. „Wir haben ja schon die verrücktesten Sachen aus allen Körperöffnungen gezogen, da sind wir ziemlich abgebrüht. Aber ein klingelndes Smartphone aus einer Vagina war noch nicht dabei!" Er lachte. „Sachen gibt's…"

Ich fand es nicht komisch. Mir waren die Zusammenhänge sofort klar. Sie muss das Smartphone in größter Not versteckt haben.

„Kann ich sie sprechen?", fragte ich und nahm das Smartphone an mich.

Der Arzt gab mir zehn Minuten. Als wir vor der Tür des Krankenzimmers standen, sagte er noch: „Bitte keine Aufregung! Sie ist noch sehr mitgenommen. Alle Rippen sind gebrochen, dazu innere Verletzungen, ich muss gar nicht alles aufzählen." Ich nickte und ging hinein. Michaela Werner war kaum zu erkennen, der Kopf war bandagiert, ihr gesamter Körper war unter einer leichten Decke verschwunden, nur der Arm, in den eine Infusion floss, war sichtbar.

„Guten Tag", sagte ich freundlich, „verstehen Sie mich?"

Sie zwinkerte zustimmend mit den Augen.

„Ich heiße Paul Schlegel, wir haben uns schon einmal bei Charly Freytag gesehen." Wieder blinzelte sie.

„Ich bin von der Polizei, ich würde gerne ein paar Fragen stellen. Wenn Sie es schaffen?"

„Das geht schon", flüsterte sie.

„Ist das Ihr Smartphone?", fragte ich und zog den Beutel aus der Tasche.

„Ja", hauchte sie.

„Wissen Sie, wer Sie so zugerichtet hat?"

Sie antwortete nicht. Kein Wunder, dachte ich. Verräter verfallen der Feme, das hat sie sicherlich verinnerlicht.

„Warum haben Sie das Smartphone in ihren Körper gesteckt? Wollten Sie es verstecken?"

„Ja", sagte sie leise.

„Sind da Sachen darauf, die wichtig sind?"

Sie wollte etwas sagen, aber ich merkte, dass ihr die Kraft fehlte. Ich erinnerte mich an meine Methode, Florin Ionesco zu befragen und schlug ihr vor, mit „Ja" oder „Nein" zu antworten, indem sie einmal oder zweimal blinzelte.

„Sind das Fotos oder Filme?" Sie blinzelte „Ja."

„Darf ich mir die ansehen, es sind Ihre privaten Dateien?" „Ja."

„Ich lasse Sie jetzt wieder in Ruhe", sagte ich. „Ich nehme das Smartphone und dann sehen wir weiter. Gute Besserung, auf Wiedersehen."

Sie sah mir nach und ich glaubte, Angst in ihren Augen zu sehen. „Wir lassen das Zimmer bewachen", sagte ich im Hinausgehen.

Ich fuhr direkt in die Polizeiinspektion. Es war mittlerweile halb sechs und die IT-Experten waren alle schon gegangen. Ich suchte die Nummer von Stefan Zischler heraus und rief ihn an. Er sagte zu, sofort zu kommen. Ich war mir sicher, dass er keine Schwierigkeiten haben würde, das Passwort des Smartphones zu knacken. Da mittlerweile der Akku leer war, musste zuerst das Passwort und dann das Wischmuster ermittelt werden. Es war ein Kinderspiel für Stefan, er benötigte keine zehn Minuten. Ich staunte und dankte ihm überschwänglich, was er leicht irritiert zur Kenntnis nahm, es war wohl nicht die schwerste Aufgabe in seinem Berufsleben gewesen.

Die entscheidende Datei war schnell gefunden. Zuerst kontrollierte ich die eingegangenen Anrufe, und interessanterweise waren die beiden letzten von ihrem Freund Stefan.

Die Datei, um die es wahrscheinlich ging, war ein Film. Mir kamen einige Szenen bekannt vor. Florin Ionesco hatte sie von seiner Drohne aus gefilmt, Michaela Werner hatte sie direkt vor Ort aufgenommen. Man sah, diesmal von hinten gefilmt, das ganze gefährliche Bürgerwehr-Schauspiel und hörte die unsäglichen Worte des Redners. Florin Ionesco hatte nicht alles lückenlos dokumentieren können, seine Technik hatte nicht alles erfassen können. Auf diesem Smartphone allerdings war jedes Wort zu hören.

„Wir haben einen Auftrag!", schrie Dr. Kreissig. „Aber wir sind erst am Anfang! Die ersten haben zu spüren bekommen, was es heißt, ein Verräter zu sein! Die werden nie mehr das Maul aufreißen, um uns zu schaden. Und als nächstes sind die wahren Schädlinge unseres Volkes dran: die größten Huren der Weltgeschichte. Sie beginnen beide mit einem „J". Die Journalisten und die Juden! Wir werden sie zuerst aus unserer schönen Stadt vertreiben und dann aus dem ganzen Land! Wir werden sie in die Nordsee jagen, dort sollen sie doch jämmerlich verrecken!"

Mir wurde schlecht. Ich hielt den Film an. Er dauerte nur noch wenige Sekunden, aber mir reichte es. Ich rief Staatsanwalt Allmers an. Seine Reaktion war besser, als ich befürchtet hatte. Er sagte zu, am nächsten Tag einen Haftbefehl gegen Kreissig und einen Durchsuchungsbeschluss für das Gelände Köpckes Tannen zu beantragen.

Am nächsten Morgen lagen die Untersuchungsergebnisse auf meinem Tisch. Sie waren, wie wir sie erhofft hatten: In dem Zimmer, in dem Albert Schuback ermordet worden war, waren Haare sichergestellt worden, die dieselbe DNA-Struktur aufwiesen, wie die Spuren an der Getränkedose, die neben dem eingemauerten Mädchen gelegen hatte. Damit stand zweifelsfrei fest, dass ein und derselbe Mann an beiden Tatorten gewesen war. Wir hatten zwar noch keine Vergleichsprobe von Kreissig, aber der Haftrichter war schon wegen der Smartphone-Aufnahme bereit, einen Haftbefehl zu erlassen. Er folgte aber auch hier unseren Argumenten. Vor allem, nachdem im Infusionsbeutel Reste von Tetracainhydrochlorid und Embutramid nachgewiesen werden konnten. Wenn bisher alles Hypothese gewesen war, hatten wir nun die Bestätigung, dass unsere Überlegungen richtig gewesen waren. Dr. Hans-Peter Kreissig, der angesehene Bürger der Stadt, der Familienvater von drei Kindern, war ein eiskalter Mörder.

„War er auch am Mord an Funck beteiligt?", fragte Dirk Hildebrandt, nachdem wir ausgiebig die Ergebnisse diskutiert hatten. „Die Tatsache, dass wir keine DNA von ihm gefunden haben, heißt ja nicht, dass er nicht dabei gewesen ist."

„Es ist natürlich möglich", erwiderte ich, „aber ich glaube, er würde sich nicht an so einer Gewaltorgie beteiligen. Der Mord an Schuback war ja präzise vorbereitet und ohne Aufsehen durchgeführt. Herr Doktor schlägt nicht mehr zu, so wie früher. Herr Doktor gibt Befehle und lässt schlagen. Herr Doktor tötet ohne Lärm."

„Drei Morde haben wir nun aufgeklärt." Dirk Hildebrandt dachte laut nach. „Friedel Hannemann wurde von Funck, Freytag und Kreissig erschlagen. Gudrun Schlichting von Funck und Kreissig umgebracht. Und Schuback von Kreissig. Den Mörder von Funck haben wir noch nicht und ich habe keine Ahnung, wer es gewesen sein könnte."

Er hatte Recht. Wir tappten bei dem Mord an Hans-Herbert Funck immer noch im Dunkeln. Und wer die Rockerbraut so übel zugerichtet hatte und warum, konnten wir noch gar nicht untersuchen. Einer der Täter des Mordes an Funck hatte sich später an dem Überfall auf Florin Ionesco beteiligt, so viel stand fest. Und es war sehr wahrscheinlich, dass er aus dem Umfeld stammte, in dem sich Funck Zeit seines Lebens bewegt hatte. Schuback hatte geschrieben, dass Funck seine alten Kumpel um Geld gebeten hatte. Es war eine klassische Erpressung. Ich erinnerte mich an den Satz, den Kreissig gesagt hatte: Verräter verfallen der Feme.

„Damit ist es eigentlich klar!", stimmte mir Hildebrandt zu. „Er hätte es wissen müssen. Ich vermute, Gudrun Schlichting hat dieses Schicksal aus dem gleichen Grund erlitten: Es ist nicht ganz abwegig, dass sie zur Polizei gehen wollte und sie deshalb der ‚Feme verfallen‘ ist". Er schüttelte den Kopf: „Was für ein Ausdruck!"

„Ich vermute", warf ich ein, „dass es bei Michaela Werner ähnlich war. Feme. Warum sonst sollte sie ihr Telefon samt dem Film verstecken?"

Susanne Siegel klopfte kurz und kam in mein Büro gestürmt: „Es gibt zwei Durchsuchungsbeschlüsse. Einen für das Haus des Arztes und einen für Köpckes Tannen. Dazu einen Haftbefehl!", rief sie. Wie immer, wenn wir einen Fall gelöst hatten, und gerade, wenn er so spektakulär war wie dieser, strahlte sie vor Freude über das Erreichte über das ganze Gesicht. Dann sah auch ein voreingenommener Kollege, wie hübsch sie eigentlich war. Wenn nur nicht die Klamotten wären, dachte ich dann immer.

Wir teilten uns auf. Ich nahm an, dass Kreissig nicht zu Hause sein würde. Die erste Sitzung des neugewählten Stadtrats sollte in Kürze beginnen. Dirk Hildebrandt nahm sich den Durchsuchungsbeschluss und wollte sich auf den Weg machen. Er drehte sich kurz um und fragte: „Womit soll ich anfangen? Das Wohnhaus von ihm oder die Praxisräume?"

„Zuerst die Tierarztpraxis", bestimmte ich. „Niemand darf Zeit haben, die Medikamentennachweise noch zu manipulieren. Ich traue den Assistentinnen genauso wenig wie ihm."

„Sonst würde die es auch nicht bei ihm aushalten", pflichtete mir Susanne Siegel bei.

In der verbliebenen halben Stunde mobilisierte ich Kollegen, die mit allem, was die Ausrüstung der deutschen Polizeibeamten zu bieten hatte, mit mir in einem Mannschaftswagen zum Rathaus fuhren. Kreissig auf der Straße vor dem Rathaus zu verhaften, erschien mir zu riskant. Ich hätte mehrere Straßen absperren lassen müssen. Das wäre zu aufwendig gewesen, außerdem wollte ich keine Passanten gefährden. So entschloss ich mich für einen Zugriff im Rathaus. Wichtig war mir, dass die Beamten mit schusssicheren Westen, Helmen und Maschinenpistolen ausgerüstet waren. Ich befürchtete, Kreissig könnte bewaffnet sein. Schließlich faselte er immer von der Bedrohung, die von Migranten ausgehen würde und dem Recht zur Selbstverteidigung.

Die Bürgermeisterin wurde instruiert, der Hausmeister schloss sämtliche erreichbaren Türen im Eingangsbereich ab. Ich hatte natürlich nicht vor, schießen zu lassen, wenn er die Flucht hätte ergreifen wollen. Es wäre viel zu gefährlich gewesen. Aber dass er durch eine unverschlossene Tür entwischen könnte, wollte ich unbedingt verhindern. Wir teilten uns im Rathaus auf: Ein Drittel der Beamten versteckte sich im ersten Stock in der Garderobe, ein Drittel postierte ich im Standesamt, das restliche in einem Raum rechts neben der barocken Eingangstür. Susanne Siegel, die unbedingt dabei sein wollte, obwohl sie dazu natürlich keinerlei Anrecht hatte, wartete als Schaufensterbummlerin in der Nähe des Rathauses.

Sein Auftritt dauerte länger als erwartet, die eintreffenden neuen Stadträte der anderen Parteien wurden im ersten Stock von einem Kollegen in Empfang genommen und in den großen Ratssaal geführt. Die BfS wollte wohl geschlossen einmarschieren. Das hatten sie sich wahrscheinlich von anderen, ähnlichen Gruppierungen abgesehen, die in das eine oder andere Parlament eingezogen waren. Endlich klingelte irgendwann mein Smartphone. Das war das verabredete Zeichen. Ich wartete so neben der Tür, dass man mich erst sehen konnte, wenn es für Kreissig zu spät war. Dann ging die Tür auf und die neuen Stadträte, angeführt von einem Mörder, betraten das Rathaus. Hinter ihnen fiel die Tür laut ins Schloss, ich trat hervor und sagte: „Hans-Peter Kreissig? Ich verhafte Sie wegen Mordes an Gudrun Schlichting und Albert Schuback!"

Als die Polizisten mich reden hörten, stürmten sie mit gezogenen Maschinenpistolen aus ihren Verstecken. Kreissig war leichenblass und rührte sich nicht. Man sah, dass er wusste, dass er verloren hatte. Paul Schlichting, der auch in den Stadtrat gewählt worden war, realisierte plötzlich, dass er jahrzehntelang den Mörder seiner Tochter gedeckt hatte. Er brüllte auf wie ein Tier, das einen brutalen Schlag erhalten hatte und stürzte sich auf Kreissig. Beide fielen zu Boden und Schlichtings Faustschläge trafen Kreissig am ganzen Körper. Drei Beamte waren nötig, die beiden zu trennen. Kreissig hatte tatsächlich im Kampf versucht, eine Waffe zu ziehen, ein aufmerksamer Beamter konnte das gerade noch verhindern.

Später, als die Polizisten Kreissig Handschellen angelegt hatten und sich die Situation im Rathaus beruhigt hatte, saß Paul Schlichting immer noch auf der Treppe und weinte. Ich bot ihm an, einen Arzt zu holen oder ihn nach Hause bringen zu lassen, aber er lehnte alle Angebote ab.

„Lassen Sie mich gefälligst in Ruhe!", schluchzte er unwirsch, und ich tat ihm den Gefallen.

Die Durchsuchung der Praxis hatte ergeben, dass genau dreißig Milliliter des Medikamentes, das die beiden Wirkstoffe enthielt, verschwunden waren. Die Verbrauchsnachweise aller anderen Substanzen waren in den Aufzeichnungen akribisch aufgeführt. Nur für dreißig Milliliter Tetracainhydrochlorid und Embutramid nicht. Das war das entscheidende Puzzle.

Zur gleichen Zeit stürmte ein Einsatzkommando des LKA Köpckes Tannen. Als sie das Tor aufbrachen, gab es im Haus eine Explosion und der gesamte Komplex brannte aus. Man hatte Sensoren am Tor angebracht, die bei einem gewaltsamen Öffnen Sprengladungen im Haus aktivierten. Die Feuerwehr konnte den Brand nicht löschen, dauernd explodierten neue Sprengladungen. Tage später stellte man fest, dass es hauptsächlich Munition und Handgranaten gewesen waren, die dort in großer Zahl gelagert worden waren. Man hatte sich wohl auf einen baldigen „Endkampf" eingestellt.

Wir schrieben noch am gleichen Tag Stephan Freytag zur Fahndung aus. Und hatten Glück. Am nächsten Tag geriet er in Bremervörde in eine Verkehrskontrolle und konnte festgenommen werden. Er war völlig überrascht und hatte von der Verhaftung seines Mittäters noch nichts mitbekommen.

Tags darauf begannen wir mit den Verhören. Von ihrem germanischen Heldenmut, den sie so gerne propagierten, war bei beiden nicht sehr viel zu spüren. Nachdem wir Kreissig mit unseren Erkenntnissen und den Beweisen konfrontiert hatten, dauerte es nicht lange und seine Argumentationslinie brach zusammen. Sein Anwalt kam aus Buxtehude, er war in der Szene kein Unbekannter, liebte großkarierte Jacketts und hatte ihn schon vor Jahren in seinem letzten Prozess vertreten. Er war ein glänzender Jurist, kannte jedes Schlupfloch des Strafgesetzbuches und konnte doch nicht verhindern, dass es irgendwann keine Zweifel mehr an Kreissigs Täterschaft mehr gab. Nach ein paar Verhören begann Kreissig zu erzählen. Menschen, die im zivilen Leben gerne den Ton angeben, können diese Eigenschaft oft nicht ablegen, auch wenn sie in Haft sind. Er versuchte – er war sehr geschickt dabei –, den Verhören die Richtung zu geben, die für ihn günstig war. Allerdings stieß er bei mir auf Granit. Als ich ihm berichtete, dass Stephan Freytag alles zugegeben hatte, brach er zusammen. Verräter verfallen der Feme, dachte ich, als er alle anschwärzte, die er auch nur halbwegs mit ins Verderben reißen konnte. So erfuhren wir, dass er den Auftrag erteilt hatte, Funck umzubringen. Zwei Täter seien es gewesen, diktierte er in das Protokoll. Stephan Freytag und sein Neffe Florian. Der Überfall auf Florin sei eine Warnung an mich gewesen. Stephan Freytag habe das Haus von Schuback verwüstet, er habe dort die Aufzeichnungen gesucht, die Herbi seinem schwulen Freund gegeben hatte.

„Es gibt keine Unterlagen oder Aufzeichnungen", erklärte ich ihm. „Schuback hatte nichts. Deshalb hat Stephan Freytag dort auch nichts gefunden. Albert Schuback haben Sie umsonst umgebracht. Hätten Sie das nicht getan, säßen wir jetzt nicht hier."

Hans-Peter Kreissig sah mich entsetzt an. Er war blass geworden. Sicher tat es ihm nicht leid, dass Schuback umsonst gestorben war. Er bereute nur, da war ich mir sicher, seinen lächerlichen Fehler, der ihn für immer hinter Gitter bringen würde. Zum Tod von Gudrun Schlichting hatte er nicht viel gesagt, am Ende aber gestand er auch seine Beteiligung daran. Die Indizien waren erdrückend, er konnte nicht mehr abstreiten, am Tatort gewesen zu sein. Mich interessierte besonders das

Motiv. Warum bringt man ein junges Mädchen auf so brutale Weise um, wollte ich wissen.

„Sie war eine Verräterin", sagte er schließlich. „Sie wollte zur Polizei gehen." Er sagte das ohne große Regung, so, als ob es das Natürlichste der Welt wäre, ein junges Mädchen lebendig einzumauern, weil man Angst hatte, verraten zu werden.

„Sie lebt?", fragte er erstaunt, als ich ihn auf Michaela Werner ansprach. Er gab zu, den Auftrag gegeben zu haben, sie umzubringen. Sie habe sich schon länger gegen ihre „Bewegung", wie er es nannte, gestellt. Sie stand im Verdacht, ein Spitzel zu sein. Es sollte eine Warnung an alle anderen sein: Verräter verfielen der Feme.

Michi, die Rockerbraut, schwieg eisern. Ich wusste, dass sie ihre Peiniger kannte, aber die Angst vor ihnen muss so groß gewesen sein, dass sie kurz nach ihrer Entlassung aus der Klinik aus Stade verschwand. Ihre Eltern erzählten mir, dass sie in einer anderen Stadt (noch nicht einmal mir durften sie ihren Aufenthaltsort verraten) wieder zur Schule gehen würde, sie wolle das Abitur nachholen und dann Sozialpädagogik studieren. Welch ein Werdegang, dachte ich nur. Das Motiv für den Angriff auf sie war wahrscheinlich der Film. Sie war wohl, so reimten wir uns das zusammen, beim Drehen entdeckt worden und hatte das Smartphone in ihrer Vagina versteckt, um es herauszuschmuggeln. Ihre Großmutter hatte ihr ein paar Wochen zuvor die Familiengeschichte erzählt und ihr erklärt, dass sie, Michaela, jüdische Wurzeln habe. Ein Urgroßvater von ihr sei ein jüdischer Anwalt in Stade gewesen. Er habe ein uneheliches Kind mit einer Dienstmagd gezeugt, Michaelas Großmutter. Überlebt habe sie die Judenverfolgung nur, weil sie das Glück gehabt hatte, dass auf ihrer Geburtsurkunde „Vater unbekannt" stand.

Sie, die Großmutter rechnete ihr vor, dass sie selbst zur Hälfte Jüdin sei, Michaela rechnerisch zu einem Achtel. Sie solle sich mal überlegen, redete ihr die Großmutter ins Gewissen, was sie bei diesen Leuten zu suchen habe, mit denen sie da gerade verkehre.

Das schien gewirkt zu haben. Vermutlich hatte sie versucht, belastendes Material zu sammeln und hatte sich verdächtig gemacht. Aber ohne ihre Mithilfe konnten wir die Täter, die sie halb totgeschlagen hatten, nicht überführen. Noch nicht.

Ein halbes Jahr später wurden Dr. Hans-Peter Kreissig, Stephan Freytag und sein Neffe Florian des mehrfachen Mordes, der Anstiftung zum Mord, der Brandstiftung, der gefährlichen Körperverletzung und vieler weitere Dinge, wie auch des unerlaubten Waffenbesitzes, angeklagt. Die Anklageschrift las sich wie ein Kompendium aus dem Strafgesetzbuch.

Alle erhielten eine lebenslängliche Freiheitsstrafe und Kreissig wegen der besonderen Schwere der Schuld zusätzlich Sicherungsverwahrung.

Dirk Hildebrandt und ich hatten es uns nicht nehmen lassen, zur Urteilsverkündung ins Gericht zu gehen. Wir hatten natürlich nichts anderes erwartet und verließen zufrieden den Saal, nachdem die drei Verurteilten aus dem Gericht geführt worden waren.

Hildebrand schwieg, als wir durch Stade liefen, der Weg zur Polizeiinspektion war nicht weit.

„Wie die Brüllaffen", sagte er plötzlich.

Ich sah ihn fragend an und verstand nicht, was er meinte.

„Diese Motorrad-Nazis", sagte er. „Ich interessiere mich für Biologie, wussten Sie das?"

Ich schüttelte den Kopf: „Nein."

„Bevor ich zur Polizei ging, habe ich zwei Semester Biologie studiert. Primaten waren und sind meine Leidenschaft, da kenne ich mich ganz gut aus."

Ich wusste nicht, worauf er hinauswollte.

„Besonders Brüllaffen. Gehören auch dazu, also zu den Primaten."

„Ah ja."

„Unterordnung Trockennasenprimaten." Er verzog keine Miene.

Ich wurde ungeduldig: „Ja, und?"

„Familie der Brüllaffen."

Ich sah ihn stumm an.

„Es gibt da eine besondere Spezies: Alouatta guariba. Der Braune Brüllaffe."

Jetzt dämmerte es mir: „Verbreitungsgebiet?", fragte ich nur.

„Eigentlich Süd- und Mittelamerika."

„Gibt's die auch in Stade?"

Er zuckte mit den Schultern: „Es gibt da eine interessante physiologische Besonderheit. Wissenschaftler haben festgestellt – das ist jetzt kein Witz: Je lauter einer brüllt, um so kleiner sind die Hoden."

Die deutsche Nordseeküste
mit den Flüssen Elbe und Weser

Aus der Luft Fotografiert von Martin Elsen

ca. 400 farbige Luftaufnahmen
240 Seiten, fest gebunden, DIN A4
deutsch / englisch
Hochwertiger Druck
Lackiertes Bilderdruckpapier

Der Bildband mit spektakulären
Aufnahmen aus der Vogelperspektive

In diesem Bildband werden ca. 400 Luftaufnahmen des Stader Fotografen Martin Elsen gezeigt. Wie der Film „Die Nordsee von oben" dokumentiert dieses Buch die deutsche Nordseeküste. Der Bildband ist gegliedert in vier Abschnitte, einschließlich der großen Flussregionen von Elbe und Weser mit Hamburg und Bremen.

www.mce-verlag.de

ISBN: 978-3938097359
29,90 € VKP

„sage & schreibe"
Buxtehuder schreiben über Buxtehude(r)

Geschichte und Geschichten aus und um Buxtehude, hrsg. v. d. Buxtehuder Autorinnengruppe „sage & schreibe"....

Paperback, 228 S., ISBN: 978-3-938097-48-9

Krimis aus dem Norden
im MCE-Verlag

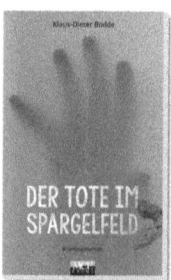

Klaus-Dieter Budde
Der Tote im Spargelfeld

Ein Spargelbauer taucht nach Monaten wieder auf – tiefgefroren. Nicht nur die Kripo, sondern auch Neu-Privatdetektiv Kühl machen sich daran, das Rätsel zu lösen. Überraschende Verbindungen tun sich auf: zu ausländischen Spargelbauern und in die Drogenszene. Geht es um richtig viel Geld?

Paperback, 187 S., ISBN: 978-3-938097-52-6

Jan Jacobsen
Der Tod der Präsidentin

Die Präsidentin des Hamburger Landgerichts ist tot. Unter Verdacht: ein Richterkollege und die Staatsrätin der Hamburger Justizbehörde. Parallel dazu bekommt einer der Ermittler einen Fall auf den Tisch, der sein Leben durcheinander wirbelt. Die Tochter seiner Jugendliebe...

Paperback, 149 S., ISBN: 978-3-938097-51-9

www.mce-verlag.de

Krimis aus dem Norden

im MCE-Verlag

Peter Eckmann
Die Chemie stimmt

Ein großer Chemiekonzern aus den USA errichtet bei Stade ein neues Werk. Viele Besitzer der Ländereien in dem kleinen kehdinger Dorf Bützfleth werden Millionäre. Das plötzliche Verschwinden eines Obstbauern überschattet die Freude über den neuerlichen Reichtum...

Paperback, 315 S., ISBN: 978-3-938097-50-2

Monika Heil
Tatort Unterelbe

Die zwölf kurzen Kriminalerzählungen der Stader Autorin drehen sich meist um Beziehungsdramen, Eifersucht und Verletzungen, die zu Mord- und Rachegedanken führen. Dabei wird in der Regel in aller Stille gemordet – ohne spektakuläre Aktionen oder Schießereien...

Paperback, 234 S., ISBN: 978-3-938097-49-6

Michael Romahn
Mörderische Geest

In einer regnerischen Nacht kommt bei einem Autounfall Miriam Erdmann ums Leben. Ihre Tochter Sabrina ist seitdem an den Rollstuhl gefesselt. Fast fünf Jahre später wird bei Harsefeld die skelettierte Leiche von Barbara Schulte gefunden. Die Ermittlungen der Kripo Stade bleiben zunächst erfolglos...

Paperback, 315 S., ISBN: 978-3-938097-3

www.mce-verlag.de

MCE
KRIMI

Krimis aus dem Norden

im MCE-Verlag

Michael Romahn
Die Tote im Klosterpark

Eine junge Frau wird erwürgt im Harsefelder Klosterpark gefunden. Kaum haben Oberkommissarin Ilka Hansen und ihr Team mit den Ermittlungen begonnen, geschieht ein zweiter Mord. Die Suche nach dem Täter führt die Ermittler immer weiter in ein Labyrinth aus Korruption und Habgier. ....

Paperback, 267 S., ISBN: 978-3-938097-31

Michael Romahn
Tod im Auetal

Nach zehn Jahren Haft führt Dennis Höfers erster Weg nach Stade, zum Grab seiner Frau. Nur zwei Tage später wird in den Überresten eines abgebrannten Heuschuppens eine verkohlte Frauenleiche gefunden. Bei der Toten handelt es sich um Marion Wolff, der ehemaligen Sekretärin des Reeders Daniel Peters. ....

Paperback, 232 S., ISBN: 978-3-938097-2

Thorsten Beck
Tim Börne Trilogie

Der Anwalt Tim Börne, alleinerziehender Vater mit Kanzlei in Harburg, wird in spannende Kriminalgeschichten verstrickt. In der Trilogie Harburg Blues, Ausgestempelt und Der chinesische Pfeil geht es um korrupte Baufirmen, Mord in einem Fahrzeugwerk und um die chinesische Mafia.

Paperback, 255 S. ISBN: 978-3-938097-07-6

www.mce-verlag.de

MCE
K R I M I

Krimis aus dem Norden

im MCE-Verlag

Wolfgang Röhl
Brand Marken

Deutschland 2020. Eine Terrororganisation, die für Tierrechte über Menschenleichen geht, hat die Republik in den Ausnahmezustand gebombt. Zufällig kommt der Redenschreiber Max Michelsen einer Gruppe auf die Spur. Sind es Gegner der umstrittenen Flussvertiefung oder Kader der mörderischen „Animal Liberation Front"?

Paperback, 185 S., ISBN: 978-3-938097-36-6

Wolfgang Röhl
Straßenkampf

Der Kampf gegen ein Autobahnprojekt endet tödlich. Der Kopf einer Bürgerinitiative gegen die Schnellstraße wird schwerverletzt am Straßenrand aufgefunden – offensichtlich angefahren. Bei den Ermittlungen kommt es zu allerlei Verwicklungen und am Ende zu dramatischen Verfolgungsjagd.

Paperback, 203 S., ISBN: 978-3-938097-23-6

Wolfgang Röhl
Im Norden stürmische Winde

Aufruhr in Söderfleth, einem Dorf in Norddeutschland: Eine skrupellose Windenergie-Firma plant einen Windpark. Das Dorf ist gespalten. Eine Bürgerinitiative macht gegen den Windpark mobil, und bald geschehen merkwürdige Dinge. Mithilfe des legendären Wachtelkönigs wollen die Protestler das Windparkprojekt kippen …

Paperback, 192 S. , ISBN 978-3-938097-11-3

www.mce-verlag.de

Krimis aus dem Norden

im MCE-Verlag

Wolfgang Röhl
Inselkoller

Auf der Nordseeinsel Diekerum ist Krieg um die Feriengäste ausgebrochen. Ein Investor will das Eiland auf modernen Stand bringen. Bernhard Hamm, bekannt aus Röhls Krimikomödie „Im Norden stürmische Winde", findet die Leiche eines Mannes am Strand. Hamm versucht, das Rätsel um die Leiche aufzudröseln.

Paperback, 220 S., ISBN: 978-3-938097-16-8

Thomas B. Morgenstern
Milchfieber

Als Milchkontrolleur Hans-Georg Allmers den Geburtstag des Bauern Horst Winkler im Feuerwehrhaus feiert, ahnt er noch nicht, welch unheilvolle Entwicklung an diesem Abend ihren Anfang nehmen wird. Allmers Gespür für verworrene Fälle soll schon bald auf eine harte Probe gestellt werden ....

Paperback, 269 S., ISBN: 978-3-938097-26-7

Monika Heil
Eleonore ordnet ihr Leben

Die Staderin Eleonore Marten ist eine fröhliche, lebensbejahende Endfünfzigerin. Wären da nicht immer wieder Momente von Frust und Unbehagen. Denn ihr Leben hatte sie sich nach dem Ruhestand ihres Mannes ganz anders vorgestellt. Zum Glück gibt es ja noch Erich, ihre erste Liebe, der ihr nach vielen Jahren wieder begegnet ....

Paperback, 216 S., ISBN: 978-3-938097-37-3

www.mce-verlag.de